JN028482

わからない

岸本佐知子
Sachiko Kishimoto

白水社

わからない

装幀
クラフト・エヴィング商會［吉田浩美・吉田篤弘］

カバー装画
Tarsila do Amaral
O Sono, 1928
Geneviève and Jean Boghici Collection
© Tarsila do Amaral Licenciamento e Empreendimentos S/A
Credit: Romulo Fialdini/Tempo Composto
協力　ユニフォトプレス

［目次］

I　わからない

II　本と人

Ⅲ 日記 二〇〇〇年～二〇〇八年

I　わからない

カルピスのモロモロ

きょうも幼稚園で泣いた。お弁当を食べるのがビリだったせいだ。きのうもおとといも泣いた。入園してから泣かなかった日が三個ぐらいしかない。幼稚園なんてなくなればいいのにと思う。

家に帰ると、たいてい近所のSちゃんの家で遊ぶ。行くと必ずお人形遊びをさせられる。Sちゃんがバービーを手に持って、変な高い声で「お買い物に行きましょう」とか言う。そしたらこっちもタミーの声で「そうしましょう」とか言わないといけない。これのどこが面白いんだろう。お人形なんて嫌いだ。お母さんがむりやり買ってくれた人形は、変に大きくて硬くて、寝かすとバチッと目が閉じて、無理してかわいがるふりをしたらお母さんがすごく安心したような顔をしたけれど、一週間ぐらいで我慢がバクハツして、真っ赤なマジックで全身惨殺死体に変えてしまった。

お人形遊びなんかやりたくない。でもそのことは、なぜだか絶対に言っちゃいけないような気がする。ばれちゃうから。ばれるって何が？　わからない。地球人のふりをして生きてる宇宙人も、こんな気持ちかもしれない。

Sちゃんちで出されるのはいつもカルピスで、飲むと喉の奥に変なモロモロが出る。そのモロモロを口の中で持て余しながら、あーあ、早く大人になりたいな、とか思っている私は、大人には大人の幼稚園やお人形遊びがあることも、「地球人のふりをしている宇宙人の気持ち」が、その後の人生でずっとついて回ることも、この時はまだ知らない。

（『考える人』「子どもをめぐる耳よりな話」二〇〇四年秋　新潮社）

アシブト、アシボソ

父はなにかと独自理論の人だった。

ハシブトカラスとハシボソカラスを「アシブト」「アシボソ」だと思い込んでいて、ずっとカラスの脚を見て「あれはアシブト」「あれはアシボソ」と区別していた。近所で鳴くヤマバトを長いことフクロウの声だと信じていた。つねづね「自分は二十四倍の倍率を勝ち抜いて大学に入った」と言っていたが、根拠は「受験番号が二十四番で、自分の前には一人も合格者がいなかったから」だった。

父の独自理論のせいで娘が損害をこうむることもあった。子供のころ家で父に教わった入浴ルールは、「洗う前に垢をよくふくらませるためにまず湯船に浸かること」だった。修学旅行でそれをやって、何となくみんなから引かれた。

呼び名がいろいろ変だった。ジュリア・ロバーツをジュリア・ロバートと言った。タイガー・ウッズはタイガー・ウッド。無理に矯正したらタイガース・ウッドになってしまった。はっきりとは言わなかったけれど、どうも一人なんだから単数形だと思っていた節がある。そのわりに、ジャイアンツのことはなぜかいつも「ジャイアン」と言っていたが。

野球といえば、名古屋出身でもないのに中日ファンだった。理由を訊いたら「これといった特徴がないから」と答えた。

父と私は、大して仲のいい親子ではなかった。記憶を探っても、しみじみ心を開いて語らったことなど一度もなかった。目を見て話さなかったし、完結したフレーズで話すことさえめったになかった。父は短気で怒りっぽく、愚図な私は叱られてばかりいた。小さなことを根にもちやすい私は成長過程のどこかで完全にひねくれて、父とほとんど口をきかなくなった。一度そういう態度を取ってしまうと今さら軟化するのも照れくさく、けっきょく最後までそれは続いた。

けれど不思議なことに、学生時代に父がひょいとくれた英英辞書が後年ものすごく役に立ったり、唐突に貸してくれた本の作家を、のちに偶然訳すことになったり、ということがよくあった。本当は私たちは似た者同士だったのかもしれない。

実家を出て、翻訳の仕事を始めて十年ほど経ったころ、父と電話で話したことがあった。どういう話の流れだったか、父に急に「そんなに何もかもうまくいかなくたっていいじゃないか」と言われた。あのとき父は、どうして私が煮詰まりまくって苦しんでいたことがわかったのだろう。今もその言葉に救われ続けている。

最後のほう、父は認知症が進んで、私が誰だかわからなくなった。でもそんなに寂しくなかった。私だって自分が誰だかなんて、いまだにわからないのだから。

（『PHP』「心に残る父のこと　母のこと」二〇一九年十一月　ＰＨＰ研究所）

わからない

今までの人生で人から言われた言葉の中にはいろいろと忘れがたいものがあって、たとえば「キーシモートサーンは女性として欠陥品ネ」というのもその一つだ。言われたのは大学四年の時、言ったのはその大学の先生だったスペイン人のイエズス会神父だ。生涯女人断ちを誓った男性にそんなことを言われる筋合いはない、とはその時は少しも思わなかった。それまでの人生のいろいろがその一言ですべて説明された気がして、「なるほどなー」と妙に納得してしまったことを覚えている。

たまに「〇〇について女性の立場から何か書いてください」といったような依頼をもらうと、今でもこの「キーシモートサーンは……」が頭の中で鳴り響き、とたんにどうしていいかわからなくなる。自分に〝女性の立場から〟何か言う資格があるんだろうか？　そもそも自分は果たして〝女性〟なんだろうか？　わからない。どうすればいいのか、私にはわからない。

こんなこともあった。以前、仕事の席でいっしょになったある人が、「前世が見える」人だった。その人は私の顔をじっと見て、「あー」と複雑な声を出した。彼女によると、私は今までずっと男男男男男、男で男で男で、今回はじめて女に生まれてみたのだそうだ。「だから女性としてどう生きていいかまだよくわかっていないし、女性のオーラもほとんど出ていないの」。このときもやっぱり妙に納得した。なるほどー、ずっと男だったんならしょうがないよなあ。

その人はそれから、彼女の目に見える私の三人の前世について語ってくれた。いろいろな時代に、いろいろな国で生きていた、三人の男の物語だ。

ある時、私はイギリス人の学者だった。古い文献の研究で名を揚げていたが、吃音(きつおん)のせいで内気で孤独だった。言いたいことは私の内側にあふれているのに、それは吃音という見えない壁に当たって落ち、むなしく足元に溜まるばかりだ。だから私は文字の世界に安らぎを求めた。文字は動かないし変わらない。私の語りかけを、辛抱強く聞いてくれる。研究の合間に、私はよく橋の上から川を眺めた。川を泳ぐ鴨の配置、水面を流れる花びらの連なり、背後を通る人々のさんざめき、すべてが音譜を刻んでいる。ああ、ああ、世界は美しいリズムにあふれているのに、私ひとりがそれに合わせて踊れずにいる。

べつの時、私はインドで拝火教の寺院の僧だった。無言の行を続けて二十年になる。もう自分の声も忘れてしまったが、少しも苦ではなかった。語ることをやめれば、その心の隙間に神様の声が入ってくる。だがある日ふと思った。昼となく夜となく私の心に語りかけてくるざわざわした声、これは本当は神の声ではなく、俗世のざわめきではないのか。耳を澄ませば、市場の喧騒や子供の泣き声、それに混じって忘れたはずの自分の声までが聞こえてくるような気がする。ずっと昔に捨ててきたはずの人間界が、けっきょく私は恋しいのだろうか。私は寝床の中で、二十年ぶりにこっそり声を出してみた。だが出てきたものは、声にならないか細い息だった。

またある時、私は乾いた土地に住むアメリカ先住民だった。弓矢の使い手だったが、本当は狩りなんかよりも独りで考え事をするほうが好きだった。今日も私は暇を盗んで、誰も知らない秘密の場所に来た。峡谷を見下ろすこの崖に座って空を眺めていると、体がどんどんせりあがっていって空と一つに溶け合い、ふわふわとした心地よさの中で、誰かの声が聞こえる気がする。声はこの土地の精霊だった。精霊はいつも私を見守って、導いてくれている。日が傾いて帰ってみると、村人たちが全員死んでいた。敵対関係にあった別の部族が襲ってきて、家族や仲間を皆殺しにしていったのだ。私は三日三晩かかって穴を掘り、全員をていねいに葬(ほうむ)った。部族のしきたりに従って埋葬の儀式をすると、身支度をととのえて村を出た。足は自然にいつもの場所に向かった。座って空を見たら、はじめて涙が出た。私はこれからどうすればいいのですか、問うてみたが、もう精霊の声は聞こえなかった。風が吹いていた。私は男男男男男、男で男で男で男でずーっと男で、これからどこへ行けばいいのか、どうすればいいのか、わからない。俺には何もわからない。

(『Matura』――『Grazia』二〇〇五年五月増刊　講談社)

イエス脳

小学校の六年間を除いて、幼稚園から大学まで、ずっとキリスト教系の学校だった。そう言うととても信心深いように聞こえるが、幼稚園はカトリック、中高はプロテスタント、大学はまたカトリックで、信念がゼロだ。手近なところに通ったり、受験で引っかかったところに行った結果、こうなった。だがカトリックでもプロテスタントでも、使う聖典は同じだった。日本聖書協会刊『聖書』。信心はなくとも、キリスト教系の学校に通っていれば、否応なしに聖書との付き合いは生じる。ことに私の通った中高一貫の女子校は、毎朝の礼拝に加えて各種行事や聖書の授業があり、このやたらと分厚い書物を開く機会は多かった。

だが私たちは、不信心で俗にまみれた何も考えていない獣みたいな二十世紀の女子高生だったから、二千年も前に書かれたこの本の言葉は、ちっとも心に響いてこなかった。

そもそも登場する風物が古すぎて、しばしば理解不能だった。たとえば「からし種」。イエスはこの「からし種」がやたら好きで、善行を積むことの効能のたとえに「からし種を何倍にも増やす」とか言ったりするのだが、これがさっぱりイメージできない。私は鷹の爪の中にある、あの辛いつぶつぶを想像したが、それが増えてもべつに嬉しい感じはしなかった。べつの友だちは鷹の爪そのものが何倍にも巨大化して真っ赤なラグビーボール大になる絵を想像して「怖い」と言った。さらにべつの友だちは黄色い練り辛子を思い描いてしまったため、「からしに種なんかないよね?」と言った。

ぶどう酒関連のたとえ話もピンと来なかった。「新しいぶどう酒を古い革袋に入れれば破れてしまう」とか言われても、私たちは「へー、昔ってワインを革の袋なんかに入れてたんだ、ほほん」と鼻をほじりながら思うだけだった。天国の門は私たちに遠かった。

そういうことを差し引いても、イエスのたとえ話は釈然としないことが多かった。主人が召使を呼んでそれぞれにお金を預け、自分が旅に出ているあいだにしっかり保管しておくように言う。召使Aは、その金を元手に商売をして何倍にも増やして主人に大変に褒められ、ほうびをもらう。ところが金をなくさないように大切に地面に埋めておいた召使Bは、主人にさんざん罵倒されたあげく、金を取り上げられて追い出される。「およそ神の国とはそういうものである」。ひどいじゃないか。たしかに財産を増やせば手柄だが、逆に失敗して金を減らす危険性だってあったはずだ。そこへ行くと召使Bは、忠実なうえに元手も減らさなかったのに、なぜそんな目に遭わされなければならないのか。無茶苦茶だ。

そもそもイエスの父であるところの神というのが無茶苦茶だった。ことに旧約聖書における神の無茶苦茶さは目に余るものがあった。何か気に入らないことがあるとすぐに洪水を起こしたり硫黄の雨を降らせたりするし、自分を心から信心する敬虔な善人に「お前の子供を生贄(いけにえ)によこせ」とか言うし、約束を破った人間を塩の柱に変えるし、そのくせ自分は滅ぼさないと約束した町を平気で滅ぼすし。こんなのが父親だったら人類は当然ぐれる。

神も無茶だが王も無茶だった。たとえばヘロデ王。自分より偉い王が生まれたというお告げにびびって、国じゅうの幼児を皆殺しにした。ネブカドネザル王はもっとひどい。黄金の像を造らせ、「音楽が鳴ったらこの像の前にひれ伏さねばならない」と訳のわからぬお触れを出して、従わない者を炉に放りこんだ。悪夢を見たと言って国じゅうの賢者を呼び集めておきながら、「私の見た夢の解釈をしろ。ただし夢そのものは教えてやらん。お前ら当ててみろ」と無茶を言い、当てないと切り刻むと脅した（結局どちらの時も神にぎゃふんと言わされ、土下座して謝った）。ネブカドネザルは名前が可愛いので世界史で好きになったが、聖書を読んで嫌いになった。

だが民も民だった。神の使い二人がロトの家に宿泊していると、町の人々が家を大勢で取り囲んで「そいつらとヤらせろ」と迫る。ロトは代わりに自分の生娘二人を差しだそうとするが（それもひどい話だ）、「俺らは男とヤりたいんだ」と申し出を拒否。町はキレた神によって滅ぼされ、ロトと娘二人は命からがら逃げ出すが、娘たちは父親を酒で酔わせて犯し、父親の子をぼこぼこ産む。

でも二十世紀罰当たり女子高生の私たちは、そんな無茶で理解不能な聖書をけっこう面白がった。理解不能だからよけいに面白かった。何も考えずイエスの教えも受け取らないまま、「長血を患う」とか「遊女」とか「屠る」「地にこぼつ」「没薬」などの不思議な言葉を愛した。冗談を言ったあと、「聞く耳のある者は聞くがよい」と締めくくった。「廊下に二百デナリ落とした人ー」などと言った。「黙示録」をシュールなSFとして楽しんだ。聖書の中から「乳房」とか「肉の悦び」などの言葉を見つけてきては興奮した。イエスが生まれるまで父ヨセフは母マリアを「知る」ことをしなかった、という一節を読んで、「エロい！」とまた興奮した。何度でも言うが、天国の門は私たちに遠かった。

あれから数十年が過ぎ、私は俗世にまみれた何も考えない二十一世紀の中年になった。キリスト教徒にはならなかったし聖書のこともう考えない。それでも奇妙な分厚い書物の記憶は脳内深くに刻まれていて、今日もネットで服を買おうかどうしようか悩んでいたら、イエスが物陰からひょっこり顔を覗かせ、「着るもののことで思い煩(わずら)ってはならない」と言って、すたこら逃げていった。

(『パブリッシャーズ・レビュー　白水社の本棚』二〇一二年冬　白水社)

猿の眉毛タウンの謎

以前翻訳した短編小説に「絶叫町(イェルヴィル)」という地名が出てきた。娘が家に連れてきたボーイフレンドが全身刺青だらけのアルビノ、出身校は「地獄門(ヘルゲイト)高校」で心の師と仰ぐのは海底を高速で走る盲目のカニ。その彼の出身地がイェルヴィルであるという設定だった。

まさかそんな名前の町は実在するまいと思って念のために調べたら、本当にあった。アーカンソー州イェルヴィル、人口千人ほどの平和な田舎町であるらしかった。

しかしこんなのはまだいいほうで、実はアメリカには、にわかには信じがたいような地名が、まだまだたくさんある。

たとえばミシガン州には「地獄(ヘル)」という町がある。町の広報によると、ここを最初に開墾して住み着き、酒の密造で財をなした人物が、州から町名を決めろと言われて「そんなもん知るか。地獄とでも何とでも好きに呼びやがれ」と答えたのがそのまま登録されてしまったのだそうだ。

あるいはケンタッキー州「猿の眉毛(モンキーズ・アイブラウ)」。かつてここは「バッファローズ・アイ」と呼ばれていたが、ある時誰かが一匹の猿を殺して以来、洪水、山火事など次々と災厄に見舞われるようになった。町民が教会で祈りを捧げたところ、「町の名を〝猿の眉毛〟と改めよ」との神のお告げがあり、その通りにしたところ災厄はぴたりとやんだ。などということでもあったのだろうか。

　ユタ州「乳首（ニップル）」。メイン州「はげ頭（ボールド・ヘッド）」。ウィスコンシン州「恥（エンバラス）」。ヴァージニア州「桃尻（ピーチ・ボトム）」。そこからよその土地に転校したら、確実にそのあだ名で呼ばれそうだ。

　アラスカ州「非アラスカ（アナラスカ）」。アリゾナ州「なぜ（ホワイ）」。テキサス「よくわからない（アンサータン）」。ミズーリ「ちがう（ナット）」。これらはネガティブな一群。

　まだある。メリーランド「退屈（ボアリング）」、ケンタッキー「貧乏（ボヴァティ）」、ミズーリ「変（ペキュリア）」、サウスカロライナ「へたれ（カワード）」などは何らかの罰ゲームであろうか。ジョージア「指パッチン（スナップフィンガー）」、フロリダ「まだ足りぬ（ニードモア）」、カリフォルニア「びっくり（サプライズ）」、テキサス「電話（テレフォン）」、テネシー「蛙ぴょん（フロッグジャンプ）」、カリフォルニア「ザ・街（ザ・シティ）」、三秒ぐらいで適当に決めたとしか思えない。

　しかし何といっても一番の衝撃は、ネブラスカ州の「ゴキブリ（ローチ）」だ。もしも永遠の愛を誓い合った男性がこの町の出身で、結婚したらそこに住まなければならなくなったら、それでも自分は愛を貫けるだろうか。などと考えると夜も眠れなくなるわけだが、遠く極東の一都市でそんなことで懊悩している人間がいるとも知らず、今日も「ゴキブリ」や「地獄」や「乳首」では人々が元気に暮らしているわけで、いったいアメリカ人は何を考えているのか、いないのか。


（『暮しの手帖』第4世紀34号―二〇〇八年六月　暮しの手帖社）

オカルト

超好き、と言っていいのかどうかわからない。でも「〇〇バカ一代」の〇〇に自分なら何が入るだろうかと考えると、やはり「オカルト」以外に言葉を思いつかない。

私が子供のころはオカルト番組が花盛りで、UFOやUMA、超能力や心霊などの特番をしょっちゅうやっていた。子供の私はそのすべてをドキドキしながら息を詰め、テレビの前で正座して、食い入るように観た。

今にして思えば、作りが雑で内容も薄い番組も多かったが、そんなことはどうでもよかった。この世の中には、世界を動かしているルールや常識からはみ出した何かがある。そう思うことは、私にとって何か大きな救いだった。不文律のお約束に対して嗅覚がきかず、いろんな「やらかし」をしてきた私にとって、それは息苦しい密室の上のほうに一つだけあいた、明かり取りの小さな窓のようなものだった。

私が大学生ぐらいの時、ミステリーサークルを作っていたのは自分たちだと名乗り出た集団がいて、カメラの前で実際に作ってみせた。とても精緻で美しいサークルだった。私は膝から崩れ落ちた。宇宙人のメッセージじゃなかったんだ。百歩ゆずってプラズマですらなかった。私の青春が終わった瞬間だった。

その少し前からオカルトはだんだん下火になり、ＵＦＯや心霊の特番もほとんど姿を消していた。さらに最近ではフォトショップやＣＧのおかげで画像や動画が素人くさいフェイクで埋め尽くされ、オカルト界は壊滅的なダメージをこうむった。ことに心霊方面の打撃は深刻で、出てくる霊の大半が白いドレスに黒髪を垂らした少女になってしまった。貞子以前はそんなもの皆無だったというのに。

それでも昔からの癖で、ときどき夜中にＹｏｕＴｕｂｅで動画を漁って観るのをやめられない。一つ観だすと数珠つなぎにいくつも観てしまい、気づくと何時間も経っている。やっぱりほとんどがフェイクくさいし、一見よくできているようなものでも、「待てよ、廃墟で霊に全速力で追いかけられながらなぜ録画を回しつづける？」みたいなものが多い。苦虫を嚙みつぶした顔になりながら、でも、これだけ世の中にオカルト動画や写真があふれているというのは、もしかしたらみんなもこの世界を窮屈に感じていて、「窓」を欲しがっているのかもしれないな、と思ったりもする。

私が今も懐かしく思い出すのは、以前テレビで一度だけ観た、ロシアのお爺さんが撮った動画だ。枯れ野原で、お爺さんの小さな孫娘が遊んでいる。カメラがふと何かに気づき、女の子の右横にズームする。枯れ草の中に、細い棒のようなものがスーッと下から現れ、左右にふらふらと平行移動する。カメラに気づいたのか、シュッと引っこむ。しばらくするとまたスーッと伸び上がり、平行移動する。お爺さんが急いでそのあたりの草をかき分けるが、何もない。

なんだかよくわからない動画だ。ＵＦＯとも心霊とも言いがたいし、「だから何なんだ」としか言いようがない。でも、だからこそ私はいつまでもこの動画のことが忘れられない。あれから何度も検索してみるけれど、二度とお目にかかれない。あのお爺さんと孫娘は、今もどこかで元気にしているだろうか。

あの棒が、今の私の明かり取りの窓だ。

(『She is(シーイズ)』二〇一八年二月二十三日――CINRA, Inc.)

こんにちは、わたしがママよ

もうかれこれ五年くらい前、酒の席でたまたま会った人が言ったひと言が忘れられない。

みんな知ってるか？　加齢臭ってな、首の後ろから出てるらしいよ。だから俺は四十過ぎてからは毎日チェックするようにしてるんだ。

そのときその人（それきり二度と会っていない）が教えてくれた「加齢臭チェック法」を、いらい私もときどき実践している。

やり方はいたって簡単だ。可能なかぎり、最大限素早く後ろを振り返り、〇・〇何秒か前まで首の後ろに接していたはずの空気の匂いをかぐ。そうすることによって、うまくいけば自分自身の加齢臭を確認することができるというのである。たしかに私もこの方法で、一度か二度は、その存在を感じたように思えた。この先もっと修練を積めば、いつか「奴」の尻尾をつかまえられる日がくるのだろうか。それとも本格的に「奴」が首の後ろに宿るころには、こちらの体のキレもすっかり失われ、結局は永遠にとらえられずに終わるのだろうか。

しかし、その「振り返れば奴がいる」法を、考えてみれば今年の夏は一度も実行しなかった。

今年の夏はなにしろ暑かった。私は夏は暑いほうが好きだ。暑ければ暑いほどうれしい。冷夏などと言われると、一年損したような気になる。氷河期の到来と地球温暖化と、どちらかで人類が滅びなければならないのだったら断然後者を希望する。

その私ですら、今年の夏は暑かった。暑さそのものよりも、自分のかく汗の多さに参った。気がつくと首の後ろがいつも濡れている。拭いても拭いても追いつかないので、思いあまって日本手拭いを首に巻いてみたところ、これが案外快適で、首のところにきゅっと巻いたのをときどきほどいて顔をぬぐったりする農夫スタイルがすっかり定着し、昨日はソラマメ今日は招き猫、明日は相撲の四十八手と柄をとっかえひっかえ楽しむようにさえなり、実を言うとすっかり秋風の吹く今現在もまだ巻いたままなのであり、このさき一生取れなかったらどうしようと少し不安になっている。それはともかく首にはいつも手拭いがあったので、加齢臭チェックのいとまもなかった。

そんなふうだったから、今年の夏は、夕方になると自分から不思議な匂いがした。小学生のころ、一日じゅうどろどろになるまで遊んだ夏の夕方によくこんな匂いをかいだ。それはカブトムシの匂いといおうかカブトムシのかごの中に入れておいた西瓜の皮の匂いといおうか、たぶん私という個体に特有の匂いなのだろう。(私は人にもよく「あなたの汗は何系?」と訊く。するとけっこうみんな「現像液系」とか「マヨネーズ系」とか「イースト系」などと答えてくれる。)

もう一つ、今年の夏おどろいたのは垢のことだ。毎日びっくりするほどたくさん垢が出る。もともと私は垢が人よりたくさん出るほうだ。比べたわけではないが、きっとそんな気がする。もし用意ドンでみんな一斉にホームレスになったとしたら、誰よりも早くホームレスらしくなる自信がある。

夕方、ひと仕事終えて、ふと肘の内側を掻くと、消しゴムのかすみたいな黒いモロモロが出る。これも小学生の夏にはおなじみだったものだ。しかしあの頃は一日じゅう駆けまわって泥まみれになってのそれだったのに、今の私は家から一歩も出ずほとんど体も動かさないのに、なぜこんなに真っ黒のものが出るのか。

だがその黒いモロモロをじっと見ていると、何となく別れがたいような気にもなってくる。これはさっきまで私の体だったものなのだ。人間の細胞は何十日かで完全に入れ替わると聞いたことがある。何十日か前のその人と今のその人は、すっかり別のものなのだ。だったら毎日出るこの黒いこれ、これを全部集めておいて人の形に固めたら、それはやっぱり私の分身ということにならないだろうか。内臓や脳の細胞は入っていないから完全とはいえないけれど、でも私のエッセンスがぎっしり詰まっている。私はその垢のゴーレムに、鼻から息を吹きこんで生命を与えてあげる。画数の良い名前を選んでつけてあげ、服も着せてあげる。言葉も教えて、しつけもきちんとする。できることならいい学校にも通わせたい。私の垢ちゃんはすくすくと成長し、やがて私の話し相手になってくれたり仕事を手伝ってくれたりするようになる。そのうちに一人っ子じゃかわいそうだとかいう話になり、弟か妹も作るかもしれない。笑いの絶えない明るい家庭を築くのが夢です。

私が死んだ後その子たちがどうなるか、それだけが心残りだが、大丈夫、きっとたくましく生きていくだろう。

まだ見ぬ子らのことを思い、私は肘の内側をそっと撫でた。

（『ku:nel』巻末エッセイ　二〇〇八年一月　マガジンハウス）

あいや天気予報

私が高校生だった七〇年代後半ごろ、深夜の民放で「じょんがら天気予報」なる五分番組がありました。じょんがら節をＢＧＭに、そのへんを歩いていたおっさんを適当に拉致してきたかのようなゴルフ焼けした地味なアナウンサーが、明日の天気を淡々と読み上げるという番組でした。その「じょんがら天気予報」が、ある短期間「あいや天気予報」と題名を変え、体裁は同じでＢＧＭだけ「あいや節」に変わったことが確かにあったのです。誰に聞いても知らないと言います。あれは夢だったのでしょうか。誰か覚えていらっしゃる方、あるいは俺がそのおっさんだという方、ぜひご一報ください。

（『週刊新潮』「週刊新潮掲示板」二〇〇九年十一月二十六日　新潮社）

肥後守は何のカミ

肥後守（ひごのかみ）。

という言葉を聞いたときに心の奥に感じるかすかなひっかかりは、たとえば「石川五右衛門」という言葉を聞いたときのそれとちょっと似ている。「五右衛門」と書いて「ごえもん」と読む。どうして「ごうえもん」じゃないのか。「右」はどこへ行ったのか。漢字三文字で二文字ぶんの読みがなしかないなんて、なんだか落ちつかない。

あるいは「紀伊國屋文左衛門」と聞いたときのそれ、と言いかえてもいいかもしれない。なぜ「きいくにや」でなく「きのくにや」なのか。「伊」を「の」と読むなどという暴挙が許されるのなら、「田」と書いて「ぬ」と読もうが、「川」と書いて「ら」と読もうが、「夏目漱石」と書いて「アンジェリーナ・ジョリー」と読もうが、もう何だってありになってしまうではないか。

と、日本語を勉強中の外国人に問い詰められたらどうしよう。そう考えて一瞬緊張するものの、でもそれならＯＦＴＥＮはなぜ「オフトゥン」ではなく「オフン」なのか？　ＳＩＧＮは「サイグン」ではなく「サイン」なのか？　ＩＳＬＡＮＤのＳは？　ＦＬＩＧＨＴのＧＨは？　と反撃してやれば相手はぐうの音も出まい。そう思いなおして、すぐに安心する。

まあ、「守」と書いて「かみ」と読むについては（「の」はどこから来た？　問題はひとまず置くとして）、肥後守に責任はないのかもしれない。なぜならそれは昔の役職名だからだ。県知事、みたいな。

だがそうなると今度は、なぜこの小刀が、肥後守なんていう人間みたいな名前で呼ばれているのかが気になりだす。むかし肥後守だった誰かが考案したとか。むかし肥後守だった誰かにそっくりだったとか。むかし肥後守だった誰かがこれで刺されたとか。もしや筒井康隆の『虚航船団』の影響だろうか、いやそれはいくらなんでもないだろう、とか。このあたりもまた、「肥後守」と聞いたときに胸に発生するもやもやの一因のような気がする。

肥後守。ヒゴ。ヒゴというと思い出すのは「竹ひご」だ。小学校一年とか二年のころ、「竹ひご」と「きびがら」を使ってよく工作をさせられた。あれはまだあるのだろうか、あの「きびがら」というもの。今にして思うと、ずいぶん妙なものだった。あくどい青とか黄とかピンクに染めてあって、変に軽い細長い棒。どう見ても発泡スチロールみたいなのに「きびがら」なんていう自然素材風の名前がついているのも怪しかった。

きびがらを切るのには、私たちは肥後守ではなくボンナイフを使った。長さ五センチぐらいで、刃が四角くて、折り畳み式で、持ち手の透明プラスチックの内側に安い緑や紫の銀紙が貼ってある。あのころは何でもボンナイフで切った。消しゴムを賽の目に切った。エンピツを半分に切った。髪の毛を切った。たまにふざけてリンゴを切った。だからボンナイフの刃はたちまち錆びて切れなくなった。錆びて切れなくなったボンナイフで切ると、きびがらはぐにゅっと潰え切らない切れ方をして、そのぐにゅっとした切り口から、いつも行く文房具屋の薄暗い店内や、その薄暗がりの奥でいつもこちらを見張っていたおばさんの鋭い眼光や、大事にしすぎて結局使わなかったパンダの便箋や、店が火事になったその焼け跡から拾ってきた消しゴムをこっそり見せてくれたBちゃんや、そのBちゃんの家に遊びに行くといつもガスみたいな変な匂いがしていたことや、そんなぐにゅっとした思い出があとからあとから沸きだしてきて収拾がつかなくなりそうになるのを急いで断ち切る。

肥後守で。

（『暮しの手帖』第4世紀20号——二〇〇六年二月　暮しの手帖社）

珍しいキノコの収集

本を一冊訳し終わると、原稿やゲラ、調べ物の資料などをひとまとめにして、箱に入れてとっておく。とっておいたものが役に立ったためしはないが、物を捨てられない性分なので仕方がない。最近訳したニコルソン・ベイカーの『ノリーのおわらない物語』（白水社）の箱には、でも、ふだんとちょっと違うものが一つ入っている。緑色の表紙の小さなノートで、ページを開くと、こんなようなことがびっしり書きつけてある――

〈日常茶番劇〉〈煮ても立っても座れない〉〈青天のへきえき〉〈朝めしさいさい〉〈名なしのゾンビ〉〈これにて一件着陸〉〈寝ぼけナマコ〉〈高値の花〉〈当たってぶつかれ〉〈ぼうにゃく無人〉〈見くびりそこなう〉〈スズメの魂百まで〉〈オオカミの耳はロバの耳〉……

『ノリーのおわらない物語』の主人公は、九歳の女の子だ。アメリカからイギリスに引っ越してきた少女ノリーが、学校や家で日々体験する小さな驚きや冒険や喜怒哀楽が、ときにノリーが頭の中でこしらえるお話や学校の作文などを交えつつ、彼女自身の声で語られていく。

何といってもこの本の面白さは、ノリーがすぐ隣にいて、今日あったできごとを息せき切って報告しているような語り口のリアルさにある。九歳というのはけっこう微妙な年齢だ。自我はすでにできあがっていて、本人はいっぱし大人のつもりでいるのだが、いかんせん知識や語彙が追いつかない。だから何かについて説明しようとするうちに最初と最後で全然ちがう話になってしまったり、背伸びして大人が使うような言い回しを使おうとして微妙に間違ったり、お話を作れば変に感傷的で筋も矛盾だらけだったり……そういった、発展途上の脳が生み出すバグのような面白さが、じつにみごとに再現されている。作者は当時九歳だった自分の娘をモデルにこの小説を書いたが、まさに〝観察眼の人〟ベイカーの独壇場といった感じだ。

最初に読んだときは、ノリーの言い間違えや思い違い、この年頃に独特の論理展開などがじつに可愛らしく、「あー、そうそう、子供のころってこうだった！」といちいち感じ入り、心底楽しんだ。だがじっさいに訳す段になって、頭を抱えた（だいたい私はいつもこのパターンだ）。

たとえば、ノリーはしょっちゅう慣用句やことわざを間違えたり混同したりするのだが、それらは単なる言い間違えではなく、それなりに筋道が通っていて、往々にして元のフレーズより感じが出ていたりする。ほんの一例を挙げると、困難に「直面する」を come to grips with とすべきところを come to gripes with（gripes は「腹痛」の意）としてしまうのは、実感がこもっていてうまいし、「襟首をつかまえる」take by the scruff of the neck が scroll になっているのも、何となくタートルネックをつかむさまが目に浮かぶ。「とてもハッピー」を happy as a horse とするのも、言われてみればたしかに元の clam（ハマグリ）よりよっぽど納得感があるし、「一切合切」を意味する the whole kit and caboodle が the whole kitten caboodle になっているのは、いかにも動物好きの女の子らしい。

つまり、子供が言葉を獲得していくプロセスが透けて見えるような間違え方なのだが、それを日本語で再現するのはかなり難しい。そうでなくても、慣用句やことわざの間違いを〝一対一対応〟で日本語に反映させようとすれば、ただ人工的なだけの、苦しいダジャレのような訳になりかねない。

私は頭を抱え、腹をくくり、そしてケツをまくった。このさい一対一対応は捨てよう。うまく日本語に移せるものは移すとしても、一つ一つにこだわって不自然なダジャレ訳をつけるよりは、日本人の女の子ならこういう言葉をこう間違える、という部分に間違いをシフトさせて、全体としてノリーの声が出せればいい。

そこで一度すっかり九歳の頭になりきって、そこから自然に浮かんでくる間違いをすくい上げる、というやり方をしてみた。「キツネに包まれたような」「へびこつらう」「元のやみくも」「憎しむ」「やんどころない」などは、そうやって出てきた訳語だ。

その一方で、本物の子供が日々している、いわば〝天然もの〟の言い間違いも取り入れたかった。そこで九歳前後の子供がいる知り合いに片っ端から声をかけ、面白い言い間違いがあったら教えてと頼んだ。そうやって集まったものの中には「お先まっ青」や「ごんべえの泣きどころ」といった名作もあったが、いちばん多く返ってきた答えは「あー、毎日いろんな変なこと言ってるけど忘れちゃったわ」で、「ああ、貴重な資源が……」ともったいなかった。

ネットにも頼った。〈子供〉〈言い間違い〉で検索すると、それ専用の掲示板がたくさん見つかったが、ほとんどが二〜三歳児の、舌が回らないタイプの言い間違い（「ヘコリプター」「ブッコロリー」「ポッポポーン」など）で、ノリーには使えなかったかわりに、彼女の二歳の弟〝チビすけ〟のセリフを訳すのには参考になった。

けっきょく言い間違いのソースとして最も有効だったのは、普通の大人だった。『ノリー』に使った中でも、たとえば「三百六十度態度が変わる」「ヒステリックを起こす」などはテレビで一般の大人の人が言っていたものだし、「こちょぼったい」「くずれずほんずれず」「バーベルを乗り越える」などは、言い間違いの多い友人からこっそり拝借したものだ。そういうのを逐一緑のノートに書きためておいて、うまく訳文に使えた時にはニヤリとした。

ノリーが書いた作文を訳すうえでは、友人から借りた子供の作文集がとても参考になった。熱意ある先生がわざわざワープロで打ち直したようなのは文法や漢字の間違いも矯正されているので、かえってガリ版の、肉筆そのままのもののほうが貴重だった（ノリーは超がつくほどのスペル音痴なのだ）。一つ発見したのは、小学生は、きっちりその年までに習った漢字だけを使って書く。だから「将来」ではなく「しょう来」だし、「担任」は「たん任」、「握手」は「あく手」となる。そこで、地の文に使う漢字を、基本的に五年生までに習う漢字に限ってみたら、ぐっとノリーの声に近づけた気がした。

今回借りたなかでも第一級資料だったのは、友人の息子M君（八歳）が近所のコンビニでポケモンカードを万引きして補導され、泣きながら母親に書かされた反省文だ。「ぼくは、そのとき、ぼくは」「セブイレブン」「子どもをやるけいじさん」「もう一回やったら死けいをすると約そくして」など愛すべきフレーズ満載で、今でも大切にコピーを取ってある。こんなものを見ず知らずの他人が愛読しているのを知ったら、少年の心はさぞや傷つくであろう。

ノリーとお付き合いした数か月は、通常の翻訳とは異質の作業に明け暮れた日々だった。人々の無意識から生まれる貴重な天然の言い間違いに聞き耳をたて、収集するのは、言葉の森にひょっこり生えた珍しいキノコを狩るようで、楽しかった。今でも面白い言い間違いを見聞きすると「あ、これノリーが言いそう」と思ってあのノートを探しそうになるのはいいとして、九歳にセットした脳が、まだ元に戻りきっていないのには、ちょっと困り中だ。

（『図書』二〇〇五年一月　岩波書店）

私のこだわり① 人々がなすすべもなく右往左往する映画

残りの一生を一つの映画しか観てはいけないと言われたら、きっと初代の『ゴジラ』を挙げる。何といってもいいのは、夜闇にまぎれて怪物がなかなか全体像をあらわさず、足音と咆哮と地響きとしてだけ存在することだ。登場シーンは必ず夜で、人々は何だかわからないまま逃げまどい、踏みつぶされる。

「何だかわからないものがいきなり襲ってきて人々がなすすべもなく右往左往する映画」が無性に好きだ。

『クローバーフィールド』なんかたまらない。海から何かが上がってきてマンハッタンを破壊するのだが、ずいぶん経っても、その破壊者が生き物なのか地震なのか兵器なのかがわからない。『ゴジラ』は途中で怪物の正体がわかってしまい、名前までついてしまうのが不満だったが、こっちは終始一貫名前もなく、姿も最後に一瞬ちらりと映るだけだ。

リメイク版『宇宙戦争』の最初の二十分も最高だ。一天にわかにかき曇ったと思ったら、神の怒りみたいに街のあっちこっちに雷が落ち、人々が粉々にされる。トム・クルーズが身も世もなくびびりまくり、粉塵まみれになって群衆の一人として右往左往する。大スターなのにこの慌(あわ)て演技。この彼がいちばん好きだ。

怪物であれ天災であれ、目の前で何か異変が起こったら、現実にはその正体なんて考える暇もなく、ただひたすら逃げまわるしかないだろう。俯瞰(ふかん)の視点なんかなくて、ただ逃げまどう自分の揺れる視界と音と悲鳴があるだけだ。そして正体がわからないから恐怖は無限だ。

なぜこんなに好きなのかといえば、私にとって生きることとは「何かわからないことが襲ってきて右往左往すること」の連続であって、しかもそれを倒してくれるヒーローも軍もいない。だから私は他の人々も自分みたいに等しく右往左往するのを見て、こんなにも安らかな気持ちになるのかもしれない。

(『本の旅人』二〇一一年十二月 KADOKAWA)

私のこだわり② テロップを見ない

私の日々の戦い、それはテレビの画面下に出てくるテロップを見ないようにすることだ。

私はあのテロップを激しく憎む者だ。よけいなお世話であるだけでなく、「ここが笑いポイントですよ」と押しつけてくるのが疎ましい。いつからこんなことになったのか。昔は日本人が話している画面にテロップなんてあり得なかった。小学生のころ、百歳ぐらいのお爺さんがインタビューに答えている場面でテロップが出たことがあって、ものすごく驚いたのをはっきり覚えている。今みたいになったのは、たぶんドラマのNG集あたりが元凶じゃないかとにらんでいる。

でもそれ以上にテロップが憎むべきなのは、あれは確実に耳を駄目にする気がするからだ。たとえば誰かがインタビューで何かを聞かれている。本人は「ええっとそうですね……」と考え中なのに、下のテロップではすでに「麻婆豆腐です」と答えが出てしまっている。すると耳はもうそこでその人の言葉を聞くのをやめてしまう。そんなふうにいらぬ視覚アシストを受けることによって、耳がどんどん退化していくんじゃないかと恐ろしい。特に翻訳では聴力を使うので（人によるのかもしれない。私はそうだ）、これはとても困るのだ。

でもテロップは絶対になくならないだろう。耳の聞こえにくい人には重宝だし、あれば便利だからついつい見てしまう。画面の下のほうを隠すパネルみたいなのがあったら売れるんじゃないだろうか。

どこも作ってくれないのなら、思い余って自作してしまうかもしれない。

でも、耳が疲れてうるさい音を聞きたくない時なんかには、テロップは役に立つ。あと、音を消して読唇術の訓練をするのにもいい。ときどき暇なときにやってみる。これは翻訳とは関係ない。

(『本の旅人』二〇一二年一月　KADOKAWA)

私のこだわり③　エンドレス心霊動画

夜、仕事が一段落してひと息つこうかというとき、あるいは仕事がはかどらなくて気分を変えようかというとき、ついふらふらとパソコンの前に行き、ついうっかりＹｏｕＴｕｂｅで〈心霊　動画〉と入力してしまう。ものすごくたくさんの心霊動画がヒットする。そしてついついそれを一つずつ丁寧に観てしまう。動画の中には明らかにインチキなのや意味不明のもの、タイトルで釣っておいて実はギャグでした的なものもかなりの率で混ざっているが、たいていのものの選択を間違う鼻のきかない私であるのに、本物の心霊動画を、タイトルと閲覧総数と全体の尺から推測して嗅ぎ当てる能力だけは無駄に発達しており、作り物でない、それゆえに心底怖い動画をあやまたず選んでしまう。

そういうのはたいていホームビデオで家族や友人を撮ったような下手くそな映像で、撮り手が無意識であるぶん、映りこんでしまった「映るべきでないもの」とのギャップが強烈で恐ろしい。逆に作ったものは、どんなに無意識を装っても、どこか不自然だ（ふつう何もない窓の外をわざわざ撮ったりしないだろう、とか、なぜそんなにパニクッて逃げる最中でビデオを回しつづけるか、とか。あと、どうして英米の心霊は判で押したように白いドレスを着た髪の長い少女なのか）。

ＹｏｕＴｕｂｅの困った機能は、一つ動画を観ると親切にも似たような動画をお勧めしてくれることで、一つ観おわるとついつい次をクリックしてしまい、心霊動画のエンドレス数珠つなぎとなる。

はっと気づくとしんしんと夜は更けている。いいかげんやめにして椅子から立ち上がりたいが、体を動かすと視界の隅に何かが見えてしまいそうで、怖くて立てない。だからまっすぐ前を向いたまま、ただひたすら次の動画、次の動画とクリックしつづける。

（『本の旅人』二〇一二年二月　ＫＡＤＯＫＡＷＡ）

彼ら

見たら殺す。絶対殺す。すぐ殺す。確実に殺す。これが私の彼らとの付き合い方だ。といっても虫のすべてではない。蝶やトンボやバッタやカマキリは好きだ。カメムシやアオムシだって可愛いと思う。私が許せない、いや許さないのは、黒くてキチン質の、素早かったり脚がいっぱいあったりする例の奴らだ。

そういうのを見ると、反射的に体が動いてしまう。どんなに地球に優しくない手を使ってでも、どんなに卑劣で残酷な手を使ってでも、見たら殺す。絶対殺す。すぐ殺す。確実に殺す。

わかっちゃいるのだ。彼らだって一生懸命生きている。生態系の一端を担っている。人間よりはるか昔から地球上にいて、人間よりはるかに深遠な叡知をそのＤＮＡに宿した生き物だとも聞く。特に深刻な害を及ぼすわけではない。ただ嫌いだからという理由で殺すのは人間のエゴです。汝の隣人を愛せよ。その通りだと思う。でもあの黒光りするボディを見た瞬間、そんな理性は吹っ飛んでしまう。生態系なんか崩れてもいいからこいつら滅びてしまえと思う。これで地獄に落ちるのならそれでいいとさえ思う。

憎いんじゃない。怖いんです。自分のほうが何百倍も大きいのに、体力も兵力もまさっているのに、向こうは何もしないのに、なぜかこちらの全存在を脅かされるような恐怖を感じる。大きな図体で威張っている自分の愚かさを見透かされてしまったようで、それを認めるのが怖さに殺す。けれど殺してしまったあとも、恐怖はずっと後まで残る。

できれば殺さない自分でありたいと思う。でもたぶんそんなの無理だ。見れば体が反射的に動いてしまう。背後に立たれたゴルゴのように。サソリが刺すのをサソリ自身も止められない。などと美化するいとまもあらばこそ、見たら殺す。確実に殺す。すぐ殺す。絶対殺す。

そして残骸処理は他人任せ。

(『母の友』「人と虫、あれこれ」二〇〇五年六月　福音館書店)

オバQ、あるいはドラえもん

地震からこっち、気がつくといつも頭のどこかで思い出している漫画があって、それはたしか小学校のころ読んだ『オバケのQ太郎』のとあるエピソードだったと思うのだけれど、家の押し入れの中に秘密の通路があって、そこを下りていくと、いま自分たちが住んでいるのとそっくり同じ町が地下にもう一つある、という話だった。本当に家の一軒一軒も、各家の内部の間取りや調度品までも、そっくり同じものが地下に作ってあるのだ。三月以来くりかえしそのことを考えるのは、きっと地震と津波でめちゃめちゃになってしまったこの国が魔法のように元通りになればいいと無意識のうちに願うからなのだろうが、でもやっぱりそれだけじゃだめだと思うのは、その地下の町には肝心の中身、つまり人間が一人もいなかったからだ。じっさいいま思い出しても、そのエピソードはどこか寂しく怖かった。容れ物だけが完璧にあって人間のいない町は悲しい。それは瓦礫(がれき)とそれほど変わらないかもしれない。

オバQよりも、ドラえもんのほうがいいかもしれない。ドラえもんは、べつに何もしてくれなくていい。四次元ポケットから便利なものを出して、私たちを助けてくれるんでなくていい。ただ未来から来てくれるだけでいい。そうすれば、私たちに未来があるとわかるから。

ただ「タイムふろしき」の特大のやつがあったら、原発にかぶせて時間を逆戻りさせてほしいという気は、ちょっとしている。

(『モンキービジネス』「モンキービジネスからの質問　いまの日本にこういうものがあったら」二〇一一年夏　ヴィレッジブックス)

回廊

動植物がどうしてその姿になったのか、に興味がある。

たとえば、シマウマ。あの模様は迷彩のためだと言われているけれど、茶色っぽいサバンナでなぜあえて白黒を採用したのだろう。もしかして、単なるおしゃれ心?

あるいは、イッカク。あの角には何か必要性はあったのかもしれないが、なにもあそこまで長くすることもなかったんじゃないか。「俺こんなに長い」「俺のほうが長い」とかやっているうちに引っ込みがつかなくなったんじゃなかろうか。

植物では、たとえば栗のイガなんかが気になる。果実は食べられてなんぼなのに、なぜそれほどまでに過剰に防御するのか。過去に何か辛いことでもあったのだろうか。

そしてそう、バラだ。どうしてそこまで花びらを増やしちゃったの、と思う。どうしてそこまでいい香りにしちゃったの。そんなにしなくても蜂は来てくれるのに。蝶は来てくれるのに。

バラを見ると、私はいつだって顔をうんと近づけてみずにはいられない。ゼロ距離で見るバラの花は、複雑に入り組んだ回廊のようだ。私はその回廊の中をどんどん奥まで進んでいく。進んでも進んでもまだ先がある。見あげると、花弁の色に日光が透けてステンドグラスのようだ。とうとう私は途中で迷子になって、花びらと花びらの隙間にしゃがみこむ。肺の中まで色と香りに染まって、まぶたが重くなる。訪れる眠りの中で、気がつく。理由なんかないよね。A Rose is a rose is a rose. バラはバラだからバラなんだ。

（「KIOI ROSE WEEK2020」イベントパンフレット　東京ガーデンテラス紀尾井町）

スケッチブックの日誌

六年半勤めた会社を二十八のときに辞め、いまの仕事を始めた。その当初の解放感といったら、人生でもっとも幸せな時期だったといってもいいくらいだ。もう満員電車に乗らなくていい。ストッキングをはかなくていい。表計算とかをしなくていい。何といっても、朝好きなだけ寝ていられる。朝、いつもの時間にハッと目が覚め、ああもう行かなくてもいいんだと思い出してふたたび眠る。これにまさる甘美な喜びがあろうか。

幸せな眠りをむさぼったせいか、急に夢を、それも長く込み入った極彩色の夢を、山ほど見るようになった。いや、たぶん勤めていたころも見ていたのだろうが、朝のあわただしさに紛(まぎ)れて忘れてしまっていたのだろう。だが今は目を覚ましてからたっぷり時間がある。そこでスケッチブックを買ってきて、夢を記録することにした。A4サイズのスケッチブック二冊にわたってつけられた夢の記録は、忘れないうちに急いで走り書きするためひどく読みにくいが、カラーの図解つきで、見るとどんな夢だったか瞬時に思い出す。たとえば、九月のある日の記録。

〈走っている電車からちらっと見えたうらぶれた家の窓。下の窓枠の端から端をクリーム色の小さい電車が山なりに走っている。自分の乗っている電車も同じクリーム色で、同じ山なりの線路を走っている。隣に立っていたおじさんが不景気を嘆くので、私は窓枠の電車を指さしながら、それが景気のグラフと連動していることを親切に説明してあげる〉

この夢には音もついていて、絵には劇画風の毛羽立った字で「ゴオーッ」と擬音が入れてある。また同じ年の、五月某日の夢。

〈小学校の、水槽がたくさん並んでいる前。私の口の中には魚がいて、それを水槽の中にこっそり放してしまおうと考えている。誰も見ていないすきに口から出してみると、白くてゼリー状の、タイヤキそっくりの形をしたすごく変な魚で、生きているとは思えない。しかし口から出したところをメガネの教員?に見つかり、「おいそこ何やってる！」と言われたので、何とかその場をごまかして洗濯機の前に並ぶ。仕方なく一度出した魚をまた口の中に入れる。ぬめぬめしてものすごく気持ち悪い。以前は口の中に入っていても平気だったのに、もう口の中いっぱいで、しかも端のほうがボロボロ崩れてくる。洗濯機の前ではおばさんたちが洗濯をしているが、使い方がわからずおたおたするばかりで、人にやり方を訊こうともしない。私は吐き気をこらえるのに精一杯だ〉

これには〝アイルトン・セナが死んだ夜〟と注釈がついている。セナとこの夢とどんな関係があるのかは、不明。

だが、中には読んでもどんな夢だったかまるで思い出せない記述もある。某月某日。

〈貴闘力→ランラランー→緑の氷→視聴率〉

素晴らしく面白い夢だったという記憶はある。書いているあいだは興奮して、自分の中で完全に辻褄があっていた。とりあえず急いでメモだけして、あとで詳しく書き直すつもりだったが、次に見たときには、魔法はあとかたもなく消えていた。

別の年の七月某日。

〈私は妊娠している。母乳が山ほど出て、大きな缶がたちまちいっぱいになる／テレビのスイッチに短冊状に切ったスライスチーズを貼る（こうすればワンタッチで見たいチャンネルに回せるというアイデア）〉

乳製品つながり、ということだろうか。しかし何が「こうすれば」なのかはよくわからない。詳細な図つき。

私の夢には知り合いはあまり出てこない。そのかわり、たまに意外な著名人が出てくることがある。これは一昨年の七月某日。

〈ロシアのデパート？で繰り広げられるミュージカル。灰色のメーテルみたいなマタニティ服を来た妊婦姿の田中真紀子が、エスカレーターを上りながら歌い踊る。隣のエスカレーターでは、色とりどりのメーテル服を着た一群が、コーラスしながら真紀子と入れかわりに下りていく。エスカレーターを下りると大きな体育館のようなところに出る。群衆が渦を巻きながら歌い踊っている。そこは『ソラリス』のように想念が物質化する場らしく、誰かが「お金」と思うと渦にお金（変にCGっぽい金色）がワーッと混じる。神田うのが渦の中でごはんに冷たいレトルトカレーをかけると、あっという間にカレーが渦に混ざる〉

この時は、自分のパフパフという苦しげな呼吸音で目が覚めた。ちなみに田中真紀子のことも神田うののことも、実生活ではめったに考えない。

不思議なことに、二冊のスケッチブックには、ときどき見る定番の夢が入っていない。たとえば「自分は山奥の古びた旅館にいて、そこには脱走してきた日本兵が潜んでいる」という夢も。

私は人にもよく「定番の夢って何？」と訊ねる。たいていの人は嬉しそうに教えてくれる。「自分がくの一で、鎖骨のところにグサッと鎖鎌が刺さったところで目が覚める」という人がいる。「高さ百メートルぐらいの津波から必死に逃げる夢」という人もいる。「草原の真ん中で踊るバレリーナを、塀の陰から河童が盗み見ている夢」というのもあった。その人と定番の夢のあいだには何のつながりもないようで、それがいかにも夢は異界から勝手に来るものという感じがして、だから私は誰が見たものであれ、夢の話がとても好きだ。

（『彷書月刊』「私の古文書」二〇〇五年四月　彷徨舎）

猫の松葉杖

猫は一度だけ飼った。私が大学生のころのことだ。仮に名をMと呼ぶその猫は、あまり猫らしいところのない猫だった。

生まれつきさかさまつげで、だからたいてい目を細めていた。顔はヤクルトの池山に似ていた。訪ねてきた人はみな「かわいい猫ちゃんですね」とは言わず「面白い猫ちゃんですね」という言い方をした。

Mは運動神経が鈍かった。狙った鳥や虫にはかならず逃げられた。よく高いところから降りられなくなった。網戸に爪がひっかかり、三時間くらいばんざいのポーズでじっとしていることもあった。

運動神経が鈍いので、Mはしょっちゅうケガをした。どういうわけかきまって年末だった。

ある年のおおみそか、Mは左前足を縮め、残りの三本足でひょこひょこ歩いて帰ってきた。近所の獣医さんに連れていったら､先生は「おやおやまたMちゃんですか」と言いながらレントゲンを撮り、そして骨が折れている、と言った。

猫の骨折なんて初めてだとか何とかぶつぶつ言いながら、獣医の先生は、ワイヤとガーゼと包帯を組み合わせて、苦心の末にMのために松葉杖をこしらえてくれた。丸い部分に肩を通し、足先をテープで巻き、包帯でたすきがけにして体に固定する。Mはその姿で一か月ほどを過ごした。夜中、廊下をコツ、コツ、コツと足音が近づいてきて、ト、ホ、ホ、ホ、ホ、と嘆息する声を、そのころはよく聞いた。

骨折が治ったあとも、Mはあいかわらずケガをした。ある年末には車かバイクにはねられたらしく、顔を血だらけにして帰ってきた。おかげでただでさえ池山似でさかさまつげだったMは、さらに顔がひん曲がり、いよいよ猫らしくなくなった。お客は「面白い猫ちゃんですね」とさえ言わなくなり、「猫……ですか?」と不安げに訊くようになった。

それでも私たち一家はMを大切に思っていた。何となく自分たちの身代わりになって災厄を引き受けてくれているような気がしていたのだ。うちの守り神、そんな言葉で呼ぶこともあった。

Mがいなくなって二十年ちかく経つ。この松葉杖もとっくに要らなくなったのに、何となく捨てられないまま、押入れの片隅に今もある。そして毎年、年末の大掃除でこれがひょっこり出てくるたびに、私たちはしばし仕事の手を休め、家に守り神がいたころのことを思い出す。

(『Grazia』「私の部屋のいちばん美しいもの」二〇〇八年一月　講談社)

猫失いの守り札

十年以上まえのこと、飼っていた猫がいなくなった。ヤクルトの池山似の変てこな猫だったが、私はとても愛していた。一月の寒い晩にひょいと出ていき、それきり帰ってこなかった。

私は髪を振り乱し、涙と鼻水を垂らしながら猫を探し歩いた。一軒一軒インターホンを鳴らしてうちの猫を見なかったかと尋ねてまわり、草むらに分け入って石の下まで探した。

勤めていたころの私は、毎晩二時、三時に酔っぱらってタクシーで帰ってくるので、ご近所から「あそこの娘さんは水商売らしい」と思われていた。家で仕事をするようになってからは、それが「どうやら引きこもりになったらしい」に変わった。そして猫がいなくなって、とうとう「可哀相に気が触れたらしい」ということになった。

けっきょく猫は、道端で死んでいたのを清掃車がもっていったことがわかり、私は精神の崩壊をまぬがれた。行方知れずというのは、ある意味で死なれるよりも辛い精神の拷問だ。

内田百閒の『ノラや』（中公文庫）を、私は何度読もうとしたか知れない。でも、いなくなった猫を思って泣き暮らす百閒の姿にあのころの自分が重なって、二行と続けて読めない。ためしにパラパラめくってみる。〈ノラやお前はどこへ行つたのだと思ひ、涙が川のごとく流れ出して止まらない。〉〈風呂蓋の上にノラが寝てゐた座布団と掛け布団用の風呂敷がその儘ある。その上に額を押しつけ、ゐないノラを呼んで、ノラやノラやノラやノラやと云つてやめられない。〉〈ノラがゐた儘のもとの家の明け暮れが取り戻したい。制すれども涙止まらず。〉だめだ。どこを開けても辛い。辛さの金太郎飴だ。私はたぶん『ノラや』を一生読まない気がする。読まずに大切に持っておいて、将来また猫がいなくなった時に握りしめるお守りにしたい。だって百閒先生は死ぬまでノラを待ち続けて、それでも晩年の写真はちゃんと穏やかに笑っているのだから。

（『週刊文春』「いつか読む本」二〇〇〇年十一月十六日　文藝春秋）

墓と馬鹿

私は音楽をちっとも聴かない人間だ。嫌いというわけではないが、なくても死なない。自分から積極的に音楽を聴く気になるのは年に三回あるかないかだ。iPodがかっこよくてすごく欲しいが買えない。使い途がないから。

ではまったくの静寂の中で暮らしているかというとそうでもなく、頭の中では常に何かしら音楽が鳴っている。それも好きな曲とかでは全然なくて、偶然どこかで耳にした曲が、意志と無関係にランダムに再生されて、デパートのBGMみたいに小さく流れている。たぶんそれは私の頭が空っぽなせいで、がらんどうの空間に小石を投げこむと長く反響するのと同じ原理なのにちがいない。

というわけで、このところずっと鳴りっぱなしなのは『恋のマイアヒ』だ。どんなに警戒していても、毎日一度はテレビやネットでうっかり耳にしてしまい、いちど聞くと調子がいいので妙に耳に残り、その日はずっと鳴りつづける。毎日飲ま飲ま飲ま飲ま、うるさくてかなわない。

その前はトンガリキッズの『B-DASH』だった。マリオ使いすぎかもよBダッシュ。ルイジすねてるかもよBダッシュ。カメに激突かもよBダッシュ。土管地下室かもよBダッシュ……。急いだり焦ったりしている時だと、これがすごい速回しバージョンで、しかも勝手に替え歌になってエンドレスで流れてますます焦る。これじゃ遅刻しちゃうかもよBダッシュ、怒られちゃうかもよBダッシュ、いつもこのパターンかもよBダッシュ、あんた馬鹿なのかもよBダッシュ。
馬鹿といえば、訳している英文の意味がわからなくて自分は馬鹿なのじゃないかと思うとき（しょっちゅうある）、決まって流れだすのは谷川俊太郎の「ばか」という詩だ。

はかかった／ばかはかかった／たかかった
はかかんだ／ばかはかかんだ／かたかった
はがかけた／ばかはがかけた／がったがた
はかなんで／ばかはかなくなった／なんまいだ

これに妙な節回しがついて、数人の低い男性ユニゾンのコーラスでえんえん流れ続ける。聴いているうちにこっちまでだんだん楽しくなって、いっしょにハミングしたりしだす。ちっとも仕事が前に進まない。
本物の馬鹿かもよ。

（『小説現代』「ミュージック・オン・マイ・マインド」二〇〇五年十一月　講談社）

地獄、やって〼

中学、高校と、ＫＩＳＳのファンだった。毎日『デストロイヤー　地獄の軍団』と『ロックンロール・オーバー　地獄のロックファイヤー』と『キッス・アライブ！　地獄の狂獣』（二枚組）を大音量で聴き狂い、耳とお脳をすっかりやられて成績も地獄に落ちた。コテコテのヘビメタであるうえ、白塗りメイクで血を吐いたり火を吹いたりするので、当時クラスで優勢だったＱＵＥＥＮ派の子たちからゲテモノ呼ばわりされて迫害され、日陰者の青春だった。

ＫＩＳＳは私が聴きこんでいた七四、五年ごろが黄金期で、ほどなくしてお定まりの仲間割れが始まり、商業主義にのせられて着せ替え人形を売り出したり宇宙ヒーローもののテレビ番組に出たり、その漫画版がマーヴェル・コミックスに連載されたりと、どんどん末期的になっていった。七七年にいきなりディスコ楽曲を出したあたりで私もついに愛が冷め、大学に入ってからはＫＩＳＳのキの字もなかったような素振りで、小洒落たアダルト・オリエンテッド・ロックなんぞにうつつを抜かしていた。

ところが今から数年前のある日、とつぜん友人の一人が「じつは昔からＫＩＳＳのファンで、今もファンクラブに入っている」とカミングアウトしたところから、愛は再燃した。聞けば、私が知らない間に彼らはメンバーが代わったりメイクを落としたりしながらも、ちゃんと活動を続けていたのだった。しかも、このたびオリジナルメンバーが再集結し、昔のままのメイクと衣装でワールドツアーを始めるというではないか。

というわけで観に行った九六年の東京ドーム。一曲目でもう泣いた。あのころと何一つ変わっていない。曲も昔のままなら姿も昔のまま、血吐き火吹きギター燃やし舌出し宙吊りドラムセットせり上がり、お約束を全部やってくれた。

コンセプトは「地獄からの使者」なので、歌詞も地獄がどうしたとか悪魔がこうしたとか、やたらおどろおどろしい。なのになぜだろう、見ていると〈勤勉〉〈努力〉〈誠実〉といった言葉がしきりに胸をよぎる。彼らはもう三十年近くこれをやっているのだ。その間ずっと体型と体力とテンションをキープするためには、想像を絶する心身の鍛錬と地道な努力が必要だったろう。早寝早起き禁酒禁煙、健康第一腹筋百回。なんだかすごくいい人たちじゃないか。みんな五十を過ぎて二十センチヒールで飛び跳ねて、でもジーンなんかたしか孫がいたんではなかったか。彼らが地獄からの使者を熱演すればするほど、ありがたさに手を合わせたくなってくるというこの不思議。これはもう〝拝観〟とか〝参拝〟に近い感覚だ……。

で、今年もＫＩＳＳはやってきた。もちろん観にいった。今年はピーターとエースの〝中の人〟が代役だったが、もうぜんぜん無問題（モウマンタイ）だ。お化粧バンドの強みである。コンサートの中身は前回とも前々回とも大して変わらないが、これも無問題。だってこれは〝参拝〟で、永遠に変わらないものを指差確認しにいく作業なのだから。

ＫＩＳＳはただのバンドではない、もはや一種の伝統芸能であるのだから、いっそ歌舞伎みたいに襲名制にしてほしい——と言ったのは誰だったか、まったくその通りだと思う。これから先も「五代目ジーン」とか「八代目ポール」とかで、あの衣装とメイクのまま、百年でも二百年でも続けてほしい。そしてゆくゆくは世界遺産に指定されてほしい。

(『en-taxi』「music」二〇〇四年夏 扶桑社)

謎三題

去年、九歳の女の子が延々と一人語りをするという小説（『ノリーのおわらない物語』ニコルソン・ベイカー著、白水社）を訳すために、それくらいの年頃の子供の思考回路や文体の参考になりそうな資料をいろいろと集めまわっていた。そのときに実家の押入れも捜索して、自分の小学生時代の作文を発掘してきた。

そんなわけで、いま私の手元には、手描きの表紙をつけて綴じられた、一年生から三年生にかけての作文の束がある。パラパラ見ていくと、たとえばこんなのがある。

かあさんイノシシは、三つの山の名前をとって、三びきにつけた。
にいさんは、やいば。
とてもたくましい。
二番目の弟は、いぶき。
とてもくいしんぼう。
いちばん小さなメスはすずか。
こわがり。

わたしは、（にあう名前だな。）と、思った。

一見詩のようだが、『うりんこの山』という本の感想文だ。これを読むと、自分がいかに作文が嫌いだったかがよくわかる。書きたいことが何一つ思い浮かばず、目の前の四百字詰め原稿用紙が広大な雪原のように思えてきて、苦しまぎれに句読点をむやみに打ち、頻繁に改行するという手段に出る。だがこの姑息なテクは先生に完全に見切られており、行の頭と前の行の末尾を赤い矢印でつないで、「つづけてかく」と書かれている。

あるいは「二年生になって」。以下全文。

わたしは、二年生になったから、うれしくてたまりません。きょうしつは、ちょっと、うすぎたないけれど、そんなことは気にしない。わたしは、もう二年生になったので、一年生の、おてほんにならなきゃいけないなあ。と、おもいます。それに、もう、おねえさんだから、よくべんきょうができるようになりました。

「うすぎたないけれど」云々のくだりが、いかにもウケ狙いふうである。「二年生になってうれしい」だの「おてほんにならなきゃいけない」だのも、心にもない建前だろう。だが、これを読んで私は少しほっとした。子供は建前の生き物だ。大人の顔色を読んで心にもないことを言うのが彼らの職務であり、ちゃんとその自覚だってある。自分はそういう社会の〝お約束〟が読めない子供で、いつもうっかり本音を言っては疎まれていた、という記憶があったのだが、どうしてなかなか立派に職務を遂行している。

だがこんなのを読むと、やっぱり少し不安な気持ちになる。

「おとうさん」

きしもとさちこ

うちのおとうさんは、てつを作る　かいしゃにつとめています。かいしゃがとおいので、まい朝、早くでかけます。わたしがおきる　ころには、たいてい、ごはんをすまして、でかけるしたくをしています。

「行っていらっしゃい。」

というと、おとうさんは、いつも、「としこ、しっかりべんきょうするんだぞ」。といいます。

日よう日だけは、わたしより朝ねぼうです。

〝としこ〟って誰だ。だいいち父の会社だって鉄関係ではない。先を読めば何かわかるのかもしれないが、あいにくこの束は綴（つづ）りがバラバラになってしまっていて、続きのページがない。

もう一つ謎なのは、なぜか他人の作文がいっしょに出土したことだ。六年生のときに同じ塾だったHさんが書いた、「わがおいたちの記」。これが読んでみると、最初にしゃべった言葉が「おなかすいた」だったとか、四つのときにタイに住んで、夜ばかりの国かと思ったら違って安心したとか、東京の学校では担任の先生が怠け者で、授業中いつも居眠りをしていたとか、やけに面白い。私はなぜ彼女の作文を持っていたのだろう。あまりに面白いのでちょうだいと言ったのだろうか。それとも黙って盗んだのだろうか。

謎といえばもう一つ。当時は区内の小学校が合同で、優秀な作文を集めた文集を毎年発行していた。それの六七年度版の中に、こんな作文を見つけた。

「ゆうぞうくん」

わたしはこんど、ゆうぞうくんとならんだ。
ゆうちゃんは、ふとっていてよくふざける。
「よしつねは、どうやって死んだか。」とか、れきしのことばかりいっている。ことばまで、むかしのことばをつかう。おこると、つくえをドンとたたいて、「わしゃあ、もう、お前のいいなりにならんぞ。」という。よっぽど、ゆうちゃんはれきしがすきなんだなあ。

どう考えても、小学校の一年先輩のTさんのことである。学年的にも合うし、しかもTさんはむかし肥満児だったそうである。ただ、これを書いた女の子は別の小学校の子なのだ。真相を確かめるべく、ご本人にこの作文をお見せしたところ、「いや、これは僕じゃないね。だいいち学校が違うよ」とおっしゃったが、そのあとなぜか急に無口になり、何となく幽霊を見たような顔をされていた。

（『彷書月刊』「私の古文書」二〇〇五年三月　彷徨舎）

『デン助劇場』

職業柄めったに人と会わないうえに、もともと出無精(でぶしょう)なので、私の日々の生活は準ひきこもりだ。いきおい自分と世の中をつなぐ数少ない接点はテレビということになり、見る時間も長くなる。とはいえ、テレビを見ていると、どうでもいいことが心にひっかかって、おちおち見ていられないことが多い。

たとえば、ドラマで男が女を（逆でもいいが）家まで送っていく場面で、家の前でタクシーを停めたまま、いつまでも窓越しに「今夜は楽しかったわ」「僕こそ楽しかったよ」などと会話していたりすると、もうだめだ。今にタクシーの運転手が「さっさとしろ！」と怒りだすのじゃないかとはらはらして、正視できない。

あるいは通販のコマーシャル。たいてい男女のペアで、片方が商品を紹介する人、もう片方が何も知らない人という設定で、軽い芝居仕立てでカニ肉や布団圧縮袋を宣伝していく。それなのに最後の段になると、何も知らない役だったほうの人（たいていは女）までが一転して「お支払いは一括でも分割でもＯＫ！」などと売るほうの側に回って平然としている。さっきまで「わあ、こんなに身がぎっしり！」とか「でもお高いんでしょう？」とかやっていたのに、この変わり身の早さはどうだ。何か裏切られたような気分になる。

ほかにも、なぜサスペンスドラマの犯人は必ず海に向かって自白するのかとか、なぜレポーターがお菓子をほめる時の形容が決まって「甘くない」なのかとか、スポーツニュースの女性キャスターが真冬でも袖なしの服を着ているのはどういうわけだとか、数え上げたらきりがないのだが、そんなことよりも、昔のテレビ番組の話をしなければならないのだった。

放送終了後の砂嵐のようにかすむ記憶に目をこらすと、思い出す最古の番組は、たとえば『デン助劇場』だ。大工みたいな恰好（かっこう）をして口の周りを黒く塗った人が、舞台上でドタバタを演じていた。あれは牧伸二だったたか。いやいや、それは大正製薬提供の別の番組だ。牧伸二がウクレレを弾いて、決めゼリフはたしか「当たり前田のクラッカー」だった。違うだろうか。それから『シルエットクイズ』。スクリーンの向こうの人をシルエットで当てて、間違うと滑り台から落とされて風船が舞う。「お利口にグリコ」が流行語になり、司会はいとし・こいしだったと思うけれどもてんや・わんやだったかもしれず、ひょっとしてコント55号、それともカウス・ボタン。わからない。だんだん砂嵐がひどくなってきた。視界がかすむ。もう何も見えない。

（『小説新潮』「想い出TVジョン」二〇〇三年十一月　新潮社）

『オー！　マイキー』が必見である理由

私はザッパーだ。テレビ鑑賞法としては外道である。すべてを得ようとして、すべてを失う。あたかも人生の縮図。それでも、ザッピングでなければ決して出会えないような番組もある。ここ何年かで最大のヒットは、『オー！　マイキー』だ（テレビ東京、火曜日午後九時五十四分から五分間。ちなみに、テレビ東京はザッピング・ヒット率が高い。わざわざ『ニュースステーション』の始まる時間にこれをぶつけてくるセンスも素敵だ）。

『オー！　マイキー』の登場人物は、日本のアメリカンスクールに通うマイキーとその両親、従姉妹のローラ、ガールフレンドのエミリー、近所の双子トニーとチャールズなど。一話完結で小学生マイキーの日常を描いていく。ただし、全員がマネキン人形である。マネキンだから美男美女で、笑顔で、そして動かない。動かないまま、「マイキー、朝ごはんを食べなさい」「うんママ、ぼくは朝ごはんを食べるよ」「そうだマイキー、お前は朝ごはんを食べるんだ」といった矢継ぎ早の台詞が、凍りついた笑顔とポーズに半ば強引にかぶせられる。

ものすごく虚（うつ）ろだ。そして馬鹿馬鹿しい。なのに引きずり込まれる。見ているうちに、虚ろさが自分の中に侵入してくる。自分を取り巻く世界もマイキー色に染まり、空洞化していく。自分までがマネキンになったような、あるいはなりたいような気がしてくる。それがなんだか快感だったりもする。

製作者の石橋義正は、パフォーマンスグループ「キュピキュピ」で狭く深く知られる人だが、彼の『カラー・オブ・ライフ』も素晴らしい。ゾンビ一家のホームドラマやアニメーション、スペオペ風ミュージカルなどが入り乱れるオムニバス形式の長編映画で、悪いキノコでも食べたような幻覚作用がある。これを観ると、一見無邪気な『マイキー』の底に流れるエロ、グロ、サイケ、そしてネクロフィリアへの深い指向が見えてくる。ぜひ『マイキー』と合わせ技での鑑賞を推奨します。

（『リトルモア』二〇〇二年秋　リトルモア）

邪悪すれすれ。

うっとりと身をのけぞらせる少女の胸から剣の柄があらわれ、もう一人の男装の少女がそれを長々と引き抜く。中空に浮かんだ奇妙なバルコニーで繰り広げられる、激しい剣の決闘。床から突如にょきにょきと天に向かって屹立するピンク色のキャデラック。その後ろに流れつづけるJ・A・シーザーの妖しい合唱曲。ザッピングの手がハタと止まった。夕方の五時半という健全な時間帯に放送するにしては、あまりにシュールでエロチックすぎる映像だ——というのが私と『少女革命ウテナ』というアニメの出会いだった。

話は変わるが、知人の四歳になる息子は大の電車マニアで、彼が将来なりたいものは「電車」である。実に正しい。速くて力強くてかっこいい電車に憧れるのなら、なりたいものは「運転士さん」ではなく「電車」というのが、真の志の高さというものだ。『少女革命ウテナ』もまた王子様に憧れて、お姫様ではなく、自らが王子様になることを選んだ少女の物語だ。

迷宮のような奥行きをもつこのアニメを短い言葉で要約することは、ひどく難しい。一つだけ言えるのは、これは『シンデレラ』や『眠り姫』のように、お姫様が王子様と結ばれてめでたしめでたしとなる、そんなお伽話の論理への痛烈なアンチテーゼだ、ということだ。物語は回を追うごとにどんどん寓話に近づいていき、舞台である学園が、実はお伽話の王子様の欲望が生み出した歪んだ理想郷であることが明らかになっていく。ガクラン姿の転校生ウテナは、その世界の論理を否定する者として、学園に降り立つ。

とはいえ、『ウテナ』の最大の魅力は、明るい学園ものの仮面の下に見え隠れする、邪悪すれすれの淫靡さにある。何気ない台詞や小物、予告編にまで謎が張りめぐらされていて、むやみに想像力を刺激される。画面の隅に妖しい指さしマークが出たり、人物がなぜかニンジンを持っていたり、単なる遊びかと思えば後でそれが重大な意味を持ってきたりするので、まったく油断がならない。

その劇場版である『アドゥレセンス黙示録』では、TV版の各要素がさらにデフォルメされている。舞台となる学園はより嘘くさく、人物の関係はよりエロチックに、イメージはよりシュールに。極めつけはウテナがあるものに変身してしまうことで、これには本当に腰を抜かした。

最後のシーン、裸で抱き合いながら荒野の一本道を疾走するウテナとアンシーの髪が絡まり合って「陰陽（インヤン）」の紋様のように見えたとき、二人は恋人でも友人でもなく、一人の少女の中の二つの要素だったのだと気づかされる。

（『エスクァイア日本版』二〇〇二年十二月　エスクァイアマガジンジャパン）

福助エルメス

私は希代の買い物下手である。

たとえば服を買うのが下手だ。クローゼットを眺めていて、ある日突然、自分には〝下〟つまりパンツやスカートが不足していると気づく。そこで勇んで街に買いに出るのだが、一つ買っても慣性の法則ですぐには止まらず、二つも三つも似たようなものを買ってしまう。そうして気がつくと、クローゼットの中は〝下〟ばかりで今度はそれに合う〝上〟がない。〝上〟を買うと今度はそれに合う靴とバッグがない。そうこうするうちに季節が終わる。

旅先になると、その買い物下手に拍車がかかる。

バリ島では木彫りの蛙の置き物に慣性の法則がかかり、蓮の葉を持った同じポーズの蛙を三体も持ち帰る羽目になった。

ヴェネツィアでは、会社のみんなに配る土産物を買うことで頭が一杯で、吟味に吟味を重ねた末に選んだのは、ガラスで作ったエンピツ型オブジェ（一見マドラーのように見えるが、先がものすごく尖っているのでマドラーとしては使えない）と、握り拳(こぶし)大の匂い袋（中に料理用乾燥ハーブが詰めてあって黴(かび)っぽい匂いがする）だった。課長以下、もらった人たちの困惑した顔つきがいまだに忘れられない。

韓国での失敗は、いま思い出しても手痛い。ちょうどバーゲンのシーズンで、ただでさえ物価の安い韓国では何もかもが爆安だった。私はその時の人生の課題である〝Aラインのコートを入手する〟を果たすべくソウルの街に出撃し、某ホテル内のバーバリーでぴったりのを見つけた。まさに自分を待っていたかのような一着だ。なのに「よそではもっと安いかもしれない」などと柄にもなく賢いことを考え、別のホテルで全く同じデザインでもっと安いのをまんまと見つけて、それを購入した。

ところが日本に帰ってみると、サイズがものすごく大きい。ぶかぶかで着られたものではない。値段に目がくらんで、実物を見ていなかったのだ。けっきょくそのコートは泣く泣く友人に譲った。大柄でお洒落な彼女にそのコートはとても似合っていて、数年前にラーメンの汁をこぼしてもう着られなくなるまで、とことん愛用された。

というわけで、生涯ただ一度の会心の買い物になるはずだったかもしれないものを、私は確実に一つ失った。人間欲をかいてはいけませんという見本だ。

でも、その同じ韓国で買ったエルメスのスカーフは、今でもちょっと気に入っている。黒地にオレンジの縁取りをした中に、真っ赤な顔の福助だの、鯉のぼりめいたものだの、唐子(からこ)人形らしきものだの、怪しげな漢字のついたカルタもどきだのが、びっしりと極彩色でちりばめられている。エルメスの絵師が突然乱心したとしか思えない柄だ。していくとみんなが指さして笑いころげる。正真正銘のエルメスだと言っても誰も信じない。私もだ。

そこがとても気に入っている。

(『別冊文藝春秋』「会心の買い物」二〇〇七年九月　文藝春秋)

危険なキノコ

なぜそのキノコを買ってしまったのか、今となっては思い出せない。たぶん魔が差したのだ。だって今までの人生で、そうしたことに手を染めたことも、興味をもったことさえなかったのだから。キノコはなんだかお洒落げな箱に、さまざまな色と質感の糸を束ねたものといっしょに入ってやってきた。

付属の冊子の説明書と首っぴきで、かかとに穴があいたのに愛着があって捨てられずにいた靴下を手はじめに繕(つくろ)った。布地の裏側から木製のキノコ型をあてがい、穴を覆うようにタテ、タテ、タテと糸を張っていき、次にタテ糸を交互にすくいながらヨコ、ヨコ、ヨコと糸を渡していく。糸の間隔がまちまちだったり、二本同時にすくってしまったりとあちこち失敗したが、できあがってみればそれすらも素朴な味わいとなり、穴のあった場所にタテヨコの糸の織物が魔法のように完成した。

その瞬間、頭のどこかでジュワッと音がした。何らかの脳内物質が分泌された音だった。

私はあっと言う間にキノコを使ったこの繕い術(ダーニング)にのめり込んだ。進まない翻訳に疲れた深夜、ちょっと息抜きのつもりで穴あき靴下とキノコに手をのばす。十分ぐらい経っただろうかと思って時計を見ると、いつの間にか四時間ぐらい経っている。肩はバキバキ、目はショボショボ、空は白々と明け、それでも自己を滅却してひたすらタテタテヨコヨコヨコする快感がどうにも止まらない。そうやって靴下、セーター、パーカー、ジーンズ、カーテン、クッション、穴と見ればキノコ片手に襲いかかり、ついには家じゅうの穴という穴をふさぎ尽くし、それでも繕い欲はとどまるところを知らず、「穴のあいた服いねがー」とナマハゲの形相で、実家親戚友人知り合いの家を渡り歩いて穴を狩るまでになった。

かくして家の中はダーニング用の糸針ハサミ等々の道具であふれかえり、暇さえあれば何かを繕い、繕っていない時はインスタで他の人たちのダーニングの成果をうっとりと眺め、あるいはネットで素敵な色や素材の糸を渉猟し、起きている時間のほぼすべてがダーニングで埋め尽くされる事態となった。当然のことながら仕事に穴があいたが、その穴さえもキノコをあてがってタテタテヨコヨコと繕ってふさぎ、家の戸を叩いて原稿はどうなっているのかと叫ぶ編集者の口もタテタテヨコヨコと糸を渡してふさぎ、気づくと私は身長十メートル、顔はナマハゲの形、右手に針、左手にはキノコを持ったダーニング魔神と化して、ずぅん、ずぅんと街を練り歩いては道路工事の穴を、トンネルの入口を、雲の裂け目を、法律の抜け穴を繕い、繕いながらどんどん体は巨大化していく。

キノコなんて買わなければこんなことにならなかったのにね。まだわずかに残っている自分の中の人間の部分が囁くのを聞きながら、私は宇宙の涯にあるという穴、ブラックホールを目指して歩きはじめる。

（『暮しの手帖』第5世紀4号—二〇二〇年二月　暮しの手帖社）

旅ぎらい

こういう場で言うのもどうかと思うが、私は旅があまり好きでない。というか、はっきり言って嫌いだ。苦痛でさえある。理由は移動と変化が苦手だからで、本音を言えば毎日郵便受けまで行くのも大儀なほどなのだ。

それなのに折にふれてのこのこ出かけていくのは、せっかくの誘いを断って、ただでさえ少ない友人を減らしたくないという魂胆だからだ。だがそんな腐ったモチベーションの旅行者に旅行の神様がいい顔をするはずもなく、素敵に鄙(ひな)びた温泉旅館に行けば仲居さんがなぜか激怒しており湯から戻ってきたら布団が四隅に投げ散らかされている、常夏のリゾート地に行けば異例の悪天候で震えながらビーチに横たわって風邪をひく、飛行機に乗れば隣に座った人が激烈な足臭でずっと口呼吸を強いられる、香港では腹をこわす、パリで犬の糞を踏む等々、旅の数だけ新たなトラウマを抱え込む結果となる。

あの楽園の誉れ高いバリ、行った人誰もが虜(とりこ)になるというバリでさえ、私には微笑(ほほえ)んではくれなかった。誰もが口々にバリを称賛した。いわく、バリの人々はピュアでフレンドリーでハートフルである。スピリチュアルな聖地である。楽しかった。癒された。解脱した。よりが戻った。風邪が直った。

でも私が行ったバリはピュアでもハートフルでもなかった。人々はみな目つきが凶悪で、日本人の女と見るとわらわら寄ってきて貝を買えだの時計を買えだのマッサージをさせろだの髪を三つ編みにしろだのとものすごくしつこい。走って逃げると五メートルぐらい追いかけて諦め（そういうところは南国らしい）、日本語で「バカヤロー」と罵声を浴びせる。何を買うにもいちいち値段の交渉をせねばならず、面倒くさいと思いつつ足元を見られるのも癪でうんと低い値を言うと、また「バカヤロー」を言われる。

衆生の民ばかりか、神様の住む寺院までが因業だった。入口で正式に拝観料をボラれ、それでカモだと思ったのか、目つきの悪い痩せた男が横にぴったりとついてきて、頼みもしないのに怪しい英語でガイドを始めた。「ここはとてもとても素晴らしい寺だ」「これはとてもとても美しい仏像だ」「ここはとてもとても景色が美しいので写真を撮るといい」「この階段はとてもとても急だ」。無視して寺の中をひと通り見てまわり、帰ろうとすると案の定「ガイド料をよこせ」と言い出した。走って逃げると五メートルだけ追いかけてきて「バカヤロー」と言われた。参考のために何という寺院だったかここに書けるといいのだが、なにぶん昔のことで、私の中では「とてもとても寺院」という名でのみ記憶されている。

もう旅になんか行かない。帰ってくるたびにそう思う。でも、いっぽうで私の中にはどうしようもなく美しく懐かしい旅の記憶も刷り込まれているのだ。たとえば、幼いころに列車から見た風景。外は暮れかけており、車内も暗い。窓の外を見ると、遠い地平線まで一面ハスの花で埋まっており、列車はハスの原を巻き込むように弓なりにカーブしていく。あるいは、これも子供のころに乗ったどこかのロープウェイ。ゴンドラの内部が浴槽になっており、湯に漬かりながら山の上を運ばれていく。

見下ろすと、はるか下にはブロッコリーのような青々とした山並みが連なっていた。

家族の誰に聞いても、そんなところに私を連れていった覚えはないという。なのに私の中で、映像は年とともにますます鮮明になっていくばかりだ。

記憶の中の旅の風景が地上のどこにもないことを確認するために、私は何度でも性懲りもなく出かけていくのかもしれない。


(『coyote』Travel Writing　二〇〇六年五月　スイッチ・パブリッシング)

たぶん死ぬまで忘れない一つの単語

大学四年のとき、教授が十数名の学生を引率して行く海外旅行に参加した。東京を出発してカナダで三泊、ニューヨークで三泊、ロンドン二泊、パリ二泊、そのあとスペインに二週間いて、最後にアムステルダムに一泊して帰るという、いま考えるとずいぶん無茶な旅だった。

引率のM教授は初老のスペイン人で、もともとはスペイン語学科の語学研修旅行だったのが、年を重ねるごとに、スペインだけじゃつまらない、ついでにあそこも行きたい、だったらあそこも行こうと、どんどん話が膨らみ、ついにはこんな世界半周みたいなルートになってしまったとのことだった。私は英文学科だったが、たしか前の年にも参加した友人に誘われたのだった。

M先生が清貧を旨とするイエズス会神父だったせいで、宿はすべて修道院かユースホステル、でなければ神父の知り合いのそのまた知り合いの現地の家庭に二、三人ずつ問答無用で放りこまれるというワイルドな方式だった。おかげで、ただでさえ海外はほぼ初めてだった私は、毎日が驚きと興奮と不安と発見の連続で、脳の容量が足りなくなりそうだった。

そのニューヨークでのことだ。それまでさんざん本や映画や雑誌でイメージトレーニングを重ね、雑誌の切り抜きをファイル何冊分もため込んでいた私は、初めて歩く実物のマンハッタンに大興奮した。本物の五番街! グッゲンハイム美術館にメイシーズ! あの有名な(まだできたてほやほやだった）トランプタワー！　私はすっかり舞い上がって鼻息荒く街をかけめぐり、荒い鼻息のまま両親あての絵ハガキに「これに比べれば東京なんて極東のちっぽけな街だ」などと失礼なことを書きなぐった。

二日目の夜、何人かでブロードウェイのミュージカルを観に行った。当時ロングランしていたボブ・フォッシーのDancin'で、日本にいるときから行くのを楽しみにしていた。

ところが劇場に入場してすぐ、女子の一人が青くなってお腹を押さえて床にうずくまった。あっと言う間に人がおおぜい集まってきて、口々に「大丈夫か」とか「心臓発作じゃないのか」とか「今すぐ救急車を呼んだほうがいい」と言いだした（これもニューヨークで驚いたことだが、とにかくみんなすごく親切で、情が厚い）。私は窮した。じつはその子は重度の便秘で、こっちに来てからときどき腹痛の発作を起こしていたのだ。「心臓じゃありません、便秘なんです」と言いたかったが「便秘」という単語がわからない。「便秘」という言葉を使わずに便秘の状態をどう人に説明すればいいのか。しかも英語で。

私は汗だくで、必死に、彼女は排泄に困難をともなっているのだ、という意味のことを、もっとずっと幼児レベルの語彙で訴えた。それが何とか通じたのか、救急車は呼ばれず、誰かがチケット売場のおばさんに話をつけてくれて（この人がまた優しかった）、いったん入場してしまったチケットを次の日に振り換えてくれ、そして私たちは腹痛の彼女を連れて帰った。

その晩、その時のことをステイ先のおばさんに話したら、「ああ、それはconstipationね」、と教えてくれて、その子に下剤と水を差し出した。そう言われてみれば、劇場で私たちを取り囲んでいた何人かが、私の説明を聞いてそんな言葉を言っていたのを思い出した。それに、「でもどうしてもこのミュージカルを観たい」と言った私に、一人の男の人が「それでも君は彼女の友だちなのか?」と言ったことも。

次の日、私たちは振り替えてもらったチケットでDancin'を観た。でもどんな舞台だったかはまるで覚えていない。何十年たった今も記憶に残っているのはconstipationという単語と、少し怒った顔で言われた「それでも君は彼女の友だちなのか?」、そしておばさんが差し出した下剤の、びっくりするほどの巨大さだ。

(『Argument』二〇一八年第一号　旺文社)

私が信号を赤で渡るわけ

異性の好みのタイプ、などというものは特にない。ないが、強いていうなら身長一八七センチで軍服の似合いそうな胸板および姿勢、ハードワーカーでワーカホリックで軽いS風味、ときどきかける銀縁メガネが似合う人が好みだ。なぜそのような嗜好が形成されるにいたったかは話せば長くなるので割愛する。問題は、右のような条件に合致する人間がまずいないことで、生身ではアンジェリーナ・ジョリーしかいない。いなかった。例のフランス人を知るまでは。

そもそも、つい最近までの私は、フランスにもフランス人にもろくな印象をもっていなかった。フランスに初めて行ったのは大学の卒業旅行のことだった。夕方にパリに入って、そのまままっすぐエッフェル塔に行った。入口の入場券売場では、見るからに因業そうな婆に釣銭をごまかされた。文句を言ったらさっきの釣銭をよこせと言うので、渡すともっと少なくされた。ぷりぷりしながら塔の上までのぼって見た夜景はちっとも美しくなかった。下りてきて、まだ怒りながら道を歩いていたら犬のフンを踏んづけた。それを同行の男子学生に見られて「うわ、こいつババ踏みよった!」と大声で指さされた(関西人にとって犬のフンを踏むことが人生最大の失態であるということを、私はこのとき初めて知った)。フランスにはその後もう一度行ったが、釣銭をごまかされないことと犬のフンを踏まないことに全神経を集中させていたので、それ以外の記憶がほとんどない。

そんな私のフランス嫌いに変化が訪れたのは、二〇〇二年のワールドカップだった。もともとサッカーには何の興味もなかったが、開催日が近づき、日ましにサッカー関連のニュースが増えるにつれ、一人のフランス人に目が吸い寄せられた。やたら体格のいいスーツ紳士、その外見とは裏腹の毒舌早口エネルギッシュ、同じぐらいガタイのいいもう一人のフランス男と完全にシンクロされた動きで演じる歓喜のポーズや怒りのポーズ。「トルシエってなんか面白い」が「フィリップ命」に変わるのに、ものの半日とかからなかった。彼がワールドカップ後に日本を去ることをすでに決めていたのも、それに拍車をかけた。転校するとわかったとたん好きになる、というあれだ。

一九五五年パリ生まれ。十六区の肉屋の息子。監督としてコートジボワールやモロッコ、ブルキナファソ等のアフリカ諸国を渡り歩く。喝を入れた選手が人が変わったようにゴールを決めるので魔術を使ったと恐れられる、観客のブーイングに抗議して尻を出す、相手チームがゴール脇に埋めておいた呪術人形を勝手に掘り出して本気で殺されかかる、等々無数の伝説を残し、ついた綽名が「白い魔術師」。友人たちからは「あんな変な外人のどこがいいんだ」とさんざんだったが、私は平気だった。変、上等。フィリップ・トルシエは、いわば〝逆ボブ・サップ〟だった。外見は紳士、中身は野獣。そのギャップがたまらない。私は毎日テレビにかじりついて彼の会見に耳を傾けた。これほど言葉の壁をもどかしく思ったことはなかった。これほどフランス語を音楽のように聴いたことも。

彼は日本で数多の名言を残した。「日本には防御の文化がない」「この国では責任者と権力者がイコールではない」「ベンチで自分の髪形を気にしているような選手は不要だ」――。従順すぎる選手たちに業を煮やして信号を赤で渡ることを奨励したり、遠征先で、選手が自由時間に部屋でテレビゲームをしていることに怒って無理やり夜の街に追い立てたり、アフリカの貧しい孤児院に連れていってハエだらけの赤ん坊を抱かせたりと、エピソードにも事欠かなかった。けれども一見エキセントリックで破天荒なそれらの言動は、日本という国とまともにぶつかり、愛そうとしたことの証でもあった。無類の蕎麦好き、趣味はダルマ蒐集、百円ショップでしばしば目撃され、色紙には必ずたどたどしい字で〈必勝　フィリップ・トルッエ〉と書いた。トルコ戦の後に流した涙はたぶん、伊達ではなかった。

ワールドカップは終わり、「冒険は終わった」と言い残してフランス人は去った。その後あっちこっちの国やクラブの監督になったり馘（くび）になったり候補として名前が取り沙汰されたりと、相変わらず浮き沈みの多い人生を送っているようだ。今年のワールドカップに合わせて解説者として来日し、少しも変わらぬ早口でまくしたて、「なんでも鑑定団」でお宝の骨董品まで披露して帰っていった。

お宝といえば、私の持っている一本のビデオだ。ワールドカップ中のスカパーのプログラムの一つに「ベンチ映像」というのがあり、各チームのベンチだけをひたすら映しつづけるというものだった。画面の中で、フィリップと通訳のフローラン・ダバディが、糸でつながったように同じ動きで立ったり座ったり、頭を抱えたり小躍りしたり、その間ピッチは一切映さないのでゲーム展開はわからない。こんな酔狂な番組を録画したのは日本で私ぐらいのものだったろう。ベンチの音までは拾っていないので、彼が何を話しているかはわからないが、一か所だけ（たぶんベルギーに先制されたシーン）聞き取れる言葉がある――メルド（糞）！　彼と私の言語の壁が取り払われた貴重な一語がそんな言葉であったのは残念だけれど、それでも私は嬉しくて、ときどき心の中でつぶやいてみる。メルド。

（『ふらんす』「フランスと私」二〇〇六年九月　白水社）

ハイク生成装置

もう三十年くらい前に、新宿の書店で変わった洋書を買った。形状は掌（てのひら）ほどの大きさの横長のスパイラルノートに似ている。つややかな厚紙でできた表紙をめくると、一ページが上中下の三段に切れていて、それぞれに英語の語句が一行ずつ印刷してある。その上中下をパラパラとべつべつに好きなようにめくって言葉を組み合わせることで、偶然の俳句、というか英語のHAIKUができあがる。つまりこれはハイク自動生成装置（ジェネレーター）なのだった。

どうして買ったのかは思い出せない。ハイクにとくべつ興味があったわけではない。分厚くて難しそうな小説には手が出なくて、半分冗談みたいな小さいそれに手が延びたのかもしれない。値段もたしか数百円だった。

買った洋書はたいていいそうなのだが、そのハイク・ジェネレーターもすぐには手に取らず、二、三度パラパラめくったあとは、そのまま積みっぱなしになっていた。

でも積ん読も一種の読書である、という説がある。何年も、ときには何十年も積んだあとで、急にその本を読みたくなることがある。いま私を読め、と本に言われるような気がするのだ。

先月、ついにハイク・ジェネレーターにその〝読みどき〟が訪れた。きっかけはリチャード・ブローティガンが詠（よ）んだハイクをひさびさに目にしたことだった。

A Piece of green pepper
Fell
off the wooden salad bowl

ピーマンや
ころがりおちたる
サラダボウル（藤本和子訳）

このふざけたハイクを読んだとき（ブローティガンはこれをゲイリー・スナイダーへのおちょくりとして書いた）、頭のどこかでカチリとスイッチが入った。急にあの本を手に取ってみたくなった。でたらめな偶然ハイクを生成したくなった。三十年間。長く待たせたな。

ところが、その本が見つからない。

本棚の、そういう小ぶりの変形洋書をまとめて置いてある一角の、丸いボールの形をした大リーグ珍記録本（〝一試合に五度のエラーを生涯二回も記録したショート〟〝一試合で十九盗塁されたキャッチャー〟等々）の横。ずっとそこにあると信じてきたのに、ない。何度見てもない。

ここじゃなかったのかもしれない。私は家じゅうの本のトーテムポールを一つずつ崩し、押入れを探し、紙束をめくり、植木鉢をどけて下を見た。指が黒くなり埃（ほこり）で喉が痛くなったが、本はない。

絶対にあったはずなのだ。三十年間、折にふれてアイコンタクトもしてきた。つい最近も見た。つい最近とはいつか。思い出せない。三週間前のような気もするし三年前のような気もする。でも確かに見たのだ。光沢のある表紙の。蛍光イエローとショッキングピンクの、サイケデリックな装丁の。綴じ具のスパイラルが白い。

ないなら買いなおすまでだ。米国アマゾンを召還した。タイトルを覚えていないことに気がついた。たしか *Sexy Haiku* とか、*Sensual Haiku* とか、そんな感じだった。いろいろに組み合わせて検索した。ゼロ。**Haiku** で探すと、逆に何千と出る。だがもうここまで来たら止まらない。全数十ページの検索画面を片端から全部見た。

それにしても、こんなにも英語のハイクの本があるとは。バショー。ブソン。シキ。イッサ。三歳から始めるハイク。ナチュラリストハイク。動物しばりハイク。グリーティングにぴったり！ハイク集。これだけ世の中にハイクの本があふれているのに、でも私が持っていたあの本はない。類似のものすらない。こう完膚なきまでにないとなると、だんだんあの本の実在が疑わしくなってくる。私は狂っていたのだろうか。以前も、高校球児にもらった〝動画つきハガキ〟を探して家じゅうを捜索したことがあった。ハガキの下半分が画面になっていて、彼が球をキャッチするスローモーションの映像が流れたあと、「○○高校の××です。応援よろしく」とメッセージが流れる。もちろん夢でもらったのだ。

あきらめきれずに、グーグルの画像検索で **haiku generator book** などと入れて見ていたら、あった。私の持っていたのとそっくり同じ形状・材質のものが、一つだけ。タイトルと表紙は違っていたが、こうなったらもう似たものでもいい、というぐらいに私は追い詰められていた。それはアラスカの小さな島の文学団体が、メンバーのハイクを元に作ったジェネレーターだった。年会費を払ってメンバーになればくれるもののようだったが、販売もしていると書いてあった。私はさっそく記載されていたアドレスにメールを書いた。〈こんにちは。ワタシ日本人です。そちらで作っているハイク・ジェネレーターがとてもとてもとても気に入り、とてもとてもとても欲しいです。日本にも送ってくれるですか。お返事ください〉。

それから一か月が経つ。いまだに返事はない。

しかし、いちど火が付いてしまったジェネレーター欲は、もう止められなかった。残された手はただ一つ。自作だ。

私は文房具店に行き、記憶の中のあの本に可能なかぎり近いノートを買ってきた。手のひら大・横長・スパイラル綴じ。表紙はピンク。つぎに各ページに横三等分の線を引き、それぞれに一行ずつ英語のフレーズを書き入れていく。素材はネットで拾った版権のなさそうなハイクを選んだ。バショー、ブソンもあれば詠み人知らずのものもある。条件は、三行に分かち書きされていることだけ（英語のハイクにはいろいろなスタイルがあり、四行やそれ以上のものもあるようだ）。

だんだん興が乗ってくると、ハイクだけでは物足りなくなってきた。どうしても花鳥風月に偏るし、なんだかちょっと古臭い。要するに三行に分かれていれば何でもいいんじゃないか。というわけで、ネットニュースの見出しや見知らぬ人のツイートもがんがん加えていった。そうして一冊ぶん溜まったところで、ページをハサミで三段に切りわけた（この作業がけっこう大変だった）。

かくしてマイ手作りハイク・ジェネレーターはできあがった。中の紙がオリジナルよりヘナヘナなのと、語句が自分の下手な字で書かれているのが残念だが、ともかくも。
さっそくやってみた。

Chimpanzee patters
I ask how high
with a headache

チンパンジーが走る
私は高さを問う
痛い頭で

なんだこれ。でも面白い。少し俳句らしくするならば

猿走る　高さを問うた　頭痛持ち

ぐらいだろうか。難しい。もういっちょう。

Planets resonates
Singing, wife groaning
Horyuji

惑星たちの共鳴
妻が歌いながら呻く
法隆寺
（惑星ひびく　妻の呻吟　法隆寺）

俳句のリズムに乗せようとすると訳が難しい。singingは「呻吟」の音に意味をこめたということで許してほしい。どんどん行く。

The ultimate donuts
A dewdrop on me
Strongly, formlessly

究極のドーナツ
私に落ちる露ひとしずく

強く、形なく
（最強ドーナツ　我に結ぶ露　強き混沌）

Crimson plum blossoms
But look—here lies
Queens grimacing

紅い梅
でも見て——そこに横たわる
しかめ面の女王たち
（紅梅や　渋面の女王ら　地に伏せる）

With age
For somone to shelter me
Including 89 ISIS-linked fighters

歳とともに
誰か私を守って

イスラム国戦闘員八十九名を含む
（年老いて　誰が我を守る　聖戦の戦士ら）

BRAND NEW !
It's coming out your ass,
Is sad

新発売！
尻からいでし
哀しいね

ちなみに、今日の日付を三つの数字に直して、その回数ぶんだけめくって作った、だからこれは二〇一七年六月六日のハイク。

In the coolness
Shoes for Ivanka Trump
It's scarily accurate

涼しさや
イヴァンカ・トランプの靴
は恐ろしく正確

その晩、夢を見た。空から言葉の連なりが雨のようにまっすぐ、無数に落ちてくるなかを、銀の靴をはいたイヴァンカ・トランプが傘をさして歩いてくる。彼女が八十九人の死んでしまったＩＳの戦士たちとしかめ面した赤の女王と輪になってダンスをするその頭上では、惑星たちがうなるようなドーンコーラスを、遠く、いつまでも、響かせあっていた。

（『未明』０２　二〇一八年五月　イニュニック）

これから英語を勉強しなければならないみなさんへ

その昔、『シャボン玉ホリデー』というテレビ番組があった。あなたたちの親世代でさえたぶんまだ生まれていない、昭和三十年代の話だ。今とはちがって当時はテレビが最大の娯楽で、日曜の夜はどこの家でもそろってこの番組を観ていた。今で言うバラエティのはしりで、歌ありコントあり踊りありの、それは楽しい三十分番組だった。番組の終わりには必ずザ・ピーナッツという双子の歌手が出てきて、歌を歌った。「スターダスト」という英語の歌だった。幼稚園児だった私はものすごい衝撃を受けた。

まず、日本人なのに外国の言葉で歌っていることが衝撃だった。そして、その外国語がとても美しい響きなのにもおどろいた。口の中でチョコレートを溶かしながらしゃべっているみたいな言葉だと思った。それが覚えているかぎり人生でいちばん古い、私と英語との出会いだった。

小学校に上がって間もないころ、上野動物園に行った。人気はゾウで、ゾウ舎のまわりには何重にも人だかりがしていた。すると、近くでお父さんに肩車をされていた三歳ぐらいの金髪の女の子が何かを叫んだ。まわりの大人たちが静かにどよめいた。「こんな小っちゃな子供がちゃんと英語しゃべってるよ!」という、苦笑と感嘆がいりまじったようなどよめきだった。私も内心どよめいていた。もちろん何を言っているのか全然わからなかった。わからなかったけれど、きっと「お父さん、ゾウさんおっきいね！」と言ったんだろうな、と直感でわかった。すごい発見だった。あのチョコレートの溶ける言葉には、音だけではなくちゃんと意味があったのだと、そのとき気がついた。

小学校高学年になって、ローマ字の読み方を習った。アルファベットは子音と母音を組み合わせて音を作るのだということを知った。その日家に帰って、台所にあったインスタントコーヒーの英語のラベルを読んでみた。ネスカフェ。おお。読める。そのとき全身をかけめぐったふしぎな喜びをなんと表現すればいいのだろう。それまで模様のようにそこらじゅうに転がっていた文字が、急にコトバとして息づきはじめた。

さてこの文章を、私は新しく中学生になったばかりのみなさんに向けて書いている。中学一年はたいへんだ。六年間慣れ親しんだ小学校から急に新しい環境に放りこまれて、ちがう星に連れてこられたみたいに不安でいっぱいだ。新しい校舎、新しいクラス、新しい先生。着なれない制服。ここでちゃんと居場所を見つけられるだろうか。友だちはできるだろうか、笑うことはできるだろうか。それだけでもたいへんなところにもってきて、「英語」なんていう今までなかった教科まである。しかもこの英語、この先の受験とかでけっこう重要になるらしい。うへえ。

私は英語を日本語にする仕事をしている者として、そんな不安なみなさんに何か有益なアドバイスをここでしてさしあげることになっているのだけれど、正直そんなことできないのに気がついた。むしろいっしょに不安になってしまった。

だって、英語は変なことだらけだ。light の gh や often の t は、なんで発音しないのか。動詞を過去形にするには後ろに ed をつけましょうとか言うくせに、write の過去形が wrote だったり、run が ran だったりするのはルール違反じゃないか。

それに、どうしてあんなに単数か複数かをいちいち気にするのか。日本語だと犬は一匹でも十匹でも「犬」なのに、英語は律儀に後ろにsをつけたりつけなかったり、おまけに単数か複数かで動詞の形まで変わってくる。

ああ、それにあのaとかtheとかいうやつ。名詞の前にいちいちそんなものをつける意味がわからない。dogはdogでいいじゃないか。おまけにaがときどきanになるなんて、もう英語ウザすぎる。

変と言えばそもそも教科書からして変だ。教科書を開くと、たいてい最初はこんな感じだ。

This is Japan.
That is America.

こんな会話って現実にあるだろうか（じつはこれ、私が中一のときの教科書の第一ページめだ）。UFOにさらわれて、地球を見おろしながら宇宙人に向かって説明をしているところだろうか。でも宇宙人って英語わかるの？

……などなど。わかります。本当に英語はいろいろ変だ。正直な話、これだけ長いこと英語につきあってきた私だが、いまだに英語ってよくわからないし、難しいと思う。きのうだって、loveという超基本の言葉を辞書で引いたくらいだ。日本語のほうが楽だよなあと思う。

でも、じゃあなんで性(しょう)こりもなく続けてこられたのかというと、それはたぶん英語が好きだったからだ。そしてなぜ好きだったのかというと、それは最初に書いた、昔むかしのいくつかの思い出があったからだ。

英語は表面上は日本語とはまるでちがうけれど、その向こうには自分たちと同じ人間の、ふつうの暮らしや喜怒哀楽があると、それらの経験は教えてくれた。そして、そう思うとなんだかちょっとわくわくした。たとえ見た目は日本人とはぜんぜんちがっていても、きっとあの人たちも「あー鼻がかゆい」とか「お腹すいた」とか「さびしいよう」とか言っているんだ。英語って、日本語なんだ。

英語はこんなにニッポン語、という題名の本が昔あった。どんな本だったかは忘れてしまったけれど、心に残るフレーズだ。もしもあなたがこの先、あーもういやだ英語ウザい、と思うことがあったら、英語はこんなにニッポン語、とちょっと思ってみてほしい。そして、自分が頭の中で考えているような馬鹿みたいなことを英語で考えている人たちもいるんだ、と想像してみてほしい。ついでに、地球のどこかで日本語を勉強して、あーなんで主語もないのに平気でしゃべれるの？　日本語ウザい！と思っている人たちのことも想像してみてほしい。もしかしたらちょっとだけ、楽しくなるかもしれない。

ついでに、具体的なアドバイスめいたものもいくつか。さっき教科書は変だと言ったけれども、本当は教科書はとても重要だ。いろいろと参考書を買いそろえるよりも、まず教科書を読みたおすことをおすすめします。まだ若くて頭が柔らかいのだから、例文をまるごと暗記するとなおのことといい。

それと、もしも文法とかでつまずいてしまったら、先生に質問するのももちろんいいけれど、友だちで自分よりできる子に聞くのもおすすめだ。私は中三のときにヘビメタを聞きすぎて頭と耳が馬鹿になり、そのときやっていた不定詞（そのうち出てきます）がまるきりわからなくなってしまった。それでクラスの勉強のできる子をつかまえて、文法ぜんぜんわかんないから教えて、と頼みこんだ。

その子は「いいよ」と言って、馬鹿な私にあきれつつも、図書室で不定詞を一から教えてくれた。あれがなかったら、たぶん私は英語で完全に落ちこぼれていたと思う。ちなみにその子とは今もなんだかんだで友だちだ。

みなさんと英語のつきあいが楽しいものになるといいなと願っている。そして、いい友だちができるといいなと願っている。Good luck.

（『基礎英語Ⅰ』「英語のはなむけ」二〇一五年八月　ＮＨＫ出版）

このあいだ行った店

前々から、どこかにこういう店があるのではないかという気はしていたが、まさか本当に、それもこんな森の奥にあるとは思ってもみなかった。

店に客は私一人だった。テーブルに座ると、後ろからすっと、気配だけのウェイターがやってきて、「かしこまりました」と言った。

まだ何も注文していないけど、と言いかけて、自分がもう何十年も前にその注文をしていたことに気がついた。

ウェイターが微笑(ほほえ)む気配がして、次の瞬間私は海を見下ろして立っていた。手には巨大なスプーンを握っている。私自身も巨大だ。入道雲が胸の高さにある。ゆっくりとスプーンを下ろしていって、海を大きくすくいとった。ああやっぱり。海はゼリーだったのだ。目の高さにかざしたスプーンの上で、山型の海はふるふる震えながら、上から水色、エメラルドグリーン、青、濃紺のグラデーションの断面を見せていた。大きく口を開けてひと呑みにする。冷たいミントの味がした。すくったあとの海の大穴に顔を近づけてみると、透明の壁の向こうでイワシの大群が渦を巻いていたり、トビウオがピンピン表面に飛び出してくるのが見えた。何もかも、子供のころ思い描いていたとおりだった。

気がつくとまた私はテーブルに座っていた。となると次はきっとあれかなと思っていると、やっぱりだ。目の前に運ばれてきた大皿の上でほかほか湯気をたてていたのは、マンモスの鼻の輪切りのステーキ。『はじめ人間ギャートルズ』でみんながおいしそうにかぶりついているのを見て以来、ずっと食べてみたいと思っていた。直径三十センチほどの横にひしゃげた円形で、真ん中に穴が二つあいている。肉は全体に灰色がかっていておそろしく固かったけれど、その固さも臭みも想像どおりでうれしかった。

次に出てきたのはザクロだった。一見したところふつうのザクロだが、皮をむくと、大きな一つの実の中心に桃の種ほどの大きさの種が一つ入っている。そうだ、これは小学校三年のとき、初めて友だちの家でザクロを食べて、味はおいしいのに一つひとつの粒に小さな種があるのが食べにくくて残念に思った私が考案した「便利なザクロ」ではないか。

それから『アタゴオル』で猫のヒデヨシが食べていたセミの天ぷら。最初はちょっと勇気がいったけれど、食べてみるとタラの芽に似た上品なほろ苦さで、何よりもショリショリとした歯ごたえがすばらしかった。

そんな調子で、料理は次から次へと運ばれてきた。どれも私が長いあいだ夢想し、一度でいいから食べてみたいと思いつづけてきたものばかりだった。二十五メートルプールいっぱいに作られたイチゴ味のハウスのゼリエース（ざぶんと飛びこみ、泳ぎながら食べ進む）。微生物の炒め物（顕微鏡でサヤインゲンほどの大きさに拡大された半透明のミジンコや夜光虫や珪藻（けいそう）が、中華風のあんかけにしてある）。『ちびくろ・さんぼ』の、溶けた虎で作ったパンケーキ（食べているあいだじゅう〈ぐるるるるるる〉と音がした）。アルマジロの肉（硬い殻の内側に、とろりとした半透明の身がぎっしり詰まっていた)――。

点滴でワインを直接注入され、体じゅうの血がすっかりボージョレー・ヌーヴォーに入れ替わるころには(一度でいいからこれをやって、「私の体はワインでできているの」と言ってみたかった)、もう自分がいつからここにいるのか、その前にはどこにいたのか、どうやってここに来たのか、ここがどこなのかもわからなくなっていた。こんなに楽しい思いばかりするのは、自分はもう生きていないからではないかという気もしたが、もうそれもどうでもよかった。料理はまだまだ運ばれてくる気配だし、どういうわけかいくら食べてもお腹がいっぱいにならないのだ。

(『月刊ベターホーム』二〇〇九年三月　ベターホーム協会)

わたしのいえ

宿だいで、お父さんについて書きなさいと言われたけれど、わたしにはお父さんがいないので、わたしはこれから、わたしの家のことを書きます。

わたしの家は、農じょうです。牛と、あとニワトリと、あとブタをかっています。ハチも少しかっています。ヒツジはいません。七めんちょうもいません。

牛からは、ミルクをとります。ニワトリからはたまごをとります。ハチは、ハチミツを作ってくれます。

畑では、トウモロコシと、カボチャと、ジャガイモを作っています。ほんとうはくだものも作りたいけれど、ここは砂ばくの真ん中だから、できないのよと、大きいフローラたちは言います。わたしはスイカが好きなので、ちょっとざんねんです。

農じょうには、たくさんの人がいます。全部で三十人ぐらいいます。みんなで、ひとつの家ぞくです。だれがお母さんとか、だれが子どもとか、お姉さんとか妹とかはありません。名前はみんな、フローラです。わたしもやっぱり、フローラです。

わたしたちは、朝とても早くおきます。毎朝、四じにおきて、顔を洗うと、大いそぎで「集会所」に集まります。そうしてたいせつな「かみの毛あみのぎ式」をします。

一人の長いかみの毛を二つにわけて、右と左から二人であんでいきます。あみながら、歌を歌います。それはこんな歌です。

ウラー、ウラー　サップ・サップ
ウラー、ウラー　セダム・セダム
シバクラバ　シラバクバ
ホワ！　ホワ！　ホワ！

これは遠いむかし、わたしたちのそ先のフローラたちがこの場所にやって来たときに、土地の神さまにしたあいさつの言葉なのだと、大大フローラに教わりました。

わたしたちは、かみの毛をとてもだいじにします。かみの毛は、わたしたちを地面としっかりつなぐものだからです。かみの毛がないと、わたしたちは地面からひっこぬかれたベンケイソウのように、かれてしまう。

フローラたちはいつも、かみの毛とかみの毛をくっつけたり、からませたり、なでたりしています。そうすると、口で言わなくても、思っていることがつたわるからです。

ワンピースも、とてもだいじなものです。

フローラたちは、いろいろな花のついたワンピースを着ます。ユリ、バラ、キンポウゲ、わすれなぐさ、ヤグルマソウ、ひなげし。

それは前の前の前のそのまた前の、ずっと前のフローラたちから順ぐりに受けつがれたものです。ユリのワンピースを受けついだフローラはユリのフローラに、ひなげしのワンピースを受けついだフローラはひなげしのフローラになります。

洗たくしてほしてあるたくさんのワンピースを見ていると、ときどきたくさんのフローラたちにじっと見つめられているような気もちになります。まるで、今までそのワンピースを着てきたたくさんのフローラたちのたましいが、そこに残っているみたいです。

もしかしたら、ワンピースのほうがほんとうのフローラたちで、わたしたちは、それをひっかけておくハンガーみたいなものなのかもしれません。よくわかりません。

わたしもはやく大きくなって、ワンピースを着たいです。でもわたしが何のフローラになるのか、それはまだわかりません。そのときがくれば、ワンピースがしぜんにあなたをえらぶのよ、とフローラたちは言います。

それからわたしは学校に行きます。学校までは、砂ばくの道を歩いて一時間かかります。いまの季節は、まだ暗くて月が出ていて、遠くでコヨーテがなきます。コヨーテが近くにこないように、ガラガラヘビのしっぽのお守りをふりながら歩きます。

学校は、きょ年から行くようになりました。それまでは、大きいフローラたちが文字や算数をおしえてくれました。一しょに歌をうたったり絵をかいたりしました。でも、法りつで、わたしは学校に行かなければならなくて、そうしないとフローラたちがこわい目にあうのだそうです。

学校には、男の子がいます。男の人は、写真でしか見たことがありませんでした。写真は、集会所のかべや、だんろの上に、たくさんかざってあります。もしかしたら、その中のどれかがわたしのお父さんなのかもしれないけれど、ちがうのかもしれません。大きいフローラたちに聞いてみたいけれど、聞いてはいけないことのような気がします。わたしは学校が、まだ少しこわい。

学校から帰ると、大いそがしです。ニワトリのエサやりと、ブタ小屋のそうじが、わたしの仕事です。それがすむと、宿だいをします。それから洗たくものをたたみます。

それからおやすみを言うまでが、一日でいちばん楽しい時間です。

わたしたちは集会所にあつまって、ケシのお茶をのみながら、めいめい好きなことをします。大きいフローラたちが、おはじきや、あやとりや、絵かき歌をおしえてくれます。きのうは「ハチとエニシダ」というのと「リュウゼツラン」を習いました。

それからいろんなお話しをします。きのう見た夢の話や、お天気の話、家ちくの話や、むかし話。いちばん楽しみなのは、大大フローラのお話しです。大大フローラはいちばん古かぶのフローラで、何さいなのか、だれも知りません。大大フローラは昔昔のずっと昔、わたしたちフローラがべつの大りくにいたときのことを話してくれます。

その昔、大りくにはたくさんのフローラたちがいて、みんなとも平和にきょうぞんしていたそうです。でもだんだんと世の中がわるくなって、人間たちがたくさんころされて、フローラたちも、ころされたり、わるい土や水のせいで死んでしまって、それで残ったひとにぎりのフローラたちが海をこえて、ようやくここに根づいたのだそうです。戦争や、人が死ぬところはこわいけれど、海をこえるところはおもしろくて、何度聞いてもまた聞きたくなります。

もうひとつ、わたしたちが、とても楽しみにしているお祭りがあります。八がつの満月の夜にやる、「ぽれん祭」です。

「ぽれん祭」の夜、わたしたちはかみの毛をほどいて、砂ばくをどんどん歩いていって、いちばん高い山のてっぺんにのぼります。

てっぺんに着くと、サボテンで作った、とろっとしたあまいジュースをみんなで飲みます。それから、かみの毛を真ん中に向けて長くのばして、わになって地面にねます。上から見たら、わたしたちはきっと、大きな一つの車りんのように見えるでしょう。

祭りのあいだは、声を出すのはきんしです。だまって地面にねていると、空のほかは何も見えなくて、星がこわいくらいにたくさんで、うちゅうの中にねているようです。ふれあったかみの毛をとおして、みんなの心がざわざわするのがつたわってきます。

そのうちに、へんなことがおこります。だんだんじぶんの体がすきとおって、ふくらんで、うちゅうのほうにどんどん広がっていって、体はすっかり消えてしまって、なのにわたしはやっぱりそこにいて、うちゅうが全部わたしになったような感じになります。

そのとき、どこかから歌が聞こえてきます。毎朝、わたしたちが歌っているのとよく似た歌です。だれの声かわからない、でもどこかで聞いたことのあるような、とてもなつかしい声です。

ウラー、ウラー　ウラー、ウラー

すると、地面に広げたわたしたちのかみの毛が、しずかに立ちあがり、ゆっくりと一つによりあわさっていきます。

体をなくしたわたしたちのなかで、そこだけ生きているように、ゆっくり、ゆっくり、一つによりあわさって、あみこまれて、太い一本のくきのようになって、月にむかって高く高くのびていきます。やがてかみの柱のてっぺんに、ちょこんとつぼみが生まれます。つぼみはみるみるふくらんで、開いて、ものすごく大きな花が咲きます。船のような形をしていて、花びらがすきとおっていて、オーロラのように色が変わります。ほかのどんな花とも似ていない、でもとてもきれいな花です。

ホワ！　ホワ！　ホワ！

空から月がおりてきて、だんだん大きくなって、花の先にタッチした、と思ったしゅん間、ぱーーーん！　一しゅん砂ばくが昼みたいに明るくなって、そうして上のほうから金色のきらきらした粉がふってきます。「ぽれん」です！　フローラたちのよろこびが一つになって、うちゅう全体に広がります。あとには、とてもいいにおいだけがのこります。

さいきん、わたしはよく同じ夢を見ます。わたしの体が小さな小さなケシつぶのようになって、かみの毛がわた毛のかさにかわって、そうして風にのってふんわり飛んでいく夢です。ほかのフローラたちも、同じ夢を見ると言います。

時が近いのかもしれない、と大大フローラは言います。その時がきたら、わたしたちはまた風にのって、海をこえて、根をおろすことのできる新しい大りくを目ざすのだそうです。昔むかしのフローラたちがそうしたように。そのことを考えると、こわいような、わくわくするような気もちになります。

そうしたら、学校のみんなともおわかれです。

それまでに、お友だちが一人できるといいなと思います。

（『IMA』「Flower Girls　特集・ユーニス・アドルノ」二〇一二年秋　アマナ）

ここ行ったことない① 回転寿司

回転寿司屋に行ったことがない。

そもそもその名称が、すでに私の恐れるもの二つを含んでいる。

まず〈寿司屋〉。寿司屋にはさまざまな暗黙のルールが存在すると言われる。まず白身から頼むのがしきたりであるとか、トロばかり連続して頼んではいけないとか、醤油をつけすぎるのは馬鹿者であるとか、注文は握る人が忙しくないときを見計らってするのでなければならないとか、ショウガは「ガリ」お茶は「あがり」お勘定は「おあいそ」だがそれは店側の符丁(ふちょう)であって客がそれを使うのは野暮であるとか、湯飲みに書いてある魚偏の漢字の読み方を職人さんにみだりに訊(たず)ねてはならない等々、おそらくそんなのは氷山のほんの一角で、きっと客はのれんをくぐるときの首の角度から箸の割り方から寿司を口に入れて嚙む回数まで店の人および他の常連客から厳しくチェックされて内心舌打ちあるいは嘲笑され、知らずにルールを三回破るといきなり椅子の下の床がばたんと開いて奈落に突き落とされて鰐(わに)に食われてしまうのだったらどうしよう。と、「暗黙のルール」に極端に疎く、そのために今までの人生でいろいろと楽しくない思いをしてきた私は常にびくびくしながら食べるので、寿司屋では生きた心地がしない。

その暗黙のルールの帝国のごとき寿司屋に、さらに〈回転〉という新たなるルールが付加されてしまっているのだ。

　そもそも私は何でも動いているものが苦手だ。動くものは、こっちがそれについて何か考えたり対処しようとしたりしているうちに変化してしまうので困る。その最たるものは人間だ。寿司は静止していてさえこんなにも困難を伴うのに、さらにそれが動いているとなると、もうとても自分の手には負えないような気がする。

　だいいち寿司がベルトコンベアに乗って流れてくるのなら、座る位置によっていちじるしく有利になったり不利になったりしないのだろうか。うっかり下流に座ってしまった場合、好きなネタが向こうからやってきても上流の人にどんどん横取りされ、自分はいつまでたってもカッパ巻きとか納豆巻きしか食べられない、という悲劇は起こらないのだろうか。

　流れる速度も問題だ。秒速一〇センチぐらいなら充分の余裕をもって皿を吟味し安全に取ることができる自信があるし、まあ空港の荷物受け取りぐらいの速度までなら何とか対処できそうな気がするが、自転車とか車とか電車ぐらいのスピードだったらもう無理だ。もしかしたらバッティングセンターみたいに初級・中級・上級と、店によって速度が異なるのかもしれない。上級者向けの店ともなると、皿の速度は時速一六〇キロにも及ぶ。客はあらんかぎりの動体視力を駆使してネタの種類を瞬時に見分け、正確なスイングで皿を真芯(ましん)でとらえる。技能の未熟な者がうかつに手を出せば、よくて空振り、悪くすればデッドボールとなり、手指の骨折や皿の破損、寿司ネタおよび酢飯の店内への飛散といった事態を招く結果となる。だが上級になればなるほど寿司ネタの新鮮さもアップするので、食い意地に目のくらんだ無謀な挑戦者は跡を絶たない。

だが上には上がある。さらに上級者向けとなると、皿ばかりか椅子までが回転する。客は猛スピードで流れるベルトコンベアと逆方向に回転するスツールに座り、皿をあやまたずキャッチしたうえで、なおかつ高速回転する椅子に座ったまま、目を回すことなく寿司を賞味することが要求される。言うまでもなく寿司の美味(おい)しさは空前絶後であるため、数々の豪の者どもが挑戦したが、今までに満腹になって店を出たのはイチロー一人であると言われる。

寿司は好きだが、そんなにまでして食べたいとは思わない。

(『esora』vol.6　二〇〇八年十一月　講談社)

ここ行ったことない② ブータン

ブータンへは行ったことがない。

行ったことはないが、ブータンについて考えるのはけっこう好きだ。

ブータン。その言葉を口にするだけで、あるいは頭に思い描くだけで、つい顔が半笑いになり、体のどこかわからない部分が脱力する。いろんなことがどうでもよくなる。こんなに短い、しかも国名だというのに、何という破壊力。ブータン。

だいたい、国でも人でも名前というのは重要だ。

たとえば有名なところではニャホニャホ・タマクローという人がいる。会ったことはないが、ニャホニャホ・タマクロー氏はたぶんすごくお茶目な人のような気がする。何となく頭の上に子猫を三匹のっけていて上半身裸で縞(しま)のデカパンをはいていそうな気がする。あるいは信楽(しがらき)焼のタヌキのコスプレをしてデヘへと笑っていそうな気がする。実際にはどこかの国のサッカー協会の会長だった人だ。

ことほどさように名前はその人の印象を左右する。名前が性質や運命までも決めてしまうことだって、多分にあるのではないかと思う。ここだけの話、グレゴール・ザムザがムカデに変身してしまったのも、半分ぐらいは名前のせいではないかと思っている。

で、ブータンだ。

ブータンの人たちは、たぶん絶対に怒ったり怒鳴ったりムカついたりしないんじゃないかと思う。つねに笑顔で、動作もゆったりしている。めったなことでは走らない。どうしても急ぐときはスキップ。ブータンだもの。

夜は八時に消灯。夜明けとともに起床。ラジオ体操をして農作業をしてから登校出勤。道行く人に笑顔であいさつ。父母を敬い。娯楽はピクニックと踊りと墓参り。もちろんネットなんかやらない。一生のうちにただの一度も「ぶっ殺す」も「死ね」も「ざけんなオラ」も言わずに生涯を終える。

ブータンに行ったことはないが、ブータンに関して一つ知っていることがある。王様がＧＮＰの代わりに「幸せ指数」みたいなものを考案して、国民一人ひとりの幸せ指数を上げることを国の目標に掲げているのだそうだ。

王様？　快獣ブースカに決まっている。頭に王冠だってついている。ブースカが王様とあっては、もう国民はニコニコするしかない。他国だって、ブースカが王様をやっている国に戦争をしかける気にはなれない。どこまでも幸せな国だ。

だが、ブータンに関してじつは私はもう一つ重大な事実を知っている。ブータンの料理は世界一辛いのだ。以前テレビで「世界の激辛料理ベストテン」みたいなものをやっていて、そこで一位に輝いていた。ひと口食べた人が転げ回っていた。

しかしそんなことがあるだろうか。辛いものを食べると、人はだいたい血の気が多くなる。ラテン風味にキレやすくなる。ハバネロよりもハラペーニョよりも辛い、そんな世界一激辛な料理を食べて、なおかつほのぼのと幸せ指数たっぷりでいられるものなのだろうか。

本当は、そのニコニコほのぼのの底に、本人たちも気づかぬどす黒い怒りのマグマが煮えたぎっているのではあるまいか。そしてそれは何百年、何千年にもわたって集団の無意識下に蓄えられ、激辛料理の養分を吸って成長し、静かに噴火の時を待っているのではあるまいか。

そういえば、あのほんわかの象徴のような快獣ブースカも、ときどき猛烈に怒ることがあったのではなかったか。怒るとあの王冠の先から恐ろしい煙のようなものがシュワシュワと立ちのぼるのではなかったか。

たぶんそのとき、世界は滅亡する。

（『esora』vol.7　二〇〇九年四月　講談社）

ここ行ったことない③　ＹＲＰ野比

人生の大半を、小田急線沿線の住人として暮らしてきた。

乗ったことのある人なら知っているだろうが、小田急線は混む。特に朝夕のラッシュ時は殺人的に混む。すでにすし詰めの状態で到着した電車に、駅ごとに待ち構えているさらに大量の人間がデスメタルのリズムで殺到する。四角い空間の中で肉体が圧縮され、物理の法則が歪められ超新星が誕生する。痴漢もスリも手を動かせない極限状態では、むろん本を読むなど夢のまた夢、わずかに動く首を上げれば、目に入るものはドアの上に掲げられた小田急の路線図。

そんなわけで、いっときは新宿から箱根や江ノ島までの駅名をすべてそらで言えたほどだが、その中に一つ気になる駅名があった。〈風祭〉。読み方からしてわからない。カザマツリ？　カゼマツリ？　フウサイ？　ものすごく興味深い。やはり風が強く吹いているのだろうか。でもって年がら年じゅうお祭り状態だろうか。駅を下りると、荒涼たる岩場に大小の風車（かざぐるま）が林立し、吹きすさぶ風にたえずカラカラカラカラと回っているだろうか。枯れ草の塊が砂埃（すなぼこり）とともに転がり、木はすべて斜めに生えている。人も基本歩くのではなく転がる。空を見上げれば飛び交う無数のメーヴェ。と、遠くからかすかに聞こえてくるにぎやかな鉦太鼓（かねたいこ）の音。ピーヒャラピーヒャラ、コンコンチキチンコンチキチン。強風に逆らうように地平線の彼方から現れる巨大な神輿（みこし）。担いでいるのはすべて半裸のセクシー女性、名前は全員「ゆき」。女のご神体を祀った神聖な土地であるため、男は風祭駅で降りることを固く禁じられている。禁を冒して降りた者は大勢のゆき達に襲われ、よってたかって精を吸い取られ、遺骸は峠に運ばれ風葬に付される。そしてまた一本、風車が増える。

気になる駅名といえば、〈青物横町〉と〈梅屋敷〉も気になる。高校のときの同級生が青物横町に住んでいて、高二のときに結成したバンド名が「梅屋敷」だった。「梅屋敷」の前は「銀玉」というバンド名だった。演奏のうまさとネーミングのギャップがすごかった。聞くところによると、青物横町は商店街の端から端まで八百屋であるわけではないし、梅屋敷にも梅づくしのテーマパークがあるわけではないらしい。

先日、三崎に行った。男女十数名が某社の保養所に集まってただただ酒を飲むだけという会合だ。一晩で一升瓶六本ビール三ケースが空になり、帰りは全員フラフラの体で京急電車に乗った。車窓の外で海になったり山になったりする景色を夢うつつで眺めるうち、電車が奇妙な名前の駅に停車した。〈ＹＲＰ野比〉。何度目をこすってみても〈ＹＲＰ野比〉。私たちは酔眼を見開いて窓の外を探したが、のどかな山あいに住宅街が広がるばかりで、きっと何かとてつもなく近未来的でメタリックなものであるはずの、そのＹＲＰらしきものは、どこにも見あたらなかった。

おそらくＹＲＰは、昼間は地下に隠されているのだ。すっかり日が暮れ、京急の終電も走り去った後、月に照らされた山間に不気味なサイレンが響きわたる。山の上部が轟音とともに二つに割れ、中から巨大な銀色のドーム状のＹＲＰが姿を現す。中から銀色の小さい人がわらわらと出てきて四方に散っていく。住宅街の家々でも、サイレンを合図に住民たちが背中のファスナーを下ろして人間の皮を脱ぎ、銀色の正体をあらわし、山から下りてきた群れに合流して闇夜に消えていく。
こうして彼らは夜ごと近隣の街をひそかに侵攻し、世界を着々とＹＲＰ化しつつある。そしてある朝目覚めると、あなたの駅も〈ＹＲＰ町田〉とか〈ＹＲＰ高円寺〉とかに変わっている。気づいたときにはもう手遅れだ。あなたは背中に手をやる。ファスナーが手に触れる。銀色の。

（『esora』vol.8　二〇〇九年九月　講談社）

ここ行ったことない④　お台場

お台場へは行ったことがない。

行ったことがないまま、断片的な知識だけがある。

お台場へは、たしか「ゆりかもめ」というものに乗っていくのだ。この「ゆりかもめ」にも乗ったことがない。

ゆりかもめ。アヒルかヒヨコの形をしたゴンドラを縦に三両ほどつないだような乗り物だろうか。走るとゆりかごみたいにゆらゆら揺れる。当然屋根はない。たぶん猿が運転している。それがモノレールのような、地上数十メートルの高さの線路の上を揺れながら走っている。

恐ろしい乗り物だ。だがお台場に行くにはそれしか交通手段がないので、決死の覚悟で乗る。揺れる車両から振り落とされることもなく、突風に吹き飛ばされることもなく、猿に運転に飽きられることもなく、運よく終点にたどり着けば、そこは波打ち際だ。そう、お台場は海の町だということは私も知っている。

松林の並ぶ砂浜に立って沖合を見ると、石垣でできた城壁のような細長い台が海中に突き出しており、その上に大砲とダイバーとお立ち台ギャルが並んで立っている。

どうしてこういうことになったかというと、私が「お台場」という地名を初めて耳にしたのが八〇年代バブル期だったせいだ。誰それが週末に知り合いのクルーザーでお台場の沖まで出て、とか、そんなような話だった。江戸時代に黒船に備えて砲台を作った場所だからそう呼ばれている、みたいな蘊蓄(うんちく)もついでに垂れられた。当時は誰もが自慢話と蘊蓄をセットで語った。お立ち台ギャルがいるのもたぶんバブルのせいだろう。

しかしバブルは遠くはじけたし、ペリーも帰った。たぶん今のお台場にはお立ち台ギャルもいないし大砲もない。

そう思っていま一度浜に目を転じてみると、さっきまで気がつかなかったが、いつのまにか巨大な謎の建造物がそびえている。銀色のレゴを組み合わせて作ったような角ばった形をしており、あまり建物らしくない。ことに中央部分にめりこんでいる巨大な銀の球体、あれはどう見ても何らかの兵器だ。

そこまで考えて気がついた。そうか、腐っても「お台場」。大砲はなくなったわけではない、進化してあのような形になったのだ。おそらくあの巨大な銀の砲弾でもって、次なるペリーの襲撃を迎え撃とうというのであろう。

沖のほうを振り返ってみて、私は凍りついた。海中に突き出していた件(くだん)の台の上に、いつの間にか自由の女神が立っている。なんかずいぶん縮んだような気もするが、それでもあれはまぎれもなく合衆国の象徴。いったい誰が置いたのか。ペリーか。それともお立ち台ギャルが変化(へんげ)したのか。

ドドドドドドとものすごい地響きがあり、巨大砲台が振動をはじめた。目標を確認したらしい。ターゲットロックオン、エネルギー充填一二〇パーセント、全体が銀から赤に変わりはじめた、と見る間にズドンと腹に響く音がして巨大銀玉が砲台から転がり落ち、浜を逃げまどう人々をつぎつぎ押しつぶしながら、すごい勢いで海めがけて転がりだした。

私は命からがら「ゆりかもめ」までたどり着き、猿に鋭いムチをくれて全速力で運転させ、ほうほうの体(てい)で逃げ帰った。

お台場は恐ろしいところだった。行ったことはないが、二度と行きたくない。

（『esora』vol.9　二〇一〇年三月　講談社）

II 本と人

もう一度読んでみた①『クマのプーさん　プー横丁にたった家』

▼Ａ・Ａ・ミルン著／石井桃子訳　岩波書店

『クマのプーさん　プー横丁にたった家』は、おそらく私が生まれて初めて読んだ〝絵より字のほうが多い本〟だ。「読んだ」というのはじつは少し嘘で、当時幼稚園児だった私は、この本を毎晩寝る前に父から読み聞かされていた。父は兵庫県出身なので、「クマのプーさん」のイントネーションも（ソファレファレドド）ではなく（ドレファソファレド）だった。

そんな耳で聞いた関西風味の『プーさん』を、大人になってあらためて字で読むと、印象ははたして違うだろうか。それにあんなに好きだったとはいえ、あれからもう四十数年だ。いま読み返して、それでも面白さは変わらないだろうか。

ちなみに『クマのプーさん　プー横丁にたった家』は、イギリスの作家Ａ・Ａ・ミルンが、息子クリストファー・ロビンと彼のぬいぐるみたちを登場人物にして書いた童話で、一九二六年に『クマのプーさん』が、その二年後に続編の『プー横丁にたった家』が出た。日本では六二年にその二つを合わせた訳本が、岩波書店から石井桃子訳で出ている。

読みはじめてすぐ、あれ、と思った。なんだか字面にすごく覚えがあるのだ。読み聞かされただけだと思っていたが、どうも字が読めるようになってから自分でも読んだらしい。それも一度ではなく何度も。いきなりの記憶違いだ。

それはそうと、読み進めていくうちに私が懐いた感想は〝なにこれ、めちゃくちゃ面白いよ！〟だった。正直私は、古い作品だし、子供向けだし、読んだ自分も子供だったというので、舐めていた節がある。ミルンさんと昔の自分に謝りたい。

まず何といっても登場人物のキャラ立ちがすばらしい。お馬鹿さんで食い意地のはったプー、体も肝っ玉も小さいコブタ、絵に描いたようなスノッブのフクロ、超絶いじけキャラのイーヨー、みんなリアルでしかも愛らしい（コブタは誰かに似ていると思ったら『ぼのぼの』のシマリスだ。いや、もちろんシマリスのほうがコブタに似ているのだけれど）。

それに一ページに一度は、笑わせのポイントがある。

プーは、このふたつのはり紙を、とてもていねいによみました。はじめまず、左から右へとよんでゆき、それから、ぬかしてよんだかもしれないので、右から左へとよみました。

こういう英国風味の寸止めのユーモアを、子供の私ははたして理解していたのだろうか。ちなみに作者のミルンは、かの風刺雑誌『パンチ』の編集に携っていた人である。

もう一つ面白いのは、この本の「額縁構造」だ。父親が息子に語って聞かせる物語の合間に、当の父親と息子のやりとりもはさまれる。さりげなくメタフィクションだったのだ。ついでに言うなら、それをさらに父親から語り聞かされていた私は、自分でも気づかぬうちに、二つの額縁ごしにこの物語を味わっていたことになる。

……と、「クマのプーさん」を大いに楽しんだわけだが、後半の「プー横丁にたった家」で様相が一変した。まず、内容をほとんど覚えていないのだ。読まなかったのか、読んで気に入らなかったのかはわからない。ともかく「ああ、ここ読んだ読んだ、懐かしいな」という場面がほとんどなかった。相変わらずプーやコブタたちは魅力的で、ユーモラスな語りも変わらない。でも何というか、全体をうっすらと悲しみのオーラが覆っているのだ。まず前口上で、プーたちの住む世界は「夢」であることが明言されている。そして物語中にも「外の世界」という言葉が忍び込む。そう、人間の子供であるクリストファー・ロビンにも避けがたい「成長」というものが訪れ、成長は別れを意味しているのだ。

そのうち、クリストファー・ロビンも、いろんなことの終わりまできて、口をつぐみました。そして、世界をながめながら、いつもこのままでいられたらいいのに、と思いました。

これはちょっと衝撃だった。クリストファー・ロビンとプーは、時の止まった森の中で永遠に遊戯していたわけではなかったのだ。最後が唐突に「ふたりのいったさきがどこであろうと、またその途中にどんなことがおころうと、あの森の魔法の場所には、ひとりの少年とその子のクマが、いつもあそんでいることでしょう。」と締めくくられているのも、取ってつけたようで何だか悲しい。子供の私は成長の悲しみを忌避して、それで後半を記憶から消したのだろうか。

というわけで、ほとんど半世紀ぶりに再読した『クマのプーさん　プー横丁にたった家』は、面白うてやがて悲しい、でもやっぱり宝のような本だった。

もう一つ、あらためて読んでみて思ったのは「石井桃子ってすごいな」ということだ。

「それがいいぞ。」と、イーヨーはいいました。「うたうがいいぞ。やっさこらさ、世界のうちにおまえほどか。あそぶがいいわ。」

このいじけた老ロバの顔つきや嘆息を刻印するがごとき台詞のすばらしさはどうだろう。そもそもPoohを「プーさん」と訳した、それ一つとっても大変な偉業ではないかと思うのだ。


（『青春と読書』二〇一〇年九月　集英社）

もう一度読んでみた②『海のおばけオーリー』

▼マリー・ホール・エッツ著／石井桃子訳　岩波書店

大昔に読んで感銘を受けた本をいま読みなおしたらどうなるか、を実験するために始めたこの連載。一回目が『くまのプーさん』だったから次は大人の本にしようと思ったが、そうは問屋がおろさなかった。もう一つ、これをまたいで通るわけにはいかない、という絵本を思い出してしまった。マリー・ホール・エッツの『海のおばけオーリー』だ。

薄い大型の絵本で、漫画のように一ページにいくつもコマがあり、各コマの下に文章がついていた。アザラシの子供が母親とはぐれて人間の住む町に連れて来られ、さまざまな騒ぎを巻き起こしたあげく、ふたたび母アザラシと再会する、そんなような物語だった。

子供のころの私はとにかくこの絵本が好きだった。理由はアザラシの仔のかわいらしさにあるのでも、感動的な母子の再会にあるのでもなかった。私はこの本の〝暗さ〟に心魅かれていた。水墨画のような版画のようなモノトーンの絵、それも黒の分量が圧倒的に多かった。部屋の壁とか、ふつうそこは黒じゃないだろう、と言いたくなるようなところまで黒く塗りつぶされていた。家にあった絵本の中で、この暗黒の感じがひときわ異彩を放っていたのを覚えている。

数十年ぶりに手にとってみた。私の持っていた版とは違って、赤くてつるつるのカバーがかかっている（私の記憶ではもっとくすんだ、マットな紙質だった）が、表紙の絵はいまも変わっていない。

この本の主人公、仔アザラシのオーリーが水面から顔を出して、真正面からこちらを見つめている。この絵がすごく怖い。まん丸で大きなオーリーの目の中がタール状にぬらぬらしている。グレイタイプのエイリアンの目。最初から不穏だ。

オーリーは北の海で母アザラシと暮らしていたが、母が目を離したすきに水兵に盗まれてしまう。水兵はそれを「母親に死なれたかわいそうな仔アザラシ」と偽ってペットショップに売り、ペットショップはさらにそれを水族館に売る。オーリーは人気者になるが、やがて母恋しさに病気のようになってしまう。手を焼いた館長は飼育係にオーリーの殺処分を命じるが、飼育係は哀れに思って彼を夜の湖に逃がす。

ここで最も懐かしいコマと再会した。皓々（こうこう）と電球の灯る黒い地下室で、台の上にオーリーを横たえた飼育係が、壁にかかったノコギリとか錐（きり）とかの道具類の中から、ためらいがちに大きな木槌を取るシーン。子供の私はいつもここでゾクゾクした。もしかしたら漠然とした猟奇とエロスをこのコマに感じていたのかもしれない。

私の記憶の中では、まるまる一ページの大きさだったこのコマが、実はごくごく小さかったのはショックだった。だが、このコマの「黒」はやはりとても美しい。これに続くオーリーの冒険のシーンはすべて夜で、したがってほとんどを黒く塗りつぶされたページが何見開きか続く。本の三分の一近くを占めるこの黒のパートは、今見てもくらくらするほどきれいだ。どんなカラフルな色彩よりも、黒がいちばん想像力をかき立てるということを、まざまざと思い知らされる。

自由の身になったオーリーは、生来の人懐っこさから人間たちに近寄っていくが、水族館ではあんなに彼の姿に喜んでいた人々が、今度は彼を見て恐怖に逃げまどう。やがてマスコミまで乗り出す大騒ぎとなり、オーリーはいつの間にかゴジラのような恐ろしい怪獣に仕立てあげられてしまう。

今回読み直してみて思ったのは、この本の作者はけっこうな人間嫌いなんじゃないか、ということだ。オーリーを取り巻く人間たちの行為をよく見ていくと、盗む、欺（あざむ）く、売る、殺す、怯える、嘲笑（あざわら）う……といった具合に（心優しい飼育係ひとりを除いて）ろくなものではない。作者はひたすら淡々とした語り口で人々の行為を伝えていくが、それがかえって人間社会の愚かしさ醜さを皮肉に浮き彫りにしていく。仔アザラシの物語の形を借りてはいるが、作者が本当に言いたかったのは実はそっちのほうなのではあるまいか。

マリー・ホール・エッツとはどんな人だったのだろうとネットで検索しているうちに、かなり晩年のものと思われる彼女の写真を見つけた。アメリカ先住民の長老のごときなめし革色の肌、ゴルゴ顔負けの苦み走った表情。口には巨大なパイプをくわえている。今まで見た著者ポートレートの中でも最強最凶の一枚だ。女子刑務所で産声を上げたマリーは孤児院に入れられるが三歳で脱走、六歳で初めて人を殺し、以後カツアゲ、ヤクの売人、殺し屋などをしながらしだいに暗黒街でのしあがるも、二十歳の時に押し入った書店で絵本と出会い、以後悪の道から足を洗い絵本作家としての道を歩みはじめた、というのはもちろん全部私の勝手な空想で、本当のところはソーシャルワーカーとして長く勤めたのちに作家に転身した立派な人であるらしい。にしてもこの黒い絵、人間観察の冷めた目、でかいパイプ。気になる。

気になるといえば、この絵本の最初のコマと最後のコマは共にオーリーと母親が並んで横たわっている絵で、構図もほぼ同じだ。オーリーは大変な距離を旅し、大冒険の末に故郷に戻ったというのに、さほど大きさも変わっていない。もしかしてこの物語は円環状になっていて、最後のコマのあとまたオーリーが水兵にさらわれるんだったりして……と、汚れっちまった大人の私はつい黒いことを考えてしまうのであった。

（『青春と読書』二〇一〇年十月　集英社）

もう一度読んでみた③『にんじん』

▼ジュール・ルナアル著／岸田国士訳　岩波書店

　ジュール・ルナール（岩波版では「ルナアル」）の『にんじん』を最初に読んだのは八歳くらいのころで、家にあった旧字旧仮名遣いの岩波文庫（昭和二十五年初版、四十三年二十六刷）でだった。そんな読みにくい本をわざわざ読む気になったのは、たぶん各章の冒頭についている挿絵に心魅かれたからだった。黒々とした太い描線の、ムンクみたいにぐにゃぐにゃした不穏な絵。その絵が何なのか知りたい一心で字を読んだ、というのが本当のところだ。

　その時の本が今も手元にあるのだが、苦闘の跡が偲(しの)ばれる。ただでさえ大人向けの本なうえに、旧字旧仮名遣いだ。どうやらいちいち大人に訊(き)いたらしく、最初のほうは自分で振りがなを振っている。しかし冒頭の一行め〈ルピック夫人は云ふ――〉の〝夫人〟と〝云〟からしてルビが振ってあり、前途多難だ。途中から根負けして「読み方を前後から推測する」方式に変えたらしく、〈穏(しず)かに、寛大(だいたん)に〉とか、でたらめなことになっている。

　本当のことを言うと、これを再読するのは少し怖かった。というのも、当時の私はこの本が好きでたまらなかったが、その「好き」さは主に「わからなさ」に由来していたからだ。謎めいた挿絵や難しい漢字だけでなく、ここに書かれている風物や言葉や習慣、すべてが自分には馴染みのない不思議なものばかりだった。パンに塗るのは「バタ」と「ジャミ」だし、友人を罵(ののし)る言葉は「やい、あめちよこ！」だし、子供なのに食事の時に葡萄酒を飲むし、鼻をかむのにちり紙ではなくハンカチを使うし……。そういう遠さ、理解不能さが子供の私にはひたすら魅惑的で、それで飽きもせずに何度もくり返し読んだ。それを知識の増えた大人になって読むと、かつての「わからなさ」の魔法が消えてしまって、失望させられるのではあるまいか。

でも、結論から言えばそんなことは全然なかった。大人になって読む『にんじん』は、やはり強烈に面白かった。たとえば子供のころは細部に気を取られて気づきそこねていた登場人物一人ひとりのキャラクターが、とても複雑に描き分けられていることが、今ならとてもよくわかる。ことに、ただひたすら恐ろしい怪物のように思えていたあの母親にも、ちゃんと生身の人間らしい孤独や悲しみが備わっているし、ユーモアや愛情さえ垣間見える瞬間があるのがわかる。あるいは、「赤い頰(ほっ)ぺた」という章に暗示されている同性愛的な何か。学校の寮で、少女のように美しい同級生と室長が毎晩遅くまで話し込んでいるのを、にんじんは学校に密告する。寮を去ることになった室長の背に、ガラスで切った拳の血を頰に塗りたくりながらにんじんが叫ぶ「おれだつて、赤い頰ぺたになれるんだ、いざつて云や……」は、いま読み返すと切ないくらいBLなセリフだ。

とはいえ、あらためて読み返してみるこの作品が、キャラもストーリーも整った一つの「小説」として私の胸を打ったのかというと、それもちょっと違う。作者はそんなことを目指していない気がするのだ。たしかにこれは愛し愛されなかった母と子の物語だし、虐げられながらも結構ふてぶてしくサヴァイヴする少年の物語だし、それは多分に自伝的でもあったらしいのだけれど、そんなことよりルナールは、もっと普遍的な「子供時代」の細部を、写真で場面場面を切り取るようにスケッチし、永久保存したかったのではないかという気がする。だから読みおわって一番心に残るのは、にんじん少年の目を通して見た、ありふれた日常の風景の数々だ。

魔性(ましやう)の水は、その表面に、寒々とした影を反射させてゐた。／齒を嚙み合せるやうに、ひたひたと波の音を立て、臭ひともつかぬ臭ひが立ち昇つてゐる。／この中へはひるわけである。……にんじんは、顫(ふる)へ上る。元氣を出して、こんどこそはと思ふのだが、いよいよとなると、またその元氣がどつかへ行つてしまふ。水を見ると、遠くの方から引つ張られるやうで、ついぐらぐらつとなるのである。（「水浴び」）

なるほど、血まみれになつた石の上で、土龍はぴくぴく動く。脂肪(あぶら)だらけの腹がこゞりのやうに顫へ、その顫へ方が、さも生命(いのち)のある證據のやうに見える。……彼はまたそれを拾ひ上げる。罵倒する。そして、方法を變へる。／顔を眞赤にし、眼に涙を溜め、彼は土龍に唾(つば)をひつかける。それから、すぐそばの石の上を目がけて、力まかせに叩きつける。／それでも、例の不格好な腹は、相變らず動いてゐる。（「土龍(もぐら)」）

ああ、ずっとこのまま引用しつづけていたい。いま気づいたが、大人になってぐっときた箇所と、子供のころに意味がわからないまま好きだった箇所とは、ほとんど完璧に一致している。そしてそれは訳者の岸田国士(くにお)の筆がひときわ唸りをあげている箇所でもある。というわけで、私は石井桃子に対してつぶやいたことを、もう一度ここでつぶやかないわけにいかない。すごいよ、国士さん。
私は今までずっと、大学の時に読んだ藤本和子訳のブローティガンで翻訳というものの面白さや凄さを知ったように思っていたけれど、もしかしたらもっとずっと人生の初期に、何らかの洗脳を受けていたのかもしれない。

（『青春と読書』二〇一一年一月　集英社）

もう一度読んでみた④『小僧の神様　他十篇』

▼志賀直哉著　岩波書店

志賀直哉を初めて読んだのはいつ、どこでだったか、小学校か中学校の国語の教科書だったか、それとも家にあった本をたまたま読んだのが先だったか、記憶が曖昧だ。

ともかく、十代前半に何度も読んでくたくたになった志賀直哉の短編集を私は今も持っている。岩波文庫『小僧の神様　他十篇』、昭和三年初版、昭和四四年第四七刷。表紙に何かこぼした跡がある。収録作品は表題作の他に「正義派」「赤西蠣太」「母の死と新しい母」「清兵衛と瓢箪」「范の犯罪」「城の崎にて」「好人物の夫婦」「流行感冒」「たき火」「真鶴」。

久しぶりに再読しての感想は、「久しぶり感ゼロ」というものだった。たとえて言うなら、高校の同級生と数十年ぶりに会っても、顔を合わせたとたん当時のノリに戻って、その間のタイムラグが瞬時に帳消しになる、そんな感じ。体感的には、半年ぶりくらいに読んだのと変わらなかった。

言い換えれば、十代はじめで読んだときの印象と、いまあらためて読み直したときの印象がまるきり同じだったわけで、これはどうしたことだろう。あまりに何度も読んだせいで骨身にしみついてしまっているからなのか、それともこれは志賀直哉の特性なのか。

志賀直哉は小説の神様、ということになっているけれど、ここだけの話、文章はけっこう変なんじゃないかと思う。剛直でぶっきらぼうで、ぜんぜん美文じゃない。鑿(のみ)でざくっと削ったような、というよりはむしろ鑿そのものを読んでいるような感じ。たとえば「城の崎にて」の、あの有名な一節。

それは見ていて、いかにも静かな感じを与えた。寂しかった。ほかの蜂がみんな巣へはいってしまった日暮れ、冷たい瓦（かわら）の上に一つ残った死骸（しがい）を見る事は寂しかった。しかし、それはいかにも静かだった。

この何とも言えないループ感。作文だったら添削されそうだ。ここだけに限らず、この人はやたら「寂しい」を使う。「小僧の神様」でも、貴族院の議員が小僧に寿司をごちそうしたあと陥る気分を（ここがこの小説のいちばんの肝なのだが）「Aは変に寂しい気がした。」で済ませているし、「城の崎にて」では「寂しい」という語を八回も使っている。

もしやボキャ貧？　いやむしろ、最もそこに相応（ふさわ）しい最短距離の言葉を選んだ結果としての不器用さや簡素さ、なのだろうと思う。そして武骨でよけいな飾りがないぶん、イメージを呼びこみ刻印する力がすごい。今回読み直してみて一番びっくりしたのは、蘇ってくる映像が（小僧が一度寿司に伸ばした手をそろそろ引っ込める様子だとか、赤西蠣太が菓子箱の上で指をうろうろとさまよわせる仕草だとか、死んだ蜂の顔に触覚が力なく貼りついているところなど）、子供のころはじめて読んだ時からまったく鮮明さを失っていなかったことで、「久しぶり感ゼロ」の原因も、たぶんそのへんにあるのではないかと思う。

関係ないが、志賀直哉というと私がまず思い出すのは、晩年の彼が自宅の庭で竹馬に乗っている写真だ。竹馬の上にびしっと直立して、あの立派なイケメン顔をこちらに向けて笑っている。この竹馬は地面に固定してあるのかと思いたくなる、異様なまでの安定感と落ち着き。私の中で、この姿と彼の書く文章とは無関係ではない。

「小僧の神様」「城の崎にて」「清兵衛と瓢箪」「正義派」「范の犯罪」「赤西蠣太」と、昔とくべつ好きだった作品は相変わらず面白かったのだが、再読してみて昔よりも良さが増したのが「たき火」だった。作者自身とおぼしき人物が夫婦で山の宿に泊まり、宿の主や画家の友人たちと、世間話をしたり夜の湖にボートで漕ぎだしたり、何ということもなく日々を過ごす。ただそれだけの、エッセイとも小説ともつかない、おそらくこの本の中でも最も地味な作品だ。子供の私はこの作品の良さがわからなかったというよりは、なんで自分がこれを面白いと思うのかがわからなかった。でも、たとえばこんな場面は映像となって強烈に刻みつけられている。

> Kさんは勢いよく燃え残りの薪（たきぎ）を湖水へ遠くほうった。薪は赤い火の粉を散らしながら飛んで行った。それが、水に映って、水の中でも赤い火の粉を散らした薪が飛んで行く。上と下と、同じ弧を描いて水面で結びつくと同時に、ジュッと消えてしまう。そしてあたりが暗くなる。

あらためて読みかえしてみると、まったく何事も起こらないようでいて、そこここにうっすら不穏な影がさしている。たとえば人物たちの語る山での不思議な体験談だとか、山犬に喰われて半分になってしまった馬だとか、いつ崩れるとも知れない竈（かまど）の中で眠っている人だとか。それはたぶん空気のように常にそこにある死の気配で、この作品が電車にはねられて九死に一生を得た（と「城の崎にて」の冒頭にも書かれている）後で書かれた作品であることを思うと、よけいに味わい深い。

そして私が昔よりもこの作品に引きつけられるのも、もちろんあのころよりも四十年ぶん死に近づいたからにちがいない。

（『青春と読書』二〇一一年二月　集英社）

もう一度読んでみた⑤『銀の匙』その1

▼中勘助著　岩波書店

ここにきて若干焦っている。これまで取り上げてきた作品がすべて岩波書店の本であることに気づいてしまったからだ。こういう偏り(かたよ)はよくないのではないか。業界内での癒着を疑われはしまいか。

だがこれはある意味仕方のないことで、私は子供のころ、岩波フェチだった父に〈岩波フェチ養成ギプス〉を装着させられていたのだ。買い与えられる児童書も岩波、家の本棚も岩波文庫だらけとなれば、どうしたって子供のころに読む本の岩波指数は高くなる。しかしその後私は筒井康隆方面にかぶれてしまい、父のもくろみは未遂に終わった。

そんなわけで、今回もまた岩波文庫です。中勘助『銀の匙』。初めて読んだのはおそらく小学校四年か五年のころだっただろうと思う。そのときの衝撃は忘れられない。「自分よりヘタレな子供がここにいた！」と思ったのだ。

本書は明治生まれの作者が、自分の幼少時代の思い出を細密画のような筆遣いで綴った回想記だ。生家は下町・神田のど真ん中だったが、生まれつき病弱なうえに人一倍臆病で神経過敏、知らない人を見ただけで泣いたり、日常のちょっとした風物を恐ろしがったり、こまごまとした身の回りの品々に気を取られたりと、とにかく心配になるほど精神的に脆弱でセンチメンタルな子供の日常が、濃密に描かれている。

ここまでではないにせよ、当時の私も自分の弱虫っぷりにほとほと困り果てていた。友だちに言われた何気ない一言に傷ついて半年ぐらい立ち直れなかったり、地球から空気がなくなったらどうしようとくよくよしたり、学校で工場見学に行っても隅のほうのパイプの形が気になって他は何も見ていなかったり、おまけにそういったことすべてにおいて叱られ、そんなこんなで生きるのが難儀で、自分はどこかおかしいんじゃないかと真剣に疑っていた。そんなときにこの本と出会って、自分より上手（うわて）がいた、こんなにもヘタレで、こんなにもどうでもいい細部にとらわれまくっている、しかも男子なのに！　と、すごく嬉しく心強く思ったのだった。

だから、あるとき何かのアンケートで「私の愛読書」の一位にこの本が選ばれたときのショックといったらなかった。自分一人がこっそり愛（め）でていた花を横からブチッと摘（つ）まれたような気分だった。ヘタレでもないあんたたちに何がわかるんだよ！　と思った。それを選んだ大人たちが〝郷愁〟目線でこの本のことを語っているのも気に食わなかった。自分自身ヘタレな子供として読んだ『銀の匙』は、郷愁などというぬるいものではなく、リアルタイムで自分が直面している問題の貴重なドキュメンタリー、先達の残したバイブルだった。

さて、そんな子供時代の心の書を、すっかりすれっからしの大人になり果てた私が再読してみた。あれ、この本こんなにユーモラスだったっけ、というのがまず感じたことだ。作者の語り口は、当時私が思っていたほどセンチメンタル一辺倒でも深刻でもなく、もっとずっと客観的で、自虐めいたユーモアの見え隠れするものだった。

天気のいい日には伯母さんはアラビアンナイトの化けものみたいに背中にくっついている私を背負いだして年よりの足のつづくかぎり気にいりそうなところをつれてあるく。じき裏の路地の奥に蓬萊豆をこしらえる家があって倶梨迦羅紋紋の男たちが犢鼻褌ひとつの向う鉢巻で唄をうたいながら豆を煎ってたが、そこは鬼みたいな男たちが怖いのと、がらがらいう音が頭の心へひびくのとで嫌いであった。私はもしそうしたいやなところへつれて行かれればじきにべそをかいて体をねじくる。そして行きたいほうへ黙って指さしをする。そうすると伯母さんはよく化けものの気もちをのみこんで間違いなく思うほうへつれていってくれた。

この本を私は何回読んだかわからない。だがそれはヘタレ同志を見つけた喜びからばかりではなく、この独特な文章のせいでもあったのだなあと、つくづく思う。美しいのだけれど、どこか異形の感じのする文体の刻印力は半端でなかったらしく、読んでいるあいだじゅう、もはや自分の一部のようになってしまっている一節に何度も出くわして、そのたびにうわっ、うわっと小さく声が出た。

兎の戯れるように左右の手が鞠の上にぴょんぴょんと躍って円くあいた唇のおくからぴやぴやした声がまろびでる。(中略)夕日が原のむこうに沈んでそのあとにゆらゆらと月がのぼりはじめると花畑の葉にかくれてた小さな蛾が灰白の翅をふるってちりちりと舞いあがる。少林寺の槙の木には烏が群って枝をあらそい、庭の珊瑚樹の雀はちゅうちゅくちゅうちゅうちゅくいう。

ぴやぴや！　そう、『銀の匙』で凄いことの一つは擬音語で……と、書こうと思ったら字数が尽きてしまったので、この項つづく。だから次号もまた岩波文庫だ。

（『青春と読書』二〇一一年三月　集英社）

もう一度読んでみた⑥『銀の匙』その2

▼中勘助著　岩波書店

鞠(まり)つきをする幼女の口から出る歌声を「ぴやぴや」と表現する中勘助は、擬音語のパイオニアだった。鷺(さぎ)がはばたく様子は「たおたお」。蟬(せみ)が暴れて鳴く声は「ぢゃんぢゃん」。李(すもも)は「すーんとした」香りを漂わせ、竹の子は「むっくら」と太り、山奥には寂しい小屋が「こっとりと」建っている。

こうした特異な擬音語がすべてひらがなで書かれているのも当時の私には新鮮な驚きだった。そもそもタイトルの元となった銀の匙が入っていたコルク材の小箱のことを「蓋(ふた)をするとき　ぱん　とふっくらした音のする」と書いている、この前後を一文字ずつあけ、ひらがなで「ぱん」と記す独特な表記の仕方に、小学生の私は最初のページではやばやとノックアウトされたのだった。

たぶん中勘助という人はすごく耳のいい人だったのだろうと思うのは、この本に出てくる数少ない台詞が、みな抜群にいきいきして面白いからだ。たとえば語り手のひ弱な少年が下町の腕白どもにいじめられると、親がわりの伯母さんが「弱い子だにかねしとくれよ」「かねせるだ　かねせるだ」とおろおろしながら哀願する。日本語がリエゾンしてる！

『銀の匙』にはこの伯母さんをはじめ、重要で魅力的な女性の登場人物が何人か出てくる（逆に男の重要な登場人物は皆無に等しい）。一人めは、隣の家の同年代の女の子で、語り手「私」の人生最初の友だちとなる「お国(くに)さん」だ。このお国さんが、もうどうしようもないくらいキュートである。

私たちはうつし絵が大好きだった。（中略）時にはおそろいの絵を二の腕に貼りいつまでもとっときっこだといって著物にすれないように大事にしてるが明る朝みるときれぎれになって訳のわからないものになっている。朝飯をすますやいなやおそるおそるお国さんのとこへいって

「こんなになったからかんにんして」

といえばわざとつんとしてこれ見よがしに袖をまくってみせる。と、やっぱしめちゃくちゃになってるのを眼をまるくして

「あたしのもこんなになっちゃった」

といってさもおかしそうに笑う。

二人めは、そのお国さんが引っ越したあとの隣家に越してきた「お蕙ちゃん」、「私」の初恋の人となる女の子だ。お茶目でまっすぐで聡明だったお国さんとちがい、お蕙ちゃんは小悪魔というかビッチというか、ほんの十歳かそこらで、すでに男を操る駆け引きや媚を身につけている。

お蕙ちゃんは泣きまねが上手だった。つまらないことを二言三言いいあううちに急にぷりぷりしたと思うといきなりひとの膝に顔をかくしておいおいと泣く。（中略）と、さんざてこずらしておいてから不意に顔をあげべろっと舌をだして　ああいい気味だ　というように得意に笑いこける。すべっこい細い舌だった。

三人めはこの本の終わり近く、十七歳になった「私」が一夏を過ごした友人の別荘でたまたま出会った、その友人の美しい姉。「私」は彼女を意識しすぎてさんざんそっけなくした挙げ句、彼女が別荘を去ると寂しさのあまり涙を流し、彼女が置いていった桃にそっと唇を当てる。これが『銀の匙』のラストシーンでもあるのだが、再読してみるまで私はずっとこの「姉様」を中勘助の兄嫁だと勘違いしていた。あとで読んだ「蜜蜂」といつの間にかごっちゃになっていたらしい。「蜜蜂」(『蜜蜂・余生』収録、岩波文庫)は死んだ兄嫁への追慕の念を連綿とつづった日記で、こちらも読み返してみて、二人を混同した理由がわかる気がした。「何だか尋常じゃない感じ」が共通しているのだ。

これまでずっと、無意識のうちに中勘助のバイオグラフィ的なことを知るのを避けてきたのだが、今回思い切って覗いてみたら、真っ黒なタール状のものが噴き出てきたのであわてて蓋をしたけれど間に合わなかった。『銀の匙』を書いた当時、中勘助は二十七歳で(もっとずっと高齢かと思っていた)、兄との泥沼の確執や兄嫁への想いのために実家を出て、あちこちに仮住まいしながらこれを書き上げた。つまり友だちの「姉様」はたぶん兄嫁を重ね合わせて書かれたもので、そう考えれば桃に唇を当てるなんてかなり露骨だが、それにしても作者のこの二人の女性に対する想い方というのはやっぱりちょっと尋常ではなく、いろいろ物の本を読むと、それにはどうやら彼の性的な嗜好も関係があったらしい。

知らなきゃよかったよ……という気持ちと、いや知ってよかった、という気持ちが半々だ。『銀の匙』

を、無垢な子供の世界を子供の目線でただひたすら美しく描いた小説ととらえるのは、たぶん半分しか正しくないのだろう。あの異様なまでの美しさは、タール状の真っ黒なものを背負いつつ、それにまだ侵されていない過去に必死に目をこらすことでしか、生まれなかったにちがいないと思うから。

（『青春と読書』二〇一一年四月　集英社）

もう一度読んでみた⑦『ムツゴロウの無人島記』

▼畑正憲著　毎日新聞社

中学から高校にかけて、ユーモア系のエッセイをたくさん読んだ。北杜夫、遠藤周作、筒井康隆などを読んでは爆笑し、この世に腹筋が崩壊する恐怖を覚えるほどの笑いを引き起こす文章が存在するということを知った。

畑正憲の『ムツゴロウの無人島記』（毎日新聞社、のち文春文庫）も、当時読んだユーモアエッセイの一つだ。著者はいまでこそ「動物王国」の人として有名で、犬や熊やアナコンダをうれしそうに撫でまわす姿を誰もが思い浮かべるが、当時はもっぱら雀鬼（ジャンキ）として知られ、『11PM』で（そういう深夜番組が大昔あったのです）、小島武夫や阿佐田哲也と雀聖（じゃんせい）の座を争っていた。

本書はそのムツゴロウこと畑正憲が都会暮らしを捨て、妻と娘、弟夫婦、老母、ペットとともに北海道の嶮暮帰（ケンボッキ）島という無人島に移り住んだ、その顚末をリアルタイムでつづったエッセイだ。手元にある昭和四十七年刊のソフトカバーの単行本は、発売からわずか二か月半で十二刷になっていて、エコとか田舎暮らしとかがまだ影も形もなかった時代に、そうとう世間の注目を集めたことがわかる。

ほぼ四十年ぶりに読み返してみると、記憶していたような爆笑エッセイというのとは違い、全体にそこはかとなく漂うユーモアに静かな笑いがもれる、といった感じだった。箸が転げてもおかしい年頃に読むのと、すさみ切った大人になって読むのとの違いによるものなのか、単なる記憶違いなのかはわからない。何にせよ、いま読み返してもこの本は、ユニークなキャラクターの持ち主によって書かれたユニークな体験記として、古びることのない面白さをもっていた。

「都会を捨てて無人島暮らし」というと、いかにも厭世的で求道的な響きがあるが、ムツゴロウ氏はもっとこう、好奇心とシャバっ気でギラギラしていて、おまけにけっこう行き当たりばったりだ。そもそも島に住みたいと思ったのも、北海道で放し飼いにされている犬たちを見て、自分の飼っている犬の何倍も「表情」が豊かなのに衝撃を受けたことがきっかけだったという。

嶮暮帰島は北海道の東の突端にあり、ガスも電気も水道もない、コンブ小屋が一つあるだけの孤島だ。とうぜん自然は厳しく、住環境を整えるまでの苦労は並大抵でない。そのへんの描写は大自然探検ルポとしてもちろん面白いのだが、もっと面白いのは人間だ。田舎とはいえ町には狡い人間もいっぱいいて、しかもだまし方がかなり雑だ。世話人が「ここに家を建てるといい」と言った場所が、まるで他人の土地だったりする。「造って一年の新品だ」と言われて買った船が、築三十年のとんだオンボロ船だったりする。それをムツゴロウ氏もまた、言い草が気に入ったりすると、承知の上でだまされたりする。どっちもタヌキだ。だがそのぶん、漁師たちの人情は厚い。勝手に家に入ってきて、天気の話だけで三時間は当たり前。だが困れば大事な網や船まで与えてくれて、無償で汗を流してくれる。そしていちいちキャラが濃い。

それからの四人の行動は見事だった。ワイヤ数本を目まぐるしく操り、私たちにすさまじい注意を与えた。

「そこすっとんで逃げろよう。頭かっぱしかれて死ぬからよう」

「見ろ、そうだべ。知らぬ土地へ来て金も要るだろうから、もし余ったら持ってくればいいのだぞう。なんもなんも、遠慮するこたあねえ。人間百まで生きるわけでもなし、もしあったら払う、それでええ。……」

著者も負けてはいない。全裸になって犬がどこを舐めるか試したり、夜の浜で一人で踊ったり、カラスに魚の肉を髪の中に隠されたのを腐るまで放っておいたり、そんな風だから地元民から「気違いの作家先生」と思われている。お産を終えたばかりの馬の陰部を見ているうちに、胎内に入ってみたいという強烈な誘惑にかられ、それをまんまと奥さんに見抜かれて〝入るのはいいが島のことが一段落してからにしてくれ〟とたしなめられたりもする。なんだかすごい夫婦だ。

当時ちょうど同じ年頃だったこともあり、私はムツゴロウ氏の娘に激しく嫉妬したのを覚えている。お茶目で天真爛漫、賢くて機転もきく。すべて私にはない要素だ。しかも一年間学校を休ませてもらってさえいる。これ以上の身分があるだろうか！（私が実際に同じ立場だったら、寒いひもじい働きたくない帰りたいと不満だらけだったに決まっているが。）

この本はネイチャー・ライティングとしてとても優れた一冊だと思うが、それは人も動物も全部ひっくるめての「ネイチャー」なのだ。人間界に背を向けて自然に逃げこむのではなく、自然と人間をどこまでも等分に興味深げに眺めることで生まれた書。たぶん何となくだけれど、著者はけっこう人が悪いんじゃないかと思う。人が悪くて図太くて、さんざん揉まれて傷だらけなのにニヤニヤ笑っている。行間に見え隠れする顔つきは、どこまでも雀士(じゃんし)だ。

ところで、当時たしかに読んだ記憶があるのに出てこなかったシーンがいくつもあって、それはたとえば海の底で水死体と出会う話であったり、娘と一緒に風呂に入って胸が膨らんでいるのにドキドキする話であったりするのだが、それらはどうやら続編の『ムツゴロウの無人島記　続』のほうに入っているようだ。いつの日かそれも読み返そうと心に誓った。

（『青春と読書』二〇一一年七月　集英社）

ベストセラー快読◉『イヌが教えるお金持ちになるための知恵』

▼ボード・シェーファー著/瀬野文教訳　草思社

　犬に金持ちになる方法を教わるとはどういうことだろう。犬なら私も飼っていたことがあるから知っているが、彼らは阿呆（あほう）である。読み書きはできないし、人語も解さない。おまけに所持金はゼロである。少なくとも私よりは確実に知能も劣るし貧乏であると思われる。

　そんな生物に金持ちになる方法を教わるとは、いったいどういうことだろう。この国はとうとうそこまで落ちぶれてしまったのか。それとも犬に金のことを乞（こ）い教わるという、その屈辱感をバネに富国強兵を図るつもりだろうか。あるいは犬特有の性質、たとえば骨をどこかに埋めておくとか、上下関係に敏感であるとかいった特質に、何かヒントを見いだそうということだろうか。

　私はふだんベストセラーの本をあまり読まない。何十万何百万もの人々が読んでいるなら、自分ひとりくらい読まなくてもいいだろう、と変に安心してしまうせいだ。だからたいていはこんな具合にタイトルから中身を勝手に想像して、それで読んだような気になっている。

　でも、読んでみたら想像していたのとはかなり違っていた。この本はストーリー仕立てになっており、キーラという十一歳の少女が、怪我（けが）をした迷い犬を助ける。すると犬はキーラの心に語りかけ、お金との上手な付き合い方を伝授し始める。なぜその犬にそんな知識があったかというと、以前に大金持ちの老人に飼われていたことがあったからだ。

この本はよく考えられていて、物語に無理がないし、お金に関してそれこそ犬並みの知識しか持たない私のような者でも、何となくわかったような気にさせてくれる。ただ、犬である必然性はどこにもないわけで、大金持ちに飼われていたのであれば、猫でも文鳥でも猿でもいいし、理論上はイエダニやメタセコイヤだっていいことになる。私だったらナマケモノあたりに教わってみたい気がするが、それじゃ全然売れないだろう。

（『朝日新聞』「ベストセラー快読」二〇〇一年四月十五日）

ベストセラー快読◉『なぜか、「仕事がうまくいく人」の習慣　世界中のビジネスマンが学んだ成功の法則』

▼ケリー・グリーソン著／楡井浩一訳　ＰＨＰ研究所

私はかつてダメ会社員だった。どのくらいダメだったかというと、私が辞めた後のその会社で「その机の散らかり方はキシモト並みだ」とか「キシモトじゃあるまいし会議で寝るな」という風に、私がダメの一つの基準として今も使われ続けているほどだ。

私とて好きこのんでダメだったわけではない。これではいけないと思いつつ、どうすればダメでなくなるのか、その方法がわからなかった。悲しかった。もしもこの世にダメ矯正ギプスのようなものがあったなら、私は喜んでそれを装着したことだろう。

だが、そういうギプスは本当にあったのだ。この本の著者は、会社組織において個人の生産性を大きく伸ばすためのＰＥＰ（能率向上プログラム）というものを開発し、世界中のビジネスマンの能率を劇的にアップさせてきた人であるらしい。

本書にはＰＥＰの実践方法が、理念からホチキスの針の替え方にいたるまで実に具体的に書かれてあるのだが、一言で言うなら、とにかく「すぐやる」ということだ。仕事に優先順位をつけずに、メールの返信であれ書類の作成であれ、端からすぐにやる。すぐに、そして正しくやる。仕事をためない。スケジュールもデスク周りも常に整理整頓しておく。計画をたて、定期的にその計画を見直すようにする。以上のことを一度だけやるのではなく、習慣化する。

この本に書かれていることは百パーセント正しい。あの頃の私がこの本を読んでいたら、そしてそれを実行できるだけの勤勉さと粘り強さと実力さえあったら、今ごろ私の名がダメの代名詞として語り継がれることもなかっただろうと思う。思うが、それくらいならいっそ一度死んで生まれ変わったほうが早いという気がしなくもない。

（『朝日新聞』「ベストセラー快読」二〇〇一年五月二十七日）

ベストセラー快読◉『「暮らす！」技術』

▼辰巳渚著　宝島社

タイトルからしてすでにただならぬ緊迫感が漂っている。〝暮らす〟という動詞に〝！〟はふつうなかなかつけない。大ヒットの前作『「捨てる！」技術』にあやかっただけではないか、と考えるのは邪推というものだろう。なんとなれば、前作がせいぜい家の中の改革だったのに比べ、今度は〝世直し〟にまで話が発展しているからだ。その使命感というか、不退転の決意というか、そういうものが「暮らす！」の「！」となって表れたのにちがいない。

本書によると、日本人がいま自信喪失ぎみなのは、高度経済成長期以来ひた走ってきたアメリカ型の消費至上主義のなかで自分を見失ってしまったからだ。いま最も必要なのは、身の丈に合った真に豊かな暮らしを個々人が取り戻すことであり、それがひいては日本の再生にもつながる。著者はそう説き、その具体的な実践方法を紹介していく。たとえば、季節の行事を楽しむ。不要なモノをもらわない。テレビを消して五感を養う。電話に出ない日を作る。

素晴らしい主張だと思う。私もこれらを実践して、日本再生のムーブメントに参加したいと心底思う。ただ、問題がある。帯にも〝前作は、大いなる序章に過ぎません〟とある通り、この本は読者がすでに「捨てる！」を実行したことを前提に書かれているのだ。

私は「捨てられない！」ことにかけては誰にも負けない。先日も、押入れの奥から十二歳の時に書いたハガキが出てきた。雑誌のプレゼントの応募ハガキで、「希望商品・リンゴの置き物」と書いてある。私はなんだか自分がいじらしかった。なぜ結局投函しなかったのか、理由を知りたいと思った。私はそのハガキを捨てられなかった。

「捨てられない！」私は、すでにこの段階で不戦敗である。残念でならないが、日本のことは他のみなさんにお任せするしかない。

（『朝日新聞』「ベストセラー快読」二〇〇一年八月二十六日）

ベストセラー快読◉『新耳袋　第六夜　現代百物語』

▼木原浩勝・中山市朗著　メディアファクトリー

私はオカルトバカ一代である。

心霊写真、ＵＦＯ、ネッシー、ポルターガイスト、超能力、ピラミッドパワー、火星の人面岩、すべて信じる。ミステリーサークルはもちろん宇宙人のしわざだし、ときどき部屋の中でパチッと音がする、あれは木材が鳴るのではなく絶対に霊からのメッセージである。ときおり記憶をさかのぼって、どうしても思い出せない数時間があったりすると、ＵＦＯにさらわれて金属片を埋め込まれたのではないかと心配になる。

そんなふうだから、テレビで超常現象スペシャルのようなものがあれば観ずにはいられないし、怖い話を人から聞くのも大好きである。おかしなもので、こういう人間にかぎって自分にはその手の体験が一度もない。そしてこういう人間に限って人一倍怖がりである。

『新耳袋』は、二人の著者がさまざまな人から聞き集めた怪異な話を九十九話収めた本で、オカルトバカにとっては必携の書である。厳密には〝怪異〟であって〝怪談〟ではないから、どの話もはっきりとしたオチがない。物語として筋の通った決着を求めるこちらの期待を裏切って、ぽんと放り出すように話が終わる。そこが怖い。各話のタイトルも、たとえば「わらび餅」「こたつ」「おばあさんの声」「無事やったか?」といった具合に素っ気ないのが、かえって不気味だ。

この本には伝染性があり、読んだあとは見ること考えること、すべて怪異のタイトルのように思えてくる。「コーヒーカップ」「消しゴム」「スリッパ」「原稿」……。そしてその一つひとつについて、あの独特の淡々とした語り口で怖い話を勝手にこしらえはじめている自分に気づく。

もう一つ困るのは、昼間読んだ不気味な話を、夜、それもシャンプーをしている時にかぎって思い出すことだ。怖くてすすぎができなくなるのだ。

（『朝日新聞』「ベストセラー快読」二〇〇一年七月八日）

ベストセラー快読◉『こげぱん　なげやり生活　やさぐれマンガ』

▼たかはしみき著　ソニー・マガジンズ

私は、いわゆる〝キャラクター〟というのが昔から怖かった。たとえばキティちゃん。無表情で常に正面を向いている。家族がみんな同じ顔をしている。口がないのに喋(しゃべ)る。猫なのに、およそ生き物らしい血の通った感じがなく、何を考えているのかわからない。他の「すしあざらし」や「たれぱんだ」にしても、私の目にはひどく無機質で不気味だと映るのだが、みんなはそれらを〝可愛い〟と言う。ひょっとして、キャラクターになってしまえば何でも〝可愛い〟と思うようにプログラミングされているのであろうか。

だが「こげぱん」は今までのキャラクターとはひと味違う。彼は焦げて売り物にならなくなったパンである。きれいに焼けた他のパンたちが次々売れていくなかで一人売れ残り、それゆえ性格もいじけている。本書はそんなこげぱんの後ろ向きな日常を、サブキャラたち（同じ「こげ」仲間や「キレイパン」たち）を交えつつ描いたマンガである。「こげぱん」が受けるのはわかる気がする。みんなが疲れて癒(いや)しを求めているような世の中では、ぴかぴかに明るくて元気なものよりも、少しいじけて後ろ向きなもののほうが親しみがもてる。ほっとする。

だが、汚れっちまった傷だらけの大人を癒すには、この程度の後ろ向きでは正直手ぬるいという気もする。現にこげぱんは友だちも多く、何のかんのといいながらけっこう幸せそうだ。もっともっと暗くて不幸なキャラを私は待ち望む。たとえば「つぶれたヘイケガニ」。ただでさえ甲羅の模様が怖いうえにつぶれているので、人からもカニ仲間からも嫌がられ、海底でひたすら源氏と全世界を呪いつつ、ときどき思い余ってリストカットに走ったりする。仲間は落ち武者や人魂、耳なし芳一などで、みな陰気で血だらけなうえに、互いに仲も悪い。どうだ。これをキャラクター化できるものならしてみろ、と私は言いたい。

（『朝日新聞』「ベストセラー快読」二〇〇一年十月七日）

ベストセラー快読◉『美人画報　ハイパー』

▼安野モヨコ著　講談社

安野モヨコは言い切る。「女子はいくら仕事ができても性格がよくても、キレイでなければ意味がない」と。〝女〟ならぬ〝女子〟とは何か。女子はひたすら〝キレイ〟を追求する。女子は上手に気分転換をして肌に悪いストレスをためない。女子の至福はネイルを塗っている時間であり、女子の恐怖は、富士山が噴火して、すっぴんの眉を人目に晒すことである。女子の正しい旅のいでたちは〝男子に守ってもらえるからこそできる〟無防備なワンピース姿であり、動きやすさ重視のパンツスタイルなどであってはならない。

著者は、女性誌に連載中のコラムで「女子の幸せ」を説きながら、自らは「だって漫画家なんだもん」という言い訳のもと、美しくなる努力を長年怠ってきたという。しかしそれでは〝看板に偽りあり〟ではないかと一念発起し、本気で美女を目指してみたのが本書である。

かくして彼女は泣くほど痛い注射を顔に打ち、直腸洗浄で宿便を出し、激マズの漢方薬を処方され、ダイエットで12キロ痩せ……と、ものすごいパワーで「美人道」を突き進んでいく。

この本は楽しくてためになる。主張とは裏腹にとめどなく暴走するおやじキャラと、それに対する自分ツッコミがおかしい。絵がおしゃれでかわいい。読むだけで自然と「女子力」が増す情報と教訓が満載である。

ところで、私が「女に生まれてよかった」と感じるのは、映画のレディス・デーとプロ野球〝珍プレー集〟のデッドボールを見た時くらいである。爪が大きいので、色を塗ると「テレビ画面のようだ」と恐れられる。足も大きく、脱いだパンプスを時々女装者のものと間違われる。以上のことを自覚しつつ、反省の気配すらない。こんな私に「女子の幸せ」を目指す資格がそもそもあるのか。いっそ「男子の本懐」でも目指したほうが早くはないか。

なにか重大なことに気づかされてしまった気がする。

（『朝日新聞』「ベストセラー快読」二〇〇一年十一月十八日）

ベストセラー快読◉『あなたもいままでの10倍速く本が読める』

▼ポール・R・シーリィ著／神田昌典訳　フォレスト出版

今年の正月もまた『マンゾーニ家の人々』（ナタリア・ギンズブルグ著　白水社）を読みおわらなかった。イタリアの文豪とその家族をめぐる評伝で、非常に面白くて堪能するのだが、ページ数に比べてあまりに読む速度が遅いので、最後まで行き着かない。こんなふうに、好きなのに読みおわらなかった本が、私にはたくさんある。心残りばかりが溜まっていく。人生は短い。

『あなたもいままでの10倍速く本が読める』。この本が提唱する「フォト・リーディング」とは〝本のページを視覚イメージとして脳に写し取り〟〝無意識レベルで文字情報を処理する〟読書法だ。著者によると、一つの文書で真に価値ある部分は4～11%しかないそうだ。「フォト・リーディング」を使えば、その部分だけが効率よく頭に入るので、読書、仕事、ひいては人生の効率までが大幅にアップする。本書の随所に、この方法をマスターした人々の〝驚くべき成功事例〟が掲げられている。試験の前に教科書をフォト・リーディングしたら成績が一気に上がった。シェイクスピア全作品をフォト・リーディングして観劇が楽しくなった。プレゼンが成功して昇進した。裁判で勝った。論文が書けた。有利な転職をした……。

結論から言うと、私にはフォト・リーディングを実践することはできなかった。努力はしたが、そのたびに植木等が耳元で「スーダラ節」を歌って邪魔をするからだ。これは読書法うんぬんの問題ではない。生き方の趣味の問題だ。フォト・リーディングな人生を選んで得られたフォト・リーディングなサクセスの世界がどんなに素晴らしいものかは知らない。だが、そこには私という人間も、そしておそらく『マンゾーニ家の人々』も、含まれていないように思う。

そんなわけで、この文章にも意味のある部分が4〜11%あるとすれば、こうだ。

「お呼びでない。こりゃまた失礼いたしました」

(『朝日新聞』「ベストセラー快読」二〇〇二年一月十三日)

ベストセラー快読◉『**銀座ママが教える「できる男」「できない男」の見分け方**』

▼ますいさくら著　ＰＨＰ研究所

銀座の高級クラブのママが、長年お客を見てきた経験から、「できる男」とはどんなものであるかを語った本である。

一見女性向けの指南書のような題名だが、中身は〝記憶に残る素敵なお客・野暮なお客の実例集〟という感じで、むしろ男性に向けて書かれた本だ。たぶん、どちらかといえば「できない」ほうに属する男性が、教科書として買っているものと思われる。

銀座ママから見た「できる男」とは、どのようなものであるか。「できる男」は、たとえば男が惚れる男である。他人の失敗に寛容である。胸に響く言葉で相手を諭(さと)す。家族を大事にする。時には少年のように夢を語る。服装のＴＰＯをわきまえている。間違ってもスーツの裏地が歌麿だったり、オリンピック記念硬貨で支払ったり、株で失敗して落ちぶれたりしない……。

たしかに素晴らしいと思う。でも、どうなのだろう。こんな男性が本当に存在するのだろうか。少なくとも私は、本宮ひろ志の漫画の中でしか見たことがない。それとも、この不況下に銀座の高級クラブで遊べるような人の中には、こんなサラリーマン金太郎みたいな人が実在しているのだろうか。

私は一度だけ、銀座のクラブに連れていかれたことがある。女性の髪形、フルーツの盛り合わせ、飾られた胡蝶蘭(こちょうらん)、すべてが虚構じみた独特の美で、〝夢を売る商売〟という形容は本当だと思った。

でももしかしたら、夢を見せてもらっているのはこのママだって同じかもしれない。お客もまた、クラブという異空間で精一杯「金太郎」を演じて、店を一歩出たら案外「タンマ君」だったりするかもしれない。松茸を食べそこなって「グヤジー」などと地団駄を踏んだりしているのかもしれない。この本を買うような、世の大多数の男の人たちと同様。

そのほうが、ほっとする。

（『朝日新聞』「ベストセラー快読」二〇〇二年二月二十四日）

ベストセラー快読◉『ぐりとぐらのおおそうじ』

▼なかがわりえこ／文　やまわきゆりこ／絵　福音館書店

児童書としてあまりにも有名な『ぐりとぐら』を、私は手に取ったことすらなかった。今回、シリーズの新刊『ぐりとぐらのおおそうじ』が出版されたのを機に、『おおそうじ』と『ぐりとぐら』の二冊をまとめて読んだ。読みおわったあと、何だか取り返しのつかない遠くまで来てしまった気がした。いたってシンプルなお話だ。ノネズミの「ぐり」と「ぐら」が、森で大きな卵を見つけてカステラを焼く。あるいは、体に古着を巻きつけて家じゅうを掃除する。すべてひらがなで書かれたリズミカルな文章。素朴な線と柔らかい色づかいの、懐かしい感じの絵。この本が多くの子供たちに愛されつづけてきた理由がわかる気がした。

〈ぼくらの　なまえは　ぐりと　ぐら／このよで　いちばん　すきなのは／おりょうりすること　たべること／ぐり　ぐら　ぐり　ぐら〉

なぜ私はこの本を読まなかったのだろう。読んだのは、たとえば『海のおばけオーリー』だ。黒と白と灰色の絵。仔(こ)アザラシを殺すために飼育係が握る木槌(きづち)に、胸が高鳴った。好きな遊びは、車の玩具どうしをぶつけることと、トンボの羽根をちぎること。人形が嫌いで、買い与えられてもマジックで真っ赤に塗りたくった。私の子供時代は、暴力と猟奇の匂いがする。

〈ぼくらが　このよで　すきなのは／おそうじすること　みがくこと／ぐり　ぐら　ぐり　ぐ

ら〉

この本の世界に、暴力はない。一つの絵の中にカエルとヘビとライオンとウサギがいて、仲良くカステラを分け合っている。もし子供のころにこの本を読んでいたら、と私は思う。そうすれば、もっとまともな大人になっていたかもしれないのに。

いや、そうじゃない。この本を読まないような子供だったから、こんな大人になったのだ。

〈ぐり　ぐら　ぐり　ぐら〉

「もし」なんか、ない。

(『朝日新聞』「ベストセラー快読」二〇〇二年四月七日)

ベストセラー快読◉『uraayu　裏歩　浜崎あゆみ写真集』

▼萩庭桂太撮影　ワニブックス

自分ももう歳だ、と感じる瞬間がある。たとえば、スポーツ選手が自分より年下だと知った時などがそうだ。曙(あけぼの)が自分より若いと気づいた時にはめまいを覚えたし、巨人のガルベスの時には、軽く寝込んだ。

アイドルの見分けがつかない、というのもこたえる。ＳＭＡＰの頃はまだ余裕があった。Ｋｉｎｋｉ Ｋｉｄｓも、わりと早い段階で「兄弟ではないらしい」と気づき、事なきを得た。しかしＶ６、ＴＯＫＩＯとなるともう怪しい。血の滲(にじ)むような努力の末にその二つをマスターした矢先に「嵐」が出現して、力尽きた。

最大の脅威は「モーニング娘。」だ。人数が多いうえにメンバーがしょっちゅう代わる。そのうえ、すぐに小房に分かれて別チームを結成する。

「せめてカゴとツジの見分けがつくようにならんとなあ」。私の中に棲(す)んでいる見知らぬおじさんが、おしぼりで首筋を拭き拭き言う。このおじさんが何か言うたびに、私はガクンと目盛り一つぶん歳をとる。

その点、浜崎あゆみはいい。何といっても一人だ。とはいえ、私には彼女のことがいまひとつわからない。金属的な話し声、無機質なルックス、まるでアンドロイドのようだ。でも、ファンは彼女の書く詞が〝切なくて、自分のことのようで〟いいと言うのだ。

『裏歩』の表紙は、ほとんどノーメークの彼女の顔だ。〝表〟のアンドロイドに対して〝裏〟の素顔を見せるということかと思ったが、違った。むしろあざといぐらいにアンドロイドっぽさが強調された写真が続く。一枚の写真の中にクローンのように何人もの彼女が並んでいたり、電源が切れて倒れているように見える写真もある。最後のほんの数葉で素顔の彼女が現れるが、一人で海を見る姿は孤独だ。〝表の私は作られた虚像だ、生身の私を誰も知らない〟。そういうメッセージに読めるのだが、どうなのだろう。

「ま、アイドルはつらいよ、ちうことやね」。カラオケに『昴（すばる）』を入れながら、見知らぬおじさんが私の中で言った。

（『朝日新聞』「ベストセラー快読」二〇〇二年五月十九日）

ベストセラー快読◉『図で考える人は仕事ができる』

▼久恒啓一著　日本経済新聞社

私はいま不幸のどん底である。

ナンシー関のエッセイがもう二度と読めない。トルシエが日本を去ってしまう。おまけにさっき、戸棚の角で足の小指を強打した。いっそ旅に出るか、剃髪・出家でもしたい気分だ。

『図で考える人は仕事ができる』。著者はかつてＪＡＬに身を置き、旅客サービス向上のための指針をわかりやすい図で提示し、全社的に大きな成果を上げたという、図解の達人である。

本書では、会議やプレゼンテーションなどで、従来のような文章の資料よりも図解のほうがいかに効率よく効果的であるかが説かれている。

たとえば、文章だと要点をつかむのに時間がかかるうえに、矛盾や曖昧な点もレトリックでごまかせてしまう。また細々とした「てにをは」をめぐって、部下と上司の間にいらぬ対立をも招きかねない。その点、図なら大幅な時間の節約になるうえ、言語や民族を越えた説得力がある。さらに図解の習慣をつけることによって思考力や解決力がアップし、さらにはキャリアや人生そのものさえも、図解の力で向上させることが可能である。なるほど、なんだか素晴らしそうだ。

著者によれば、図解はキーワードとそれを囲む丸、それらを結ぶ矢印の三要素から成っており、至って〝簡単〟なのだという。私は悪い予感がした。他人が〝簡単〟だと言うことが簡単にできたためしが、一度としてないからだ。けっきょく、世の中には仕事のできる人とできない人がいて、できる人はこの著者のように、もともと〝図で考える〟ような頭に生まれついているのではないか。そして、そういうふうに生まれついていない人間は、本を何冊読んだって絶対に図で考えるようにはならないのではないか。

ためしに今の自分の不幸を図解するべく、紙に〝ナンシー関〟〝トルシエ〟〝足指〟と書いて、丸で囲んでみた。でも、そこまでだった。その三つをどうやって矢印で結べばいいのか、皆目わからない。私の不幸は一向に解決される気配がない。

ほうらね。

（『朝日新聞』「ベストセラー快読」二〇〇二年六月三十日）

ベストセラー快読◉『なるほど！　日本経済早わかり』

▼池上彰著　講談社

ワールドカップの期間中に友人数名と会い、サッカーの話題で盛り上がった。もっともその〝話題〟というのは、たとえば「エムボマはうどんが好きらしい」とか「サウジにドサリという名前の選手が何人もいる」などといった、どうでもいい周辺情報ばかりで、サッカーの根幹にかかわるルールや戦術のこととなると、誰もちゃんとは知らないのだった。それでも何となくサッカーを観て、さもわかったような顔で語り合っている。

同じことは経済についても言える。「バブルが崩壊して」などと口では言ってはみるものの、私は本当は経済のことなど何一つわかっていない。国債が何なのかも、不良債券処理がどういうことなのかも知らない。〝ナスダック〟と聞くと茄子（なす）を背負ったアヒルの絵が浮かぶし、なぜムーディーズなどという怪しい名前の団体に勝手に国を格付けされるのかがわからない。

ＮＨＫの『週刊こどもニュース』は、さまざまなニュースを小学生にもわかるように嚙み砕いて解説する番組だが、著者はそのホスト役だけあって、「そもそも株とは何なのか」「日銀は何をするところなのか」といった、今さら人に訊（き）けないような素朴な疑問から、やさしく説き起こしてくれる。おかげで私も色々なことがわかった。ムーディーズがムラ気な人々の集団ではないことがわかったし、円相場のニュースにいつも出てくる、あの丸テーブルごしに紙束を投げつけあっている人々が、べつに喧嘩をしているわけではないこともわかった。

この本に難点があるとすれば、本当に経済がわかってしまいそうになる、ということだ。わかってしまうことは、どこか怖い。私はたぶん、曇りガラスごしに薄ぼんやりと世界を見る気楽さに慣れてしまったのだ。ガラスの曇りが払われたら、世界のリアルをまともに受け止めなければならなくなる。この国のヤバさを、本気で実感しなければならなくなる。それが怖い。

ナスダックがいつまでも茄子とアヒルであることをひそかに望む私は、『週刊こどもニュース』を観る資格もない。


（『朝日新聞』「ベストセラー快読」二〇〇二年八月十八日）

ベストセラー快読◉『口語訳　古事記』

▼三浦佑之訳・注釈　文藝春秋

職業柄、聖書を開くことが多いのだが、聖書、ことに旧約聖書には、けっこう無茶な登場人物が多い。たとえばネブカドネザル王。「音楽が鳴ったら自分の作った像にひれ伏さねばならない」とかいう訳のわからない法律を作り、従わない者を炉に放り込んだり、夢解釈のために賢者を集めておきながら、「俺の見た夢を当てろ。当てないと殺す」と言ったり、迷惑なことこの上ない。神様もキレやすくて、ちょっと気に入らないことがあると、すぐに都市ごと滅ぼしたり洪水を起こしたり、民の側からすれば、ほとんどテロだ。

ならば日本の神様や王様はどうだったのか。これまたけっこう無茶だった、というのが、この『口語訳　古事記』を読んでの感想だ。行きずりの娘に求婚したのを忘れて八十年もそのままにするは、生まれた子供が気に入らないといって平気で捨てるは、命の恩人に逆切れして八つ裂きにするは、またその死体からいろいろなものがわらわら生まれるは……同じ無茶でも、温暖で湿潤な日本の気候から生まれた神々や王たちは、アバウトで、ゆるくて、好色だけれど、どこかユーモラスだ。

本書は単なる現代語訳ではない。『古事記』の口承文学としての側面に重点をおき、著者の創作した一人の古老の口から語らせる、というスタイルを取っている。だから全編、「それにしてものう、スサノヲの心はいかばかりじゃったろうの……」といった語り口調になっており、とても読みやすく、物語として純粋に楽しめる。正直、『古事記』がこれほど面白い書物だったとは知らなかった。一方で精密な注もついていて、読めばきちんと勉強にもなる。

もともとが語りの文学である『古事記』は、矛盾も逸脱もいかがわしさも包み込んで、悠然と流れていく。その豊穣なゆるゆる感に、老人の語りはよく似合っている。ところどころ、原文にはない作者の突っ込みが入っているのだが、それもこの爺さんキャラだと違和感がない。私としては、ぜひこれを誰かに朗読してもらいたい。できれば、そう、〝塩爺〟あたりに。

（『朝日新聞』「ベストセラー快読」二〇〇二年九月二十九日）

ベストセラー快読◉『気がつくと机がぐちゃぐちゃになっているあなたへ』

▼リズ・ダベンポート著／平石律子訳　草思社

『気がつくと机がぐちゃぐちゃになっているあなたへ』。むろん私のことだ。この本によると、人は探し物のためだけに年間百五十時間を無駄にしているのだという。恐ろしいことだ。

ああしかし、読みはじめてすぐ、私は強烈なデジャ・ヴュ感に襲われた。そして半分も読みおわらないうちに、自分が永遠に机を片づけられないであろうことを早々と悟ってしまった。

この欄に書くようになって二年近くのあいだに、それまであまり縁のなかった実用書の類を、ずいぶんと読んできた。そのつど書かれていることを実行しようと、けっこう素直に努力してきたつもりだ。だが奮闘努力の甲斐もなく、「捨てる！」技術も身につかなければ「なぜか仕事がうまくいく」ようにもならず、「図で考える」ようにも「今までの十倍速く本が読める」ようにもならなかった。

どうしてこういつもいつも挫折してしまうのか。たしかに私は自堕落で怠慢で優柔不断で意志薄弱で根気も集中力も忍耐力もなくおまけに魚座でO型だが、本当にそれだけが理由なのか。実用書の側には、まるで落ち度はないのであろうか。

私が思うに、実用書、ことにアメリカ発の実用書の著者たちは、たぶんみんな超人なのだ。それが証拠に、彼らは一様に「すぐやる」「優先順位をつける」「毎日やる」を推奨し、それを「ね、簡単でしょ?」と言ってのける。だが、その三つが〝簡単〟にできるくらいなら、とっくにひとかどの人物になっているわけで、簡単にできないからこそ、人は次々とこの手の本を買いつづけるのだ。

だから、こういう実用書は、いっそ偉人伝、あるいはおとぎ話として読むのが正しいのではないかと思う。そして自分も超人になれるかのような錯覚をしばし味わったあと、静かに本を閉じ、「夢をありがとう」とそっとつぶやくのだ。

そうすれば、少なくとも実用書に書かれていることを実行しようとして無駄にする、ひょっとしたら年間百五十時間以上もの時間を、確実に節約できるはずだ。


（『朝日新聞』「ベストセラー快読」二〇〇二年十一月十日）

ベストセラー快読◉『モテる技術』『愛させる技術』

▼デイビッド・コープランド、ロン・ルイス著
大沢章子（『モテる技術』）、高瀬直美（『愛させる技術』）訳　小学館プロダクション

なぜ女性にモテないのか。一体どうすれば、何人もの女性ととっかえひっかえデートできるのか。そんな人類男性の永遠の命題を解明するために敢然と立ち上がった男たちの、これは血と汗と涙の結晶である。

頭の中で『プロジェクトX』のテーマソングが鳴り始めた方もいるかもしれないが、それは全く正しい。『モテる技術』は、二人の男性が自ら実験台となって片っ端から女性に声をかけ、星の数ほどフラれる中からつかみ取った、〝モテ〟のノウハウの精髄なのである。

著者は「恋愛は技術だ」と言い切り、一切のロマンチシズムを排除して、ひたすら具体的な技術の伝授に徹する。モテるための服装から会話の仕方、鼻毛処理から後腐れのない別れ方まで、まるでスポ根もののコーチのように、時に優しく、時に厳しく、手取り足取り読者を指導する。じっさい〝毎日六人の女性に三十日間声をかけ続ける特訓〟〝女性への質問を声に出して練習する訓練〟〝デート前と後のチェックリスト確認〟などは、まさにスポ根ものの〝素振り千回〟の世界である。

『愛させる技術』は、その同じ著者たちによって書かれた『モテる技術』の女性版である。こちらは〝永遠の愛のゲット〟が目標であるぶん、スポ根度はさらにアップしている。読者は〝何年何月何日まで

に結婚〟という目標を定め、そこから具体的プランを作成して、日々のノルマをクリアし、時には出会いを求めて南極行きやポルノ出演をすら厭(いと)わないアグレッシブさを要求されるのである。

きっと今ごろ米国では、この本を読んで研鑽を積んだ、柔道でいえば黒帯級の男女が、モテよう、愛させようと互いに鎬(しのぎ)を削るすごいことになっているのだろうが、日本はたぶんそうはなるまい。ボブやブルースやリサやサンドラがいくら「君はまるで天使だ」「ハイ！　コーヒーでもどう？」とやって成功しても、それはヒロシやサトルやユカリやマユミの世界とは別のものだからだ。〝紅毛物(あかげもの)〟と割り切ってしまえば、これは素晴らしい爆笑本である。

（『朝日新聞』「ベストセラー快読」二〇〇二年十二月二十二日）

ベストセラー快読◉『朝10時までに仕事は片づける　モーニング・マネジメントのすすめ』

▼高井伸夫著　かんき出版

著者は日本と中国に事務所を構えるベテラン弁護士で、長年朝六時半に事務所に入ることを習慣にしている人である。その経験から、人より早起きして朝のうちにひと仕事してしまう〝パワーモーニンガー〟の勧めを説いたのが本書である。曰く、人間の体はもともと朝型にできているから、何事も朝のほうが能率がいい。曰く、現代は変化とスピードの時代であり、早起きこそ理にかなっている。曰く、早起きは健康にもいい。

正論だ。これほどの正論に、いったい誰が反論できるだろう。だが私はあえて言いたい。そもそも地球上に何十億という人間がいるのに、それを全員〝朝型〟と決めつけてしまっていいのだろうか。朝のほうが頭が冴える人がいる一方で、夜の暗さと静けさの中でこそ力が出るという人だって、世の中には絶対にいるはずだ。

それなのに、世の中の会社という会社がすべて朝始まり、というのは、何か不公平な気がする。そこで考えたのだが、会社を昼の部と夜の部に分けてみたらどうだろう。フレックスタイムなどという生ぬるいものではなく、いわば学校の夜間部のようなものだ。当然採用も最初から別だ。いっそ社長も昼と夜とで別にする。昼の社員が帰ったあと、夜十時くらいから夜の社員たちはやってくる。夜では仕事にならないと思われるかもしれないが、そこは良くしたもので他の会社にも夜の部があるし、海外との取引にはかえって好都合だ。食事は屋台のおでんやラーメン。パワーブレックファストの代わりにパワー夜食。昼の社員の机をそのまま使うからスペースや設備の節約になるし、朝のラッシュも軽減される。

そうして夜のあいだに十全に力を発揮した夜型の社員たちは夜明けとともに会社を後にし、朝一番で出社してきた朝型社員たちと、通りでハイタッチをして家路についていく。

ああ、何だかすごく楽しそうだ。どうだろう。これは本気の提案だ。少なくとも〝パワーモーニンガー〟よりは〝パワーミッドナイター〟のほうが、語感としてはずっといいと思う。

（『朝日新聞』「ベストセラー快読」二〇〇三年二月九日）

 一分間謝罪法』

▼ケン・ブランチャード、マーグレット・マクブライド著／松本剛史訳　扶桑社

百ページちょっとの薄さ、物語仕立て、頻繁に出てくる〝まとめ〟のページと、強いチーズ臭が漂うのは道理で、『チーズはどこへ消えた?』の著者が序文を書いており、本書の著者とのあいだに共著もあるのだった。

過ち(あやま)を犯して他人に迷惑をかけてしまったら、まず自分の非を素直に認め、相手に謝罪し（心がこもっていれば一分間で事足りる）、具体的に償(つぐな)いをするのが望ましい。そのためには自分を尊重することが必須で、それがひいては人生の向上にもつながる——というのがこの本の趣旨で、全くもって正しい。序文にある通り、一人ひとりがこれを実行すれば、きっと世の中はより良くなることだろう。けれども、私はここに書かれていることを実行する気にはなれなかった。そもそも〝謝ることの効能〟は、アメリカ人にとっては新鮮でも、日本人は挨拶がわりに謝るような民族だ。朝から晩まで謝りっぱなしと言っても過言ではない。少なくとも私はそうだ。座右の銘は「生まれてすみません」だし、自他共に認めるテーマソングは『叱られて』だ。私たちは謝り疲れている。もう限度額いっぱいまで謝って、これ以上謝りようがない。謝るべき人間は、むしろ他にいるのではないか。人に迷惑をかけたら誠心誠意謝るべきだというのなら、どうして自分に迷惑をかけた人たちは一度も自分に謝ってこないのか。不公平ではないのか。

というわけで、この本を読みながら、私はいろいろな人を頭の中に登場させ、この本に書いてある通りに自分の非を認めさせ、誠心誠意謝らせ、償いをさせた。小学校の時のいじめっ子。無礼なタクシー運転手。土曜に手数料を取る銀行の頭取。某国の大統領。やっているうちにだんだん一分間では物足りなくなってきて、十分くらい謝らせてみる。ついでに深々とお辞儀もさせる。泣きながら謝らせてみる。恥ずかしい衣装も着せてみる。愉(たの)しくて止まらない。

世の中をより良くする読書のはずが、またしてもおのれの心の闇に行き着いてしまった。

（『朝日新聞』「ベストセラー快読」二〇〇三年三月三十日）

ベストセラー快読◉『脳トレ　最先端の脳科学研究に基づく28のトレーニング』

▼リチャード・レスタック著／青木哉恵訳／池谷裕二監修　アスペクト

昔「健康のためなら死んでもいい」というフレーズがあったが、今は「脳のためなら死んでもいい」時代だ。『海馬』が大売れしたのは記憶に新しいし、テレビで脳年齢や認知症予防を取り上げない日はない。もし「脳の若返りにはバナナの皮が一番」とみのもんたが言えば、本当にみんな一斉にバナナを丸ごと食べだしかねない勢いだ。

本書は、一見すると「頭の体操」的なドリル集のようにも思えるが、実際には脳のメカニズムや特質についてわかりやすく解説した科学エッセイで、その流れの中で、脳の各機能を高める訓練法が紹介されている。

訓練には、けっこう時間や手間のかかるものも多く、怠惰な私が実際にやってみたのは、正直「腹式呼吸をする」ぐらいのものだ。それでも脳の働きがいかに複雑であるかはよくわかった。たとえば「ピザを食べたい」と思ったら、まず前頭葉で目的達成に向けての前運動プログラムが作成され、それが小脳で運動プログラムに書き換えられて大脳に送られ、無数のニューロンの連携を経てはじめて受話器に手を伸ばすという動きになる。もしそこで別の用事を思い出してそちらを先にやることにした場合、そこにさらに複雑な過程が加わる。体のどんな小さな動きもそんな精妙な手続きを経ているのかと思うと、人体の神秘をしみじみ実感する。

が、そのうちだんだんと不安になってくる。本当におのれの脳内でそんなすごい芸当が行われているのだろうか。たとえばいま私は鼻が痒いが、キーを打つ手を止めて鼻を掻くなどという複雑なことを、私の前頭葉は小脳は大脳はニューロンは、きちんと計画し伝達し実行できるのだろうか。とても無理なんじゃないか。

テレビを観ながらラーメンを食べながら漫画を読んでいた昨日までの自分が、今では神のようにさえ思える。

（『朝日新聞』「ベストセラー快読」二〇〇三年五月十八日）

ベストセラー快読◉『「非常識に儲ける人々」が実践する　図解　成功ノート』

▼神田昌典監修／起業家大学著　三笠書房

本書は、実際に成功した四人の起業家が、成功の秘訣を図を使って解説した本だ。いくつもの成功法則本の要点だけ効率よくまとめたような内容で、一見わかりやすそうなのに、なぜか何を読んでもちっとも頭に入らない。私が相当のボンクラであることを差し引いても、このわからなさはただごとではない。

話は変わるが、先日、押し入れから懐かしいものが出土した。高三の時の世界史のノートに挟まっていたそれは、「音楽で覚える世界史」という題の手書きのプリントで、世界史で覚えなければならない項目の多さに音(ね)をあげたクラスの有志が、歌にすれば頭に入るのではないかと考えて作った替え歌の歌詞だった。たとえば〈フランス革命編〉一番はこんな具合だ。

（「おお牧場は緑」の節で）
おお三部会にテニスコート　バスチーユ牢獄　人権宣言
おおヴェル行進　パンよこせ　ヴァレンヌ逃亡　ピルニッツ
91憲法　ジロンド内閣　テュイルリー侵入して　王権停止
国民公会　第一共和制　ジャコバン独裁　93憲法　ヘイ！

下のほうには、〝革命っぽく緊迫感をこめて！〟などと歌唱指導までついている。この試みは受けたが、「東京音頭」の節でインド編、「軍艦マーチ」で近代史が作られただけで終わってしまった。なぜかというと、歌詞が端的すぎてちっとも頭に入らず、これを覚えるくらいならきちんと勉強したほうが早いことが判明したからだ。

この本のわからなさも、たぶんそういうことなのかもしれない。結局「まとめ」は、すでに何かを理解した人が頭の中身を整理する時にだけ有効で、元を理解していない人がいきなり「まとめ」から入っても、ちっとも身につかない。

そうでなければ、例のプリントといっしょに出てきた、小さく小さく畳まれた世界史の答案用紙の点数は、もうちょっとマシだったはずだ。

（『朝日新聞』「ベストセラー快読」二〇〇三年七月十三日）

ベストセラー快読◉『ウケる技術』

▼小林昌平・山本周嗣・水野敬也著　オーエス出版

そもそも日本人はパロディとあまり相性が良くない気がする。歴史をひもとけば、過去にはかの『オフィシャル・プレッピー・ハンドブック』事件があった。アメリカで流行したプレッピーと呼ばれる良家の子女風生活スタイルを茶化したハウツー本形式のパロディ本が、日本ではなぜか大真面目なスタイルブックとしてもてはやされ、似合いもしない米国小金持ちファッションの人々が街に溢れるという惨事に発展した。かかる民族の悲劇は二度と繰り返されてはならないと思うのだが、以後もパロディ本は次々と出版され続け、それを人々が真に受けてしまう被害は後を絶たない。

見ての通り、本書は以前にこの欄でも紹介した『モテる技術』を模している。『モテる技術』は恋愛ハウツーにビジネス書のスタイルとスポ根ものの生真面目さを導入した点が笑えたが、本書もその形式を踏襲して〝ウケるトークを身につけてビジネスや恋愛でサクセスする〟ために必要なスキルを、チャート式で大真面目に解説してみせる。

笑わせのテクを「自分ツッコミ」「擬人化」などと分類してみせる点は興味深いが、むろん、いくらこれを読み込んだところで〝ウケる〟ようになるはずはなく、これは〝お笑い〟を生真面目に学習してしまう滑稽さを笑うべきパロディ本なのだ。だからこれを真に受けて実践する人はいないはずだ。いないと信じたい。ちょっと不安だ。もっと不安なのは、書いている側も本気っぽい節があることだ。

もしかして、パロディだと思っているのは私だけで、みんなは本気でこれを読んで切磋琢磨しているのだろうか。街が「あの、初対面でこんなこと言ったら嫌われるかもしれない。つーか確実に嫌われるけど言わせて。君の胸、チョモランマだね！　登りて～！」（「ウケる技術その4・前置き」より）とやる人々で溢れる日も近いのだろうか。あああ。

（『朝日新聞』「ベストセラー快読」二〇〇三年八月三十一日）

ベストセラー快読◉『ダイエットSHINGO』

▼香取慎吾著　マガジンハウス

私にとって、香取慎吾といえば『沙粧妙子（さしょう）　最後の事件』の殺人鬼役で、あのころの香取君は鋭利な刃物のような美しさだった。が、あれから私が知らないうちに彼は太り、知らないうちにまた痩せていたのだった。

本書は、彼が八週間で十五キロ痩せるまでの全記録で、毎日何を食べ、どれだけ運動したかが克明に記されている。正攻法のダイエット法ゆえ相当にハードで、みごと痩せた香取君には、心からおめでとうと言いたい。「痛みに耐えてよく頑張った！」と私の中の見知らぬおじさんも言っている。

ところで前々からの疑問なのだが、なぜ「ダイエット」イコール「痩せること」なのだろう。世の中には痩せたがっている人がいるのと同様、太りたがっている人も大勢いて、切実さにおいては変わらないはずなのに。私は後者の部類に属しているので断言できるが、痩せぎすで得をすることなど一つもない。小学校では「ホネ」などといじめられるし、痩せた女はまず異性にもてない。体の厚みがないので何を着ても貧相に見える。何より辛（つら）いのは、「痩せたい」という合言葉と引き換えに得られる社会参加の安心感が得られないことで、「太りたい」などと口にしようものなら袋叩きにあう。

そういう隠れた被差別民族のために「太るダイエット本」を作ったらどうだろうと思い、試しに本書を逆から読んでみた。太っていたころの香取君はどんな食生活をしていたか。〝朝食　ステーキセット、カレーセット（共にジャージャー麺つき）〞〝夕食　パスタ２皿、ガーリックライス、ステーキ２枚、マグロカルパッチョ、クッキー、クリームソーダ、緑茶、ビール〞……。すごい。痩せたこともすごいが、これだけの量を食べていた香取君はある意味もっとすごい。

痩せたい人と太りたい人のあいだには、深くて暗い河がある。

（『朝日新聞』「ベストセラー快読」二〇〇三年十月十九日）

ベストセラー快読◉『ラブ・ダイアリー　恋についての365問』

▼PARCO出版編　PARCO出版

毎年この季節になると、大学のある同級生のことを思い出す。「彼とね」と彼女は小首を傾げて嬉しそうに言った。「クリスマスプレゼントは何にしようかって相談して、お互いの悪いところを紙に書いて交換することにしたの」。私が何と答えたのかは記憶にない。ただ、得体の知れない寒さが背中を伝ったことだけは覚えている。

本書は文字通りの「恋愛日記」だ。全三百六十五ページ、各ページの上に一行の質問があり、余白に答えを書き込むようになっている。恋愛中の人が、「会えない日に思い出すのは、あの人のどんなところ?」とか「はじめて手をつないだとき、どんな気持ちでしたか?」とか「10年後、ふたりはどんな関係にあると思いますか?」などといった質問に毎日ひとつずつ答えることによって、恋愛力を高めていく、という趣旨であるらしい。本の造りは女性向けだが、「彼」ではなく「あの人」となっているのは、カップルで使えるようにとの配慮であろうか。よもや、二人で一冊ずつ買って、交換したりするのであろうか。

だが恋愛力を高めるということであれば、いっそ恋人のいない人にこそこの本を使ってほしい。現実にいもしない彼や彼女を頭の中に思い描きつつ、「とっても愛しい、と思ったあの人のしぐさはなんですか?」や「冬の日のあの人のジャンパー、どんな匂いがしますか?」といった設問に入魂の解を書き入れる。たしかにその図はちょっと寒い。寒いが、ある意味これこそ究極の純粋恋愛ではないか。いつぞやの恋愛演習本『モテる技術』や『愛させる技術』と併用すれば、恋愛筋肉はさらに効果的に鍛えられるであろう。何よりいいのは、現実の恋人と違って、途中で別れてしまって本が無駄になるということが絶対にない点だ。

そういえば、前述の同級生カップルは、あの後わりとすぐに別れた。

（『朝日新聞』「ベストセラー快読」二〇〇三年十二月七日）

ベストセラー快読◉『あらすじで読む日本の名著　近代日本文学の古典が2時間でわかる！』

▼小川義男編　樂書館発行・中経出版発売

本書は、若者の文学離れを憂えたとある高校の先生がたが、あらすじだけでも知ってもらえれば名作の面白さに目覚めるのではないかと考えて、高校生のために書いた本である。だが蓋(ふた)をあけてみれば、圧倒的に中高年層に売れているという。

嘆かわしいなどと言うのは筋違いだ。ボジョレーヌーヴォーを無理して解禁日に飲んでいた時代は去り、今や世の中の気分は「ぶっちゃけ」だ。ぶっちゃけ一円でも安いものが好きだし、ぶっちゃけ楽して幸せになりたいし、ぶっちゃけ本は読んでないし読む暇もないが人前で恥はかきたくない。何と正直で人間的なことであろう。

ぶっちゃけ私だって、ここに出てくる作品のうち半分以上は読んでいない。『野菊の墓』は頭の中で『あゝ野麦峠』の映像になっているし、『金色夜叉』は「ダイヤ？　あと月がどうのこうの？　下駄で足蹴(あしげ)？」だし、『牛肉と馬鈴薯(ばれいしょ)』に至ってはどんな話か見当もつかない。

だが結論から言うと、この本を読んでも、一つひとつがどんな話かは、あんまりよくわからなかった。本来あらすじというのは、どうやったって実物と似ても似つかないものだ。なのにこの本はなるべく原著に近づけようとして、かなり詳しく書き込んである上に、なまじ文章に情感がこもっている。そこが「六畳一間なのにロココ調」というか「カップ麺なのにフカヒレ入り」というか、何かこう、ちょっと往生際が悪い。もっと、たとえば『金閣寺』なら「若いお坊さんが金閣を燃やしちゃう話」ぐらいにぶっちゃけてほしかった気がする。そのほうが、かえって原著を読んでみたくはならないだろうか。

というわけで、私がこの本を読んで得た知識。①昔の作家はみんな早死にだった。②志賀直哉は顔のいい作家のはしりである。③『牛肉と馬鈴薯』は肉ジャガの話ではないらしい。

（『朝日新聞』「ベストセラー快読」二〇〇四年二月八日）

ベストセラー快読◉『ケータイを持ったサル「人間らしさ」の崩壊』

▼正高信男著　中央公論新社

　題名で想像がつく通り「近頃の若い者は」本である。特徴は、著者がサル学者であるという点だ。

　この本が売れる理由はよくわかる。なぜならこれは世のおじさんたちの「夢の書」だからだ。自分たちが常日ごろ苦々しく思っている「ルーズソックス」や「電車内化粧」や「ケータイメール」や「〝ウソー、マジィ？〟」を、科学者がそれっぽいグラフや図を駆使して糾弾してくれるうえに、若者どもがそのような嘆かわしいことになってしまったのはすべて彼らの母親のせいであると決めつけてくれるのである。これが夢の書でなくて何であろう。現に私の中に住んでいる見知らぬおじさんも「感動した！」と言っている。

　話の展開はバレーボールのリズムだ。レシーブ（かなり主観的な推論）、トス（さしはさまれるデータ類）ときて、アタックは「そういう若者の生態はサルそのものである」。引き合いに出されるのが量子物理学でもなくロボット工学でもなくサル学というところがミソだ。自分が忌々（いまいま）しく思っているものを、人間より毛が三本少ないと言われるサルにたとえられて、嬉しくない人などいまい。

　この本の悪口を言うのは簡単だ（オヤジの主観丸出しだとか図式的すぎるとかトンデモ本じゃないのとか女になにか恨みでもあるのかとか）。が、そんなことはこの際どうでもいいのだ。著者は、学者として何より大切な客観性を投げうち、神聖な研究対象をネタに使ってまで、世の虐（しいた）げられたおじさんたちを勇気づけようとしているのである。何と崇高な犠牲精神であろう。
おかげで私の中のおじさんなど、もはや感極まって滂沱の涙を流しつつ、『アタックNo・1』のテーマソングを高らかに歌っている。しかも決めの台詞部分をきちんと「だけど涙が出ちゃう、男の子だもん」に変えて。

（『朝日新聞』「ベストセラー快読」二〇〇四年三月二十八日）

ベストセラー快読◉『株はあと2年でやめなさい　そして2008年、修羅場がやってくる』

▼木戸次郎著　第二海援隊

小学校の社会科の授業でつまずいて以来、株についてはよくわからないままだ。どうしてそんな目に見えないものを平気で売ったり買ったりできるのか。しかもそれが高くなったり安くなったりするとはどういうことだ。何もしないで儲けるなんて、卑怯じゃないのか。だいたい何で「株」なんだ。等々の疑問を放置したまま大人になり、そうこうするうちにバブルがはじけ、「ほうらやっぱり」とますます態度を硬化させ、今に至っている。そんな、株と無縁なことにかけてアマゾン奥地のミツユビナマケモノにも劣らぬ者が、はたしてこの本を読み通せるものだろうか。だが本書は株というよりは近未来予測本に近く、私が読んでも十分面白かった。面白かったが怖かった。読んだことを、今すこし後悔している。

本書によると、日本はあと数年で大変なことになってしまうらしい。年金制度は破綻し、国は借金で首が回らなくなり、税金ばかりが増えていく。黒船さながら外国の資本と人がどんどん入ってきて移民の国と化し、貧富の差が極端に拡がる。日本はますますどこの国からも相手にされなくなるのだけれど、アメリカの仕組んだ見せかけの好景気で第二のバブル絶頂期を迎え、ある日突然それがパチンとはじける。そういうことが今から五、六年以内に起こるのだという。

人が何も知らないと思って脅かしているのだろうか。だが筆者はバブル期に一晩で七億失って、どん底から這い上がってきたという人で、言うことにひどく説得力がある。

今から十年後、自分はどこで何をしているのだろう。そんな世の中に本、ましてや翻訳書など誰も読む余裕がないから、路頭に迷っているだろうか。もしかしたらとっくに野垂れ死んで、ミツユビナマケモノにでも生まれ変わっているだろうか。

（『朝日新聞』「ベストセラー快読」二〇〇四年五月十六日）

ベストセラー快読◉『あの素晴しい日ペンの美子ちゃんをもう一度』

▼岡崎いずみ著　第三文明社

高校時代、「キティちゃんに性欲はあるか否か」をめぐってクラスで一大論争が勃発した。「ある」派は「キティといえども一介の猫だ。ケダモノだから当然性欲はある。現に両親もいて繁殖している」と主張し、対する「ない」派は「言葉をしゃべるんだから普通の猫ではないか」と主張し、対する「ない」派は「言葉をしゃべるんだから普通の猫ではない。第一あの両親はキティより後に生まれた」などと一歩も譲らなかった。論争はさらに発展し、ドカベン山田、サザエさん、ウルトラマン等をめぐっても同様の熱い議論が戦わされた。まあ早い話ヒマだったわけだが（ちなみに女子校）、誰もが知っている明るく爽やかなキャラに無理やり「萌え」ポイントを見つけるというその遊びは妙に面白く、異様に盛り上がったのを覚えている。

「日(にっ)ペンの美子(みこ)ちゃん」は、七〇年代から三〇年近くも続いた広告漫画の主人公で、少女漫画誌の読者にとっては、キティちゃん並みの知名度を誇る隠れた有名キャラだ。彼女の登場する漫画を収録しつつ、「謎本」形式に仕立てた本書が売れるのも分からないではない。

美子ちゃんが襲名制で四代目までいたとか、練馬区の住民らしいとか、たしかに謎解きは満載だ。でも、それはたとえば『磯野家の謎』で明かされる「タラちゃんは実は性別不明」なんていうのに比べると、いかにもインパクトが弱い。

思えば、サザエさんやドカベンには、こちらの妄想を誘い、かつ受け止めるだけのキャラとしての奥行きがあった。でも美子ちゃんにはそれがない。何というか、「萌え」ないのだ。やっぱり「〇〇に性欲はあるか」論争が白熱するぐらいでないと、謎本の主役は張れないのかもしれない。

というわけで、この〇〇にあてはまりそうなキャラを私なりに考えてみた。①グリコの走る人、②カールおじさん、③レレレのおじさん。なんだかおじさんばっかりだ。

（『朝日新聞』「ベストセラー快読」二〇〇四年七月四日）

ベストセラー快読◉『最驚！ ガッツ伝説』

▼ガッツ石松・鈴木佑季監修　ＥＸＣＩＴＩＮＧ編集部編　光文社

ガッツは偉大だ。

むろん世間を見渡せば、伝説の一つや二つ、持っている人はたくさんいる。ステーキの焼き加減を訊かれて「一生懸命焼いてください！」と答えた水前寺清子とか、ホワイトハウスはどんなところかと子供に訊かれて「白いよ」と答えたジョージ・W・ブッシュとか。だが、しょせんガッツの敵ではない。埋蔵量が違う。なにしろ一人で一冊、余裕で本が作れてしまう。

この本を読んでいると、だんだん世間の常識が間違っていて、ガッツのほうこそ正しいような気がしてくるから不思議だ。「青いリトマス紙を酸性の水につけるとどうなる？」と訊かれて「濡れる」。どこが間違っているというのだ。「エジプトの首都は？」「ピラミッド！」心情的には◎である。北斗七星の位置を訊かれて「いやあ、この辺の者じゃないからよくわかんねえなぁ」。何となく勢いで納得させられる。

いくつかの伝説については、本人の談話というか述懐が載っている。たとえば「太陽が昇るのは右から」と言ったことについての弁は「基本的にみんな、右をこう向いて見るじゃない。だから右なんだね。俺はルールが右と左しかないの。あと前後左右」。「バナナがうまいのは最初の20本まで」発言に関しては「バナナはやっぱり体にいいんじゃない。猿も食ってるしな。あいつら体のこと、わかってるから」。わかったようなわからないような、でも一理あるような気もして、読み進めるうちにだんだん脳内がガッツ化してくる気がする。いっそこのまま身も心もガッツに染まって、ガッツの目で世界を眺め、ガッツのルールで生きてみたい誘惑に、ふとかられる。

でもあなたはそこでぐっと踏みとどまらなければならない。でないと「元世界チャンピオン」という肩書のない、ただの変な人になってしまうからだ。

(『朝日新聞』「ベストセラー快読」二〇〇四年八月二十九日)

ベストセラー快読◉『もうひとつの冬のソナタ　チュンサンとユジンのそれから』

▼キム・ウニ、ユン・ウンギョン著／うらかわひろこ訳　ワニブックス

いくらぼんやり者の私でも、『冬のソナタ』のことは知っている。それが日本で大ヒットした韓国のドラマだということを知っている。多くの女性が主役の俳優にメロメロになったことを知っている。その俳優が〝ヨン様〟であって〝ペ様〟ではないことを知っている。ヨン様に会いに行くツアーやヨン様写真集やヨン様変装セットが売られたことすら知っている。これであとはどんな話かを知りさえすれば、『冬ソナ』に関する知識はほとんど完璧と言ってもいい。

本書は、その『冬ソナ』を共同で執筆した脚本家二人が『冬ソナ』について語った本である。苦労話や撮影秘話、出演者たちの横顔、さらに写真多数に放映されなかったエピソードのおまけまでついて、『冬ソナ』ファンにとっては感涙ものの本なのだろうと思う。が、いかんせんドラマを観ていないので、正直やってもいないゲームの攻略本を読んでいるような気分だった。

とはいえ全く無駄だったというわけでもなく、『冬ソナ』のストーリーがわかったのは収穫だった。ユジンとチュンサンは好き合う。チュンサンは事故で死ぬ。ユジンはサンヒョクと婚約する。チュンサンそっくりのミニョンが現れる。ユジンとミニョンは好き合う。チェリンは邪魔をする。ミニョンは実は生きていたチュンサンで記憶喪失にかかっている。ミニョンは記憶を取り戻す。サンヒョクとチェリンは振られる。チュンサンとユジンは結ばれかけるが異母兄妹だったことが判明するがそれが

間違いだったことが判明するがチュンサンはアメリカに旅立つがユジンと奇跡の再会を果たして二人は結ばれる。

さっきゲーム攻略本と書いたが、もしかしたら『冬ソナ』はＲＰＧ化したらいいかもしれない。まだされていなければの話だが。

（『朝日新聞』「ベストセラー快読」二〇〇四年十月十七日）

ベストセラー快読◉『みんなのためのルールブック　あたりまえだけど、とても大切なこと』

▼ロン・クラーク著／亀井よし子訳　草思社

あさ、きょう室に行くとマサル君が話しかけてきました。「おはよう。土日は楽しかった?」「うん。近所のハトをパチンコでうって遊んだよ。きみは?」（ルール⑥だれかに質問されたら、お返しの質問をしよう）「ぼくは虫めがねでアリをやいたよ。そうだ、いいものあげるね」（ルール⑩意外な親切でびっくりさせよう）マサル君は女王アリのこげたやつをくれました。「わあ、ありがとう！　前からほしかったんだ、これ！」（⑧何かをもらったら、３秒以内にお礼を言おう）「やあ君たち、休みは楽しかったかい?」「はい先生、小動物と遊んでとても楽しかったです！（①大人の質問には礼儀正しく答えよう）先生は?」「先生は2ちゃんねるで千ゲット2回もしちゃったぞお」「すごいや！」僕たちは手をたたきました。（③だれかがすばらしいことをしたら拍手をしよう）

きょうも宿題がいっぱい出ました。明日までに算数のドリルと作文と図工と家庭科を出さなければなりません。（⑱宿題に文句を言わない）

ほうかごはクラスのピロロも入れて3人で遊びました。ピロロは体が銀色のうちゅう人です。ときどき目から殺人光線を出します。（㉓だれであれ、仲間はずれにしない）３人で近くのコンビニで食玩を万びきしました。（㊻したいことがあるなら、やってみよう）でもお店の人に見つかってすぐにあやまりました。（㊽いつも正直でいよう）

家に帰って作文を書きました。「しょう来の夢」。ぼくはこれからもルールを守って立ぱな大人になりたいです。そして世界をせい服したいです。（㊿きみのなれる、もっともすばらしい人間になれ）

全米最優秀教師に選ばれた小学校の先生が教室で実践している五十のルールを紹介した本です。右はその間違った使用例です。

（『朝日新聞』「ベストセラー快読」二〇〇四年十二月五日）

ベストセラー快読◉『問題な日本語　どこがおかしい？　何がおかしい？』

▼北原保雄編　大修館書店

「近頃の若者はなっとらん」という愚痴はピラミッドの壁画にも書いてあることであって、今さらそんなことを言うのはクールじゃないのである。

本書は「よろしかったでしょうか」「きしょい」「なにげに」「こちら〜になります」等々、最近目につく奇妙な日本語の是非を全国の高校教師が問い、辞書の編纂者数名がそれに答えるQ＆A方式の本である。

質問者のほうは「何かというと『…じゃないですか』と言ってくるのが耳障りです。失礼な表現ではないでしょうか」などと不満げだが、解答者はあくまで冷静だ。専門的な文法用語を駆使して違和感の正体を学術的に解き明かしつつ、時には「語形や意味の変化は意外な形で起こるものだということを考慮に入れて、注意深く見守っていくしかないのでは」（〈ふいんき〉の項）などと、さばけたところも見せたりする。大人である。クールである。

だが本当にそうなのだろうか。執筆者は前筑波大学長を始め、錚々（そうそう）たるキャリアの先生方である。内心は最近の日本語の乱れにはらわたが煮えくり返っているのではあるまいか。そう思って読み返してみると、能面のように冷静な行間のそこここに、抑圧された怒りがブドウ羊羹（ようかん）みたいにはちきれそうになっているように思えてくる。ちょっと針でつつけば「なあにが〝ふいんき〟だ！　〝わたし的にはＯＫです〟だ！　そんなもな日本語じゃねえよ！　ウザいんだよ！」と怒りが噴出するのではあるまいか。我慢は体に毒だ。私の中で、白装束に刀を持った謎の中国女が「言っちまいな！」と叫ぶ。でも能面プレイは決して崩れない。大人である。クールである。

ちなみに私は、去年九歳児が延々しゃべる小説を訳して以来言語中枢がユルユルになり、〈キモイ〉も〈すごいいい〉も〈みたいな〉も全然ＯＫである。

（『朝日新聞』「ベストセラー快読」二〇〇五年二月六日）

書評◉『異常探偵　宇宙船』

▼前田司郎著　中央公論新社

探偵小説……なんだろうか？　表の顔は頭巾を被ったパート主婦、而してその実態は異常な事件を専門に扱う名探偵「宇宙船」。ある殺人事件をめぐって繰り広げられる宇宙船と怪人「空気ゴキブリ」の対決を、『怪人二十面相』ばりの文体で描く……のだけれど、出てくる人物がことごとく社会の主流からはみ出たような人々だ。後ろ暗い趣味を抱えた被害者。蜘蛛男みたいな犯人、鳩が主食の野性児、ものすごい美貌なのに頭の中身が小学生な探偵助手……。けれども町に蠢くこれら〝隅っこの人々〟に作者が注ぐまなざしは優しく、話は猟奇的なのに、手渡される感触は温かい。そしてなにより助手の「米平少年」のトンチキぶりが最高に笑える。

じつは宇宙船には幼い娘を失った悲しい過去がある。だが娘が実は生きていて、宇宙人に捕らえられていると脳内の「声」に教えられた彼女は、我が子を奪還するために頭巾をかぶって探偵になったのだ。はたして宇宙船に救いは訪れるのか、それとも彼女は狂っているだけなのか。最後に不意打ちのように訪れる美しい結末に、たまらず泣いた。

（『読売新聞』「本よみうり堂」二〇一八年五月二十七日）

書評◉『パリのガイドブックで東京の町を闊歩する 1 まだ歩きだださない』

▼友田とん著　代わりに読む人

何だかよくわからないタイトルだが、大丈夫。なにせ作者にもわかっていないのだから。ある日この謎のフレーズが啓示のように〝降りて〟きて、それを文字通りに実行してみた記録が、本書なのだ。何をどうしていいかわからないまま、とにかく作者はパリのガイドブックを日々熟読し、東京を歩き回る。ムダ？　たしかに。でも東京のガイドブックを見て目的地に着けば、それは単なる〝答え合わせ〟にすぎない。そこから降りたとき、手に入るのは脱線することの豊かさだ。現にこの試みの過程でも、念願のフレンチトーストになかなかありつけなかったり、場所も知らないカレー屋に偶然たどり着けてしまったりといった、本筋と関係ない、でも奇妙に面白い出来事が次々起こる。

前作『『百年の孤独』を代わりに読む』でも作者は、かの名作を読破するという使命を自分に課しながら、ついつい昔のドラマやドリフのコントに思いを馳せてしまう。だがその脱線が時に思わぬ実りを読書にもたらすのだ。

豊かな脱線の中から見えてくるものを追究する作者の旅は、（たぶん）２に続く。

（『読売新聞』「本よみうり堂」二〇一九年七月十四日）

書評◉『問題だらけの女性たち』

▼ジャッキー・フレミング著／松田青子訳　河出書房新社

「女性の知能は発明や創造には向いていない。男性を讃（たた）えるのが天職だ」。誰かの炎上ツイートではない。美術評論の大家ラスキンの言葉だ。「女性はボールを投げるより拍手をしているほうが自然」そう言ったのはオリンピックの父クーベルタン男爵。「いかなる女性の試みもやるだけ無駄」by文豪モーパッサン。「男性がすべてにおいて優れているのは明白」進化論の祖ダーウィンさんまでこんなことを。

十九世紀、女性は男性より脳が小さく、感情的すぎるので論理的な思考はできず、学問にも芸術にも不向きであると信じられていた。著者は当時のそんな〝科学的常識〟を、ユーモアと皮肉たっぷりのイラストと文で紹介していく。

読み進むほどに襲いくる、呆（あき）れと驚きの波状攻撃。でも「あー、十九世紀に生まれなくてよかった」とは少しも思えないところが恐ろしい。この時代と、MeToo の叫びが止まらない現代は、明らかに地続きだ。

だがこの本、めちゃくちゃ笑えるのだ。著者は十九世紀的常識をわざとしれっと肯定してみせることで、えも言われぬ可笑（おか）しみを引き出す。体を二つ折りにし、両腕をだらんと垂らして立つ女性たちの絵に〈女性はコルセットをしないとまっすぐ立っていることができなかったので、それなしの生活は考えられませんでした〉と文章が添えられている。〈女性による芸術は時としてうっかり評価されてしまうことがありましたが、その間違いは歴史のゴミ箱に捨てることで簡単に修正することができました〉の文の下に、ロココ風の猫足つきのゴミ箱の絵。すっとぼけた絵と文の向こうに、著者の不敵な笑みが透けて見える。そして爆笑しながら、ムカつきながら、いつしか読んでいるこっちまで口の端二ミリぐらいで不敵に笑っていることに気づく。

ユーモアを備えたとき、怒りはかつてないほどの強さと飛距離を獲得する。それをみごとに証明してみせた一冊だ。

(『読売新聞』二〇一八年四月一日)

書評◉『静かに、ねぇ、静かに』

▼本谷有希子著　講談社

読みながら、何度も「うわあ……」と変な声が出た。収められた三編は、どれもダメな人々がさらにダメになっていく話だ。あまりにリアルで息苦しく、逃げ出したいと思いながら、ページを繰る手を止められなかった。

冒頭の「本当の旅」では、四十近い自称クリエーター、実質ニートの男女三人がマレーシアに旅行する。彼らは何もかもをスマホで記録することに明け暮れ、インスタ上で自分たちが楽しそうに「見える」ことを何より重視する。都合の悪い出来事は編集で全部カット。ネットに溢れる借り物のきれいな言葉で自分のダメさを正当化し、互いに「いいね」「いいね」と肯定しあうことでそれをさらに補強する。〈俺は、俺の眼差し(まなざし)を守ってる。社会から報酬を貰わ(もら)ないことで、人とは違う眼差しを手に入れてる。どんな眼差し？　子供の眼差しだよ。〉全編にそんな気色の悪いえせポジティブ会話が溢れている。そうやって目の前の現実に対して思考停止を続けた結果、三人はある深刻な状況におちいるが、そんな風になってもなお自撮り棒の前でポーズを取ることをやめられない。

ネットショッピング中毒の主婦。なんとか普通の生活を手に入れようとあがく失業夫婦。イヤすぎて目を背けたくなるが、そうできないのは、ぜんぜん他人事という気がしないからだ。生きる力が弱すぎてネットに頼らずにいられない、この人たちを笑うことは、一日たりともツイッターを我慢できない私にはできない。
　この本の表紙、題名（イニシャルをつなぐとＳＮＳになる）が裏返しになっている。じっと見ていると、自分が鏡の裏側にいるような気がしてくる。「ほら、これはあなただよ」そう言われているようだ。けれども非難も断罪もせず、ただ淡々と情景を写し取る作者の態度は、非情を突き抜けていっそ清々（すがすが）しい。私たちはここから始めていくしかないんだ、そんな裏返しの希望すら湧いてくる気がする。

（『読売新聞』二〇一八年十一月二十五日）

書評◉『たぷの里』

▼藤岡拓太郎著　ナナロク社

髷（まげ）にまわし、あんこ型の体。たぶん、どう見ても、お相撲さんだ。うん。「とぼ　とぼ　とぼ」と男の子が歩く。と思ったら次の瞬間「たぷ」と上からかぶさってくる。「ぴょーん　ぴょーん　ぴょーん」と女の子が跳ねる。ページをめくると、また「たぷ」と上からかぶさってくる。

延々その繰り返し。説明もなくセリフもなく、ただひたすら「たぷ」の文字だけが大きくなっていく。意味がなさすぎて、あなたはだんだん不安になってくるだろう。日常のさまざまな風景を一瞬で虚無化する、この「たぷの里」は本当にお相撲さんなんだろうか。人間なんだろうか。

でも、意味など考えてはいけない。試しに、この本を大きな声で音読してみてほしい。「たぷ」と一つ言うたびに、体の内側に虚無が広がっていく。そしてその感じは、なんだかとっても気持ちいいのだ。

（『読売新聞』「本よみうり堂」二〇一九年九月八日）

書評◉『そんなことよりキスだった』

▼佐藤文香著　左右社

主人公の「あやか」は天パーで眼鏡、声と足がでかくて目立ちたがり、ついたあだ名は「パンチ佐藤」。正直あんまりイケてない彼女は、だが並外れた恋愛体質の持ち主で、とにかく誰かを好きになっては速攻で告（こく）り、振られてもめげずにまた別の誰かを好きになる。そんな彼女の小学校から大人になるまでの恋愛遍歴を三十の断章で描く。

次々と現れては消える恋バナ千本ノック、恋バナわんこそば。あけすけで前のめりでひたすら可笑（おか）しい。でもなんでだろう、読むうちにだんだん心が透き通ってくる。それは時おり顔をのぞかせる、少し遠い視線のせいかもしれない。恋人と楽しく一日を過ごしながら〈こんな素晴らしい今日も、どうせ簡単に「大学時代の思い出」になってしまうんだろう〉とさらっと思う彼女は、生きることの根っこにある寂しさとつながっている。生きることは寂しく、瞬間はいとおしい。その同じ根っこから、俳人である作者の句も生まれてくるのかもしれない。〈流れ星　ピアニカが息を欲しがる〉。この本には、こんな美しい句が真珠のように散りばめられている。

（『読売新聞』「本よみうり堂」二〇一九年三月二十四日）

書評◉『郝景芳短篇集』

▼郝景芳著／及川茜訳　白水社

中国の文学界では今、空前のSFブームがわき起こっているという。その火付け役とも言うべきケン・リュウ（『紙の動物園』などで知られる）が編んだ現代中国SF作家アンソロジー『折りたたみ北京』が去年日本でも翻訳され、話題になった。本書はその表題作を書いた若手女性作家による短編集だ。北京の人口過密と失業問題を解決するために、空間を三つに分けてルービックキューブのように回転させ、人々は時間を区切って交代で地表で生活することを余儀なくされる（「北京　折りたたみの都市」）。強力な宇宙人が月からやって来て地球を侵略したため、音楽家たちが宇宙エレベーターを弦に見立てて音楽の振動で月を割ろうと試みる（「弦の調べ」）……。

こうやってあらすじだけ書くと、まるで荒唐無稽なホラ話みたいに聞こえる。だがこの作家がすごいのは、突拍子もない着想に粘り強く肉付けをし、細部の描写を綿密に積み重ねて、作品世界に圧倒的なリアリティを持たせるのに成功していることだ。まるで壮大な遠景と極小の近景の両方にピントが合っている写真のように。だから読み手は否応なしに作品の中に引きずりこまれ、その世界をありありと体感させられる。夜明けとともに摩天楼が折り畳まれ大地がゆっくりと裏返る光景が、本当に「見える」。途方もない力技だ。それを可能にしているのは、彼女のたぐいまれな幻視力と文章の力に加えて、物理学を修め、経済学の博士号を持つというバックグラウンドも関係があるだろう。

さらに魅力的なのは、どの作品にも豊かな詩情が流れていることだ。〈燃える橙紅色の光の中、わたしたちは演奏をあきらめた。空の色は夕陽とあいまって、橙色から金色に変わり、群青色に溶けた〉。〈宴の後、散らかったステージには音の破片だけが残っていた〉。時おり不意打ちのように現れるこんな美しい情景に、読みながら何度もうなった。

（『読売新聞』二〇一九年六月二十三日）

書評◉妄想電車でGo!

『太陽の塔』

▼森見登美彦著　新潮社

本書は日本ファンタジーノベル大賞の最新の受賞作で、となれば当然、パラレルワールドか近未来か、はたまたマジックリアリズムかと、いかにもファンタジー小説らしい展開を予想してしまうのだが、こちらのそんなちゃちな期待に悠然と肩透かしを食わせて、語られるのはモテない大学生の、バンカラで貧乏で異性への妄想に満ち満ちた日常である。

語り手である「私」は、京大を休学中の五回生。かつて自分を振った元恋人のことが諦めきれず、「彼女研究」と称してほとんどストーカーまがいの行為に走り、彼女の用心棒役を自認する男と鍔迫(つばぜ)り合いを繰り返している。その一方で、同じように女性に縁なき仲間たちと、飲んだくれたり、鴨川べりのカップルを蹴散らしたり、厳寒の大文字山でバーベキューをしたりと、非生産的な青春の日々を送っている。そんな彼らにとって最も憎むべき行事、クリスマスが今年もまた巡ってくる。彼らは何とかこれを粉砕せんと、密かにある計画を立てはじめる——。

本書のほぼ八割は、情けなくも馬鹿馬鹿しく、ちょっと埃(ほこり)くさい青春のディテールで占められている。屁理屈が空回りするような文章が滅法おかしく、何よりもまず青春小説として一級だ。それでいて読み終わってみれば、やはりこれは上等のファンタジー以外の何物でもないと思わせられる。鍵は、謎に包まれた元恋人の「水尾さん」だ。猫のようにどこでも丸くなって寝たり、熱い味噌汁に氷を落としたり、愛読書が源氏物語の宇治十帖だったりと、「私」の口を通して語られる彼女は何とも謎めいた（そして魅力的な）キャラである。「私」は彼女という謎を追いかけて夜の街を走り、いつしか彼女の夢の世界に迷い込む。フラレ男の妄想？　だが、もしかしたらすべての恋愛は（そして失恋もまた）、相手の内面に到達しようと妄想の電車に飛び乗ることなのではあるまいか。それこそが、この世で最も純粋なファンタジーなのではあるまいか。

東京を舞台にしては、おそらくこの物語は書かれなかっただろう。こういう、無駄だらけで阿呆らしい、でも愛すべき青春を受け入れる懐の深さが、京都という街には、たぶんある。

（『母の友』二〇〇四年五月　福音館書店）

書評◉部長もどきはアリストテレスの夢を見ない（たぶん）

『熱帯』

▼佐藤哲也著　文藝春秋

熱帯と化した東京。そこを舞台に、クーラーの室外機爆破を繰り返す愛国テロ集団「大日本快適党」や、彼らを追うＣＩＡや元ＫＧＢのスパイが暗躍し、謎の官庁「不明省」、その複雑怪奇なコンピュータ・システムにかかわるＳＥ（システム・エンジニア）たち、さらに謎の生物「水棲人（すいせいじん）」や神々までもが入り乱れつつ、世界はやがて重大な局面に向かって突き進んでいく――。

といった「あらすじ紹介」には、実はほとんど意味がない。なぜならこの本の重点は「お話」ではなく、それが語られる「形式」のほうにあって、形式がお話を置いてけぼりにして暴走する、そのハチャメチャぶりを楽しむべき小説だからだ。

語りのスタイルは、たとえば神話風あり（「神々は栗栖羊一の悲嘆を哀れに思い、願いを聞き届けることにして中部太平洋を根城とする二柱（ふたはしら）の神を東京に送った。熱気と湿気である」）、聖書風あり（「一人千五百円の会費で心行くまでビールを飲み、腹がくちくなるまで寿司を食べた」）、他にも大藪春彦風あり、プロレス中継あり、ＴＶのヒーローものあり、ホメロスありと、さながらパロディのパッチワークのような賑やかさだ。

痛快なのは、ここでは「お話」が軽やかにおちょくり倒されているという点だ。一つの物語にありとあらゆる語りの形式を放りこんだらどうなるかという実験（またはお遊び）のほうが、物語そのものより明らかに上位にある。しかも実験的な小説なのに、たっぷり楽しませてくれる。モンティ・パイソンの「問題棚上げ委員会」を思わせる「不明省」、古代ギリシャの哲学者たちが死闘を繰り広げる格闘技「プラトン・ファイト」、意味不明の生き物「部長もどき」など、細部がいちいちナンセンスで、何度も爆笑させられた。

最近は、「お話」だけで「語り」軽視の、ただの涙腺刺激装置みたいな本が多い。されど語りの楽しみなくして、何の小説か。そういえば本書の中に、作者の分身とおぼしき人物が出てくる。彼の名前は「砂城健一」。小説なんてしょせんは砂の上の城だよ、ということか。でも作者はその城を、喜々として、高笑いしながら、実に楽しそうに築いているのだ。

（『母の友』二〇〇五年一月　福音館書店）

書評◉世界はうどんでできている

『浮遊霊ブラジル』

▼津村記久子著　文藝春秋

この本のカバー絵。一見風景画のようでいて、よく見ると、雲と見えた白い物体はうどんで、月も月ではなくすだちだ。波間には刻んだネギやカマボコも見える。うどんを構成するディテールの中に世界が浮かんでいるのだ。無類のうどん好き（たぶん）ということを差し引いても、この作家にこれほどぴったりくる装丁はない。

津村記久子はつねに、日常のディテールを積み重ねるようにして書く。人物たちは、どんな境遇にあろうと日々の業務をこなそうと努め、作家はそれを淡々と写し取る。

描かれる事象はささやかなのに、激しく心が揺さぶられるのはなぜなのか。それはたぶん、世界とはささやかな事象の集合体だからだ。私たちはみんな、日々の事象と向き合うことでしか世界と触れ合えないし、世界を解決できない。ミッション完了に向けて一つひとつのタスクと地味に向き合う人物たちは、限られた生を生きる私たちの姿そのものだと、細胞レベルで理解できる。

冒頭の「給水塔と亀」が、まず素晴らしい。会社を定年退職した独り身の男が生まれ故郷に移り住む、その第一日目を描く。アパートの鍵を開け、荷物を受け取り、近所のホームセンターの場所を確かめ、そうやって生活の基盤を手さぐりで固めていく彼の姿を、文章はカメラのように追っていく。無口な彼は内面を語らないが、「帰ってきた、と思う。」の一言に万感の思いがにじむ。物語の終盤、男はその部屋で孤独死した前の住人が残した亀を引き取って飼うことに決める。亀の寿命は人間のそれより長い。もしかしたら彼のそれよりも、ずっと。それでも彼は亀の時間を前にして、ひとまずはヒトの時間の限られた一日を生きる。ひと仕事を終え、目の前の水茄子(なす)の漬け物とビールに舌鼓を打つことに集中する。子供のころ憧れていた給水塔を、遠い灯台の光のように眺めながら。

舞台が現実界を離れてもなお、日常のディテールは続く。「地獄」では、死んだ小説家が〝物語消費しすぎ地獄〟に落ち、〝担当〟の鬼・権田さんの指導のもと、さまざまな試練プログラムをこなしていく。その様子はまるきり会社の新人研修そのものだし、地獄の側もニーズに応えて部門を新設したり、鬼の世界にも左遷や不倫の悩みがあったりと、ほとんど勤労小説と見まごうばかりの地続き感が、たまらなく面白い。

「浮遊霊ブラジル」の語り手も死者だ。楽しみにしていた町内会のアラン諸島旅行を目前に死んでしまった三田老人が、その未練のために浮遊霊となってしまう。成仏するためにはアラン諸島に行くしかないと悟った彼は、いろんな人の体につぎつぎ乗り移りながら彼(か)の地を目指す。霊としてのノウハウを試行錯誤で習得しつつ、思わぬアクシデントに見舞われながらゴールを目指すさまは、RPGのようでスリリングだ。果たして三田さんは成仏というミッションを果たすことができるのか、それともこのまま浮遊しつづけるのか。それはここでは言わない。私はボロボロ泣いた。

（『文藝』二〇一七年春季号　河出書房新社）

書評◉回路はブラックボックス

『不時着する流星たち』

▼小川洋子著　KADOKAWA

十の物語が収められたこの本には、いくつもの、ぞくぞくするような「空洞」が登場する。

冒頭の「誘拐の女王」では、少女の家の窓から見える団地の庭木が伐採され、奇妙な空っぽの小屋が姿を現す。そしてまるでそこからやって来たかのように、血のつながっていない、年上の謎めいた「姉」が少女の前に現れる。「姉」は妹としっかり体をくっつけあい、隙間にできた暗い空間に向けて、自分がかつて誘拐された時の冒険談を語って聞かせる。

「カタツムリの結婚式」では、空港の片隅の忘れられたような一角で、不思議な帽子をかぶった男の人がガラス板を水平にもち、その上でカタツムリレースを開催している。レースを終えたカタツムリたちは、丸ごとのキャベツをくり抜いた家に恭しく入れられ、その穴の中で彼らの静かな咀嚼の音が響く。

うっかり置き忘れた風を装って町のあちこちに宛名の書かれた手紙を置く、という心理実験のアルバイトを描く「臨時実験補助員」には、手紙を置くのにふさわしい絶妙な〈隙間、窪み、物陰、空洞、亀裂〉を発見するのが誰よりも上手な女性が登場する。

この世にひっそりと隠れている空洞や隙間や亀裂は、つねに道の真ん中を歩くような、声の大きな人たちの目には、たぶん視(み)えない。それらに気づくのは、いつだって世界の端っこのほうにいる人たち――孤独だったり、非力だったり、何らかの欠落を抱えている人々だ。空洞が彼らに慕い寄り、彼らにとってもまた、空洞や隙間はある種の生の必然だ。

隅っこにいる人たちの視線を得て、空洞たちはいきいきと息づきだす。さまざまな物語がそこになだれこむ。連れ合いを失ったお祖父(じい)さんの脳の洞窟に「口笛虫」が入りこむように。深く掘られた穴に死んだ象が降ろされるように。その一つひとつの物語の、なんと美しく妖しく輝いていることか。

私がことに強く心ひかれたのは、子供の視点で描かれた物語だ。考えてみれば子供こそ、隅っこの視点をもつ最たる者だ。「カタツムリの結婚式」の少女は、自分を間違った場所に漂着してしまった遭難者だと感じていて、つねに同じような境遇の〈同志〉を探している。「十三人きょうだい」の語り手は、チャーミングだけれどどこか存在感の希薄な、名前さえもない不思議なおじさんを心の友とする。読んでいると、空想の世界と現実世界が地続きで、同じ重みをもっていた自分の子供時代の感覚が生々しく蘇ってくるようで、懐かしいような、胸苦しいような気分にさせられる。

『不時着する流星たち』では、各編の最後でインスピレーション源となった現実の人や物や出来事が明かされるという仕掛けがなされていて、これがとても面白い。種明かしをされても「なるほど」と納得することはほとんどなくて、たいていは「え、これだったの!!」とびっくりさせられる。そして作家の思考回路をたどるべく、読みおえたばかりのページを急いでもう一度読み返すことになるのだが、どんなに目をこらしても、この種からこの花が咲く仕組みはブラックボックスに入ったままだ。

ちなみに私がいちばんびっくりしたのは「測量」「さあ、いい子だ、おいで」「十三人きょうだい」だ。読んだ人どうしで話し合ったら、きっと楽しいにちがいない。

小説の、いわばネタもとを明かす、というのは、けっこう勇気のいることかもしれない。けれども手品の種明かしのように、知ってしまったから魅力が減じる、ということは全然ない。むしろ逆だ。これら地上とは異なる重力をもった物語が現実に根っこを持っていたということに感動をおぼえるし、その想像力の飛距離には、ひたすらため息が出る。

そして不思議なことに、元となった事物とできあがった小説とを見比べているうちに、だんだんと現実の事物までが妖しい幻想性を帯びはじめる。本から顔を上げて見まわすと、自分のいる世界が、物語の芽を隠し持った種で満ちあふれているかのように思えてくる。幻想の回路は伝染するのだ。

(『本の旅人』二〇一七年二月　KADOKAWA)

カーリーのニュクニュク

ニコルソン・ベイカーの『室温』（白水社）は、彼にとって二作めにあたる長編小説だ。これまでに『もしもし』『中二階』『フェルマータ』とベイカー作品を訳す機会に恵まれてきたが、この『室温』だけはいろいろな巡り合わせで手つかずのままだったので、今回やっと訳すことができて、個人的にとても嬉しく思っている。

『中二階』の舞台はオフィスだったが、『室温』は、一転して新婚家庭が舞台だ。若い父親がロッキングチェアに座って、赤ん坊にミルクを飲ませている。その二十分ほどのあいだに彼の脳裏に去来するさまざまな思念――赤ん坊の鼻の穴の清らかさ、ドアストッパーの機能性、図書館に入ると必ず便意を催すことの不思議、コンマが文明に果たした偉大な役割、ピーナツバターの今はなきガラス瓶へのノスタルジー等々、等々――が、ベイカー一流の精緻な文体で描かれていく。ストーリーよりも、何事かを語ろうとして思考が果てしなく脱線していく面白さ、日常の事物に対する顕微鏡的な観察の絶妙さで読ませるという『中二階』のスタイルが、ここではさらに研ぎ澄まされ、凝縮されていて、訳すのには骨が折れたが、楽しくもあった。

訳しながら面白いなと思ったのは、家庭生活の喜びという、きわめて人間的なテーマを扱っていながら、語り口はどこまでも精密で人工的であるという、この作品の不思議なアンビバレントさだ。赤ん坊の愛らしさや結婚生活の楽しさについて語ろうとすればするほど、作者の表現はむしろどんどん表層的な事物に向かっていく。〝照れ〟？　いや、たぶん違う。そういう表現方法をとるのが、おそらくベイカーという人にとっては最も自然なことなのだ。ほんとうに、つくづく面白い回路の作家だと思う。

ところで小説の翻訳をしていると、「なんじゃあ、こりゃあ！」と、瞬間的に松田優作の霊が憑依することが、ままある。テキストに突拍子もないところに連れて行かれて途方にくれるわけだが、ニコルソン・ベイカーの場合、その優作憑依頻度が図抜けて高い。『室温』のときもそうだった。たとえば冒頭近く、ロッキング・チェアを揺らすときに木の床がたてる複雑な音を、語り手はこんな風に表現する――〝the nail-shank knuckle-pops, the load-bearing grunts, the Curly 'nyuck-nyucks' and the crowbarrings of polite inquiry...〟〝カーリーのニュクニュク〟？　「なんじゃあ、そりゃあ！」。ああ、しかし便利な時代になったものだ。ネットで検索したらすぐにわかった。〝カーリー〟は昔なつかしい『三ばか大将』の一人で、〝nyuck-nyuck〟は彼の特徴ある笑い声だった。実際の音声まで聞くことができた。私はインターネット万能主義者ではないが、今回はずいぶん助けられた。いったい何人の優作たちが、ネットの力で調伏されて帰っていったことだろう。それでも強力な奴は最後まで残って、例によってたっぷりと私を苦しめてくれたのではあるけれど。

（初出不明）

リディア・デイヴィスとのこと

In a town of twelve women there was a thirteenth.
（十二人の女が住む街に、十三人めの女がいた。）

というのが、私が人生で初めて読んだリディア・デイヴィスの文章で、この一文を読んだ瞬間、本当に誇張ではなく「後頭部を殴られたような」衝撃を受けた。

それまで私はリディア・デイヴィスという作家をまったく知らず、名前も聞いたことがなかった。ところがアメリカのアマゾンには「リコメンデーション」というシステムがあり、「今までに購入したり閲覧したりした履歴から推測して、お前はこういうのも好きじゃないのか？」と勝手に本を百冊ぐらいおすすめしてくれるのだが、ある時からそこで、Lydia Davis という作家の *Almost No Memory* という短編集を一番に推薦してくるようになった。

最初私はずっとスルーしていた。知らない作家だし、タイトルからして何？　健忘症の話ですか？　ぐらいに思っていた。けれどもアマゾンからその後半年ぐらいずっとこの本を熱烈におすすめされ続け、ついに私は根負けした。わかったよ、読みます、読めばいいんでしょ。一つには、表紙の絵が大好きなルネ・マグリットだったことも大きかった。私は洋書に関しては完全にジャケ買い派なのだ。

そうして届いた本の、何となく開いたページの一行めが、冒頭のあの文章だった。"The Thirteenth Woman"、一ページのわずか半分ぐらいの長さの短編だった。

一冊読み終わるころには私は興奮のあまり座っていられず、そのへんを走りまわりながら「わー!」などと叫んでいた。それくらいスイートスポット直撃だった。全部で五十一の短編は、どれも「小説はかくあるべし」という固定観念をきれいに破壊してくれていた。わずか三行で終わる話がある。かと思えば三十ページ近い擬古文の旅行記がある。思考が限りなく堂々巡りしながら言葉だけが増殖していく。いっさいの冠詞がない、あるいは主語も動詞もない。ある家族の情景に、なぜかトリセツのように番号が振られている……。

ずっとこういう小説を待っていた、と私は走りながら思った。自分が子供のころからずっと小説に、いや本というものに不満だったことに、あらためて気がついた。本なんて字でできているんだから何をやったっていいはずなのに、どの本もみんなお行儀よく〝お約束〟に従っている。始めがあって真ん中があって終わりがある。主人公がいて、あらすじがあって、何らかのメッセージが作者から伝えられる。生まれたときからずっと世の中の不文律の〝お約束〟が読めず、集団生活で煮え湯を飲まされつづけていた私に、本は慰めを与えてくれるどころか、逆にますます絶望を味わわせた。でもこの本は、この作家はちがう。

そう思うともういても立ってもいられなかった。この本を訳さなければ死ぬ、と思った。光の速さでレジュメを書き、白水社の当時の担当編集者の平田紀之さんのところに持っていった。自分から企画を提案した、それが最初だった。

こうして晴れて翻訳できることになったわけだが、訳しながらもリディア・デイヴィスという作家その人のことは何も知らなかった。調べてみると、どうやらフランス語の翻訳者でもあるらしいことがわかった。ポール・オースターとの共訳がけっこうある。へー、知り合いなんだ。と都甲幸治さんに言ったら、何言ってるんすか、元夫婦ですよ！　と呆れられた。都甲さんは当時アメリカに留学中で、国際電話越しの呆れられぶりだった。あの時の驚きはいまだに忘れられない。

『ほとんど記憶のない女』は翻訳にひいこら言いながらも完成し、こんなに変てこな本をはたして何人の読者が面白いと思ってくれるのだろうかという心配をよそに、蓋を開けてみれば意外なほどの好評を博して版を重ねたのは本当に嬉しかった。

その後、作品社から短編集『分解する』と『サミュエル・ジョンソンが怒っている』そして今のところデイヴィス唯一の長編『話の終わり』の三冊を訳させていただくことになり、順序的にはやはりデビュー作である『分解する』からだろうと思い手をつけたが、なぜか壁のようなものに突き当たって一向に進まない。こんな経験は初めてだったが、本のほうから「今じゃない」と言われているようだった。そしてなぜかしきりに長編『話の終わり』に手招きされているのを感じた。

そこで版元にお詫びして、予定を変更して『話の終わり』に取りかかった。話の筋だけ言えば、この小説はいたって単純だ。作者とおぼしき作家が、何年も前に終わった年下の男との恋愛の顚末を、できるだけ事実に即して忠実に再現しようとする。だが記憶は随所で混沌とし、時系列は乱れ、景色は左右が逆転し、あったはずの出来事が消え、あるはずのない出来事が捏造される。さらにそれを書いている現在の彼女の生活の様子までが記述の中に紛れこみだす。

普通の恋愛小説を期待して読んだ人には、この本は恐ろしく退屈かもしれない。話は一向に進まず、行きつ戻りつし、本筋とは関係のない日常の何でもない情景の描写が、ときに延々と続く。だが私には、その何でもない景色の描写が震えるほど良かった。訳していたときも、いま読み返してみても、こんな描写がなぜこんなにも良いのだろうと不思議になる。たとえばこんな一文――

夜が更けてパーティが静まると、セミたちが粛々と規則正しく鳴きはじめた。どこか遠くの闇の中でモッキンバードが歌い、歌はいろいろに調子を変えながら何時間も続いた。シャワーを浴びていると、濡れた蛾が一匹、シャワーカーテンを這いのぼっていった。点々と黒いカビが浮いた壁紙の端がめくれ、灰色の漆喰がのぞいていた。ベッドに入ると、シーツの上に黒っぽい砂がたまっていた。

どこまでも硬質な語りと、そのあわいからにじみでる血の出るような激情。一秒たりとも考えることをやめることのできない頭でっかちさと、そんな頭でっかち女である自分をどこか冷静に見つめるもう一つの視点、そしてそこから生まれる何とも言えないユーモア。『話の終わり』にはリディア・デイヴィスという作家の良さが凝縮されて詰まっている。原作が書かれた順序とはちがってしまったけれど、この順番で訳せたことは良かったなと思っている。

『分解する』、『ほとんど記憶のない女』、『サミュエル・ジョンソンが怒っている』と短編集を年代順に並べてみると、彼女が年を追うごとにますます自由に、ますますはっちゃけていくのがわかって面白い。『サミュエル・ジョンソンが怒っている』の表題作なんて、一行の半分もないありさまだ。

そしてコメディエンヌぶりにもますますドライブがかかっている。もし書店で見かけたら、ためしに同書の「面談」を読んでみてほしい。私はこれを爆笑しながら訳し、今でも読みかえすたびに爆笑する。

今回、作品社のご好意により、入手難になっていた『話の終わり』『分解する』『サミュエル・ジョンソンが怒っている』がUブックス版で読めるようになったのは、訳者としてとても嬉しい。装幀をすべてルネ・マグリットで統一することにしたのは、もちろん最初に目にした原書への敬意からだ。『話の終わり』に使用した『恋人たち』は、あまりにも有名すぎるのでちょっと迷ったものの、やはりこれしかないと決めたのだが、意外にもツイッターで多く見かけた感想は「パンチ・ブラザーズのジャケ絵じゃん」というものだった。知らないアーチストだったので、試しに聴いてみた。ウッドベースがゆるゆるしたいい感じの音楽で、気に入って今はよく聴いている。

（『白水社の本棚』二〇二三年春　白水社）

『にんじん』と私

子供時代に読んだ本の数の少なさにかけて、私は誰にも負けない自信がある。より正確に言うなら、読んだ本の「タイトル数」にかけては、だ。うんと小さいころに読んだ絵本や課題図書などを別にすれば、小学校時代に読んだ記憶のはっきり残っている本は三冊だけだ。志賀直哉の『小僧の神様　他十篇』、中勘助『銀の匙』、そしてルナールの『にんじん』。そう書くといかにも目利きの子供みたいだが、何のことはない、三冊とも岩波文庫フェチの気がある父から、おそらくは自分の病を私にも感染させようという下心のもと、貸しつけられたものだった。

中学に上がるまで、私は与えられたその三冊を、三冊だけを、猿のように何度も繰り返し読んだ。他の本は読まなかった。たとえば『小僧の神様』を読んで興味をもったので『暗夜行路』も読んでみる、というふうにはならなかった。これで読書の面白さに目覚めていろいろな本に手を伸ばす、ということも起こらなかった。むろん岩波文庫フェチにもならなかった。父の野望はついえた。

たぶん私という人間には、好奇心というものが決定的に欠けているのだ。何かを「面白いなあ」と思ったら、いつまでもそれを面白がるばかりで、ちっとも世界が広がらない。たとえば目の前に見たこともない模様の卵があったとしたら、その不思議な模様をいつまでも飽きずにあっちから眺めこっちから眺めするだけで、それが何の卵か調べてみるとか、殻を割ってみるとか、孵（かえ）してみるとか、そういうことは思いつかない。そうやっていろんな可能性を逃してきた人生だ。

でも、ならばその三冊を本当にわかって読んでいたかというと、それも怪しいものだ。かなり昔に書かれた作品だから、当時の小学生には実感のない風俗が多いし、言い回しも出てくる漢字も、子供には難しい。ことに『にんじん』は書かれた時期がいちばん古く、しかも翻訳物だ。にもかかわらず、自分からいちばん遠い感じのする『にんじん』を、なぜか私はいちばん何度も読みかえした。

当時読んでいた岩波文庫『にんじん』の現物が、いまも手元にある。奥付を見ると昭和四十三年二十六刷、となっている。表紙が黄ばんで栞の紐がちぎれかかっている。表題の下にエンピツで「だいこん」と書いて消した跡がある。本文は旧かなづかいで、たとえば最初の章「鶏」の出だしはこんな具合だ。

ルピック夫人は云ふ——

「は、あ……オノリイヌは、きつとまた鶏小舎の戸を閉めるのを忘れたね」

その通りだ。窓から見ればちやんとわかるのである。向うの、廣い中庭のずつと奥の方に、鶏小舎の小さな屋根が、暗闇の中に、戸の開いてゐる處だけ、黒く、四角く、區切つてゐる。

「鶏」「云」「廣」といった難しい漢字はもちろん、「夫人」「奥」「屋根」なんていうのにまでエンピツで読みがなが書き込んである。たぶんいちいち両親に訊いたのだろう。気が遠くなるような話だ。

それほどとっつきにくい本に、どうしてこうも魅きつけられたのだろう。理由の一つは、もしかしたら各章のはじめにつけられた挿絵だったかもしれない。横長の小窓の中に、ぐにゃぐにゃした太いラインで描かれた線画。どこかムンクの『叫び』を思わせる、不安をそそるような画風だ。挿絵はふつう本文の理解を助けるものなのに、この挿絵はかえって私を混乱させた。そもそも登場人物の風貌からして一定していない。主人公のにんじんなどは、しばしば毛のないタコ坊主のような姿に描かれている。彼の髪がそもそも題名のもとになっているというのに。

言うまでもなく、『にんじん』は十九世紀後半のフランスの作家ジュール・ルナールの代表作で、多分に自伝的な要素をもつ。原題を直訳すると〝にんじん毛〟、つまりどぎつい赤毛のことで、主人公の少年は髪の色から家族にその名で呼ばれている。訳者の岸田国士があとがきで「自分の子供にこんな渾名をつける母親、そして、その渾名が平氣で通用してゐる家族といふものを想像すると、それだけでもう暗澹たる氣持に誘はれる」と書いているとおり、『にんじん』は母親による子いじめ譚としてよく知られている。

たしかに読み返してみると、ルピック夫人の所業は今でいうなら立派な虐待だ。にんじんの人としての尊厳を事あるごとに奪おうとする。彼の兄や姉に比べて、愛情面で明らかに差別待遇をする。言葉と論理でじりじり追いつめ、爪や平手を容赦なくお見舞いする。極めつけ、「尾籠ながら」という章では、にんじんが寝床の中でしてしまった粗相をスープに溶かしこみ、それを当の本人に飲ませるということまでやってのける。

だがにんじんが一方的に同情すべき存在であるかというと、これがまた食えない子供である。生意気で口が達者、お調子者で我が強く、動物殺しでキレやすい。その〝食えなさ〟は、この理不尽な状況をサヴァイヴしていくためのアルマジロの硬い殻だ。そしていよいよ理不尽きわまったときは、伝家の宝刀「ポーカーフェイス」を抜く。たとえば前述の「尾籠ながら」で、スープの正体を知った彼のリアクションはこうだ――

「さうだらうと思つた」

かう、なんでもなく、にんじんは答へる。みんなが當てにしてゐたやうな顔附はしない。

彼は、さういふことに慣れてゐる。或ることに慣れると、そのことはもう可笑しくもなんともない。

受難を他人事のようにしてやり過ごす、突き放したような彼の態度はルナールの語り口にそのまま重なって、そのポーカーフェイスのトーンこそが『にんじん』の最大の魅力になっている。にんじんがひどい目にあえばあうほど、ルナールの書きぶりはますます飄々（ひょうひょう）として、ほとんどコミカルですらある。

とはいえ小学生の私にとって、母親のいじめという要素は、実はぜんぜんどうでもいいことだった。私を虜（とりこ）にしたのは、ただただ言葉の不思議さ、面白さだった。

なるほど、血まみれになつた石の上で、土龍はぴくぴく動く。脂肪（あぶら）だらけの腹がこゞりのやうに顫へ、その顫へ方が、さも生命（いのち）のある證據のやうに見える。（「土龍」）

その署名たるや、水に石を投げ込んだやうに、正確で、然も氣紛れな線の、波と渦だ。そして、それが、ちやんと花押（かきはん）になり、小さな傑作なのだ。花押の尻尾はくねりくねつて花押そのものの中へ沒し去つてゐる。（「赤い頬ぺた」）

鉛色の球帽は、徐々に侵略を續けてゐる。次第に天を覆ふ。青空を押し退け、空氣の抜け孔を塞ぎ、にんじんの呼吸をつまらせにかゝる。時として、それは、自分の重みのために力が弱り、村の上へ墜ちて来るかと思はれることがある。しかし、鐘楼の先端で、ぴたりと止る、こゝで破れてはならぬという風に。（「木の葉の嵐」）

数十年たってなお鮮明に覚えているこうした一節は、私にとって、とりわけわからない、でもとりわけ美しいと感じる何かだった。わからないことの面白さと不安は、そのまま世界に対するわからなさと不安に重なってもいたのだろう。それで私はなんだかわからない美しいものを、なんだかわからないまままただ面白がって、それで猿のように何度でも繰り返し読んだ。珍しい卵の殻の美しい模様に、ただひたすら見とれていた。それはとても幸せな時間だったと、今になって思う。

大人になって、「わからない」ことが少なくなって、反対に腑に落ちる物事の占める割合が増えたぶん、世界は、読書は、つまらなくなってしまった。——いや、それは嘘だ。わからないことがあると、ただうろたえ、不安になり、せかせかとわかろうと努め、あるいは頭から否定しにかかろうとする。そして二度と読み返さない。なんだかわからない美しいものを、なんだかわからないまま楽しむことのできた子供の私は、読み手として、今の私よりずっと上等だった。

(『ソフィア』「リレー・エッセイ『書物をめぐる旅』」二〇〇六年春　上智大学)

漱石嫌い

夏目漱石の良さがわからない。文章が肌に合わない、言っていることも頭でっかちで好きになれない。でも怖くて言い出せない。なにしろ日本を代表する文豪だ。誰もが漱石を好きだ素晴らしい面白い近代文学の祖だと称賛する。太宰や芥川を批判する人はいても、漱石の悪口は聞いたことがない。良さがわからないなどと言えば、わからないお前が阿呆だ、と言われるのに決まっている。

私だっていちおう努力はした。十代のころ人並みに『こころ』『それから』『三四郎』『坊ちゃん』あたりを読んだが、どれも読むのが苦痛で、ページの減り具合ばかり気にしていたから、何が書いてあったかぜんぜん覚えていない。『坊ちゃん』はわりと面白く読んだような気もするけれど、それだってたぶんその前にＮＨＫのドラマを観ていたからだ。河原崎長一郎の「赤シャツ」が、私はちょっと好きだった。

だいいち、あの肘をついてちょっと斜に構えたポーズ、あれもムカつく。「ほら、俺って文豪だし?」とか思っていそうな気がする。まあ文豪文豪と言ったのは後の時代の人たちだから、本人はそんなことは思っていなかったかもしれないが。

怖くて言えないとさっき書いたが、最近ではもう隠すのにも疲れて、開き直ってカミングアウトしてしまった。いまや「携帯持ってない」「『フランダースの犬』観たことない」などと並んで、「漱石嫌い」

は私の得意のネタの一つですらある。
ところがつい最近、必要があって『倫敦塔』をちょっと読んでみた。あれ？　と思った。なんだか面白いのだ。文章がいい。リズムがある。鹿爪らしい言い回しのそこここに、そこはかとないユーモアが漂う。いいじゃん、漱石！　でもさんざんネタにした今となっては、とてもそんなことは言い出せない。今ではこっちのほうがよっぽど秘密になってしまった。

（『本の雑誌』特集「ひみつの一冊大告白！」二〇〇六年六月　本の雑誌社）

悪文について

「悪文」を『大辞林』で引くと、「難解な言葉を使ったり、文脈が乱れていたりして、理解しにくい文。へたな文章」と書いてあって、となると私は悪文というものを読んだことがない。読解力が人より劣るうえに、非常に根性のない読み手であるため、ちょっとでも文章が難解だったりリズムが合わなかったりすると、三ページともたずに放り出してしまうからだ。でも、「変だけど読まされてしまう文章」ならある。読みづらさに耐性の低い人間をしてぐいぐい読ませてしまう文章、それはある意味、美しく整った文章よりもよほど強い魔力をもった文章といえるかもしれない。そういう異形の魔力を秘めた文章ということでまっ先に思い浮かぶのは、森茉莉の書いたものだ。

たとえば「ボッチチェリの扉」(『恋人たちの森』所収、新潮文庫)のなかのこんな一節――〝……だが黒い、大きな瞳をじっとさせている、パサデナの横顔にあるものを、麻矢は見ていた、というより、感じとって、いた〟。なぜそこに点を打つ? と思うが、「感じとって」と「いた」の間の不思議な息つぎ、このリズムこそ、森茉莉の文章の魔力の源泉という気がして、これはやはりこうでないと、と思う。

ところで、翻訳をするうえで一番難しいのは、こういう、いわゆる〝天然系〟の文章だ。なぜならそれは異形の魂からじかに発せられた声で、よほど深くその魂とコミットしないと再現は難しく、しかもコミットしすぎたら狂ってしまうかもしれないからだ。

(『本とコンピュータ』「わたしの好きな〈悪文〉」二〇〇四年夏　大日本印刷ＩＣＣ本部)

ビリビリフレイン

子どものころに見たり聞いたり読んだりしたもので深く記憶に残っているのは、楽しく幸せな感じのものよりも、恐かったり意味がわからなかったりしたもののほうが圧倒的に多い。絵本でいうなら、たとえば『海のおばけオーリー』（マリー・ホール・エッツ著／石井桃子訳、岩波書店）。子ども向けとは思えない黒に支配された色調の本で、アザラシの仔を殺すために壁にかけられた木槌やノコギリに目が釘づけになった。あるいは『ひとまねこざる』（H・A・レイ著／光吉夏弥訳、岩波書店）。おさるのジョージが吸いこんで、世界がぐにゃぐにゃに歪んで見える〝エーテル〟という謎の液体が、気になって仕方がなかった。

そして『びりびり』（東君平著）。これを読んだのは幼稚園のときで、たしか毎月配られる「こどものせかい」という雑誌の、ある月の号が一冊丸ごとこれだったように思う。ストーリーと呼べるようなものは何もない。作家が紙を切り抜いたら、変な生き物が出来あがる。巨大で真っ黒な卵形の体に、小さな目とひょろひょろの四本脚。「びりびり」と名前をつけてやったら勝手に歩きだし、ボタンや、目覚し時計や、長靴を食べては、分裂して数が増えていく。ページをめくるたびに「びりびり」は倍々ゲームで増殖し、最後のほうでは、小さなかけらみたいな体におのおの目玉と脚をつけたたくさんの「びりびり」たちが、ぞろぞろとページを行進する。その無意味な感じ、変な生き物がとめどなく増えていく無限の感じが子ども心に恐ろしく、でも言葉と絵のリズムに釣られて、気がつくとまた始めから読んでいる。

私の記憶では、この号にはソノシート（塩化ビニール製の薄く柔らかいレコード。かつて雑誌の付録などに使われた）がついていて、絵本の言葉にメロディをつけたものをダーク・ダックスが歌っていた。

こらビリビリ　そらビリビリ

というリフレインを、あの端正な男声四重唱が大まじめに歌っているのがまた何とも不気味で、「びりびり」の恐怖はいや増しに増した――とたしかに記憶しているのだが、二〇〇〇年に復刊されたもの（ビリケン出版）には、なぜかこのソノシートがついていない。残念だ、と思うのと同時に、もしやソノシートなんか始めからついていなかったんじゃないかと、そのことがそろそろ不安になりはじめている。

（『こどものとも』折り込み付録「絵本のたのしみ」二〇〇七年八月　福音館書店）

かっぱかっぱらった
かっぱらっぱかっぱらった

『ことばあそびうた』

▼谷川俊太郎＝詩／瀬川康男＝絵　福音館書店

以前、アメリカの小学生の男の子が主人公の小説を訳していて、へえと思ったことがある。彼が初恋の相手に書いたラブレターが、拙(つたな)いながらちゃんと韻を踏んだ詩になっていたのだ。

それでわかったのだが、どうやらアメリカの小学校では、国語の時間に詩を暗唱したり自分で詩を作るということが日常的に行われているらしい。そうやって早くから訓練されるせいだろうか、アメリカ人の書く文章や商品名やキャッチフレーズには頻繁に韻や語呂合わせが登場する。デスメタルの歌詞でさえきっちり韻を踏んでいたりする。おかげで翻訳にひどく苦労する。

さて、冒頭の文には続きがある。

かっぱかっぱらった
かっぱらっぱかっぱらった

とってちってた
かっぱなっぱかった
かっぱなっぱいっぱかった
かってきってくった

以上で「かっぱ」全文。私が完璧に暗唱できる数すくない詩の一つだ。何度も口の中で転がしていると、わけもなく愉快になってくる（「とってちってた」のグルーブ感！）。言葉が楽器であるような、自分はそれを演奏する奏者であるような気がしてくる。そしてたぶん、言葉とは元来そういうものなのだと気づかされる。

『ことばあそびうた』は、こんなふうに詩人が言葉という楽器を縦横無尽に転がしたり、ひねったり、放り上げたりしてできた詩であふれていて、無類に楽しい。

はかかった／ばかはかかった／たかかった
はかかんだ／ばかはかかんだ／かたかった
はがかけた／ばかはがかけた／がったがた
はかなんで／ばかはかなくなった／なんまいだ

「ばか」全文。これなど、言葉のリズムも、意味も、もはやすっかり体の一部になってしまっていて、一日二十四時間何をしていてもしなくても、意識の底にBGMとしてつねに低く流れている。そして何かヘマをしでかすと、ふいに端正な男声コーラスとなって大きく意識の前面に躍り出る。

日本の小学校は、今からでも『ことばあそびうた』を国語の教科書にしたらいいんじゃないかと思う。そしてこの中から毎日どれか一つを暗唱する。そうすれば、言葉はただ意味を伝えるための道具ではなく、楽器みたいなものだということを、人は早くから知ることになる。言葉を発するということは、それじたいが音楽を奏でるようなもので、意味なんかなくたってただもう楽しいということだってあるのだ、と。

それは日本の未来にきっといい影響を及ぼすような気がするし、その子たちが将来翻訳家になった時に、今ほど苦労しないにちがいない。

（『こどものとも』折り込み付録「絵本のたのしみ」二〇二一年一月　福音館書店）

私の愛する日記本

『小生物語』

▼乙一著　幻冬舎文庫

私にとっての日記本四天王のうちの三冊までが、どういうわけだかいわゆる「偽日記」だ。なかでも机の脇に置いて折にふれて読み返すのが、この『小生物語』だ。

不思議な本で、ページがところどころ灰色の紙になっているのだが、これがどうも特に意味がない。一人称も「僕」だったり「ぼく」だったり「小生」だったり、語尾もですます調の日もあればそうでないこともあり、一定しない。

内容はといえば、著者がゲームをしたり、仕事をしたりしなかったり、飲み会に出席したり、スノボをしたり、引っ越したりといった普通の人の日常がつづられているのだけれど、ふとした折にその日常にぶわっと異界が侵入してくる。デパートに行ったら出口が見つからず、閉じ込められたまま夜になったり。ゴミを捨てにいくのが数日にわたる旅になったり。買ったソファについてきた少年の霊と同居したり。

何度読んでも、言葉の転がる方向に筆を進めていった先に「変」が生じてしまいましたというような、シームレスで気負いのない感じがたまらなく気持ちいい。突っ込みなし、ボケっぱなしのすっとぼけた書きぶりも。

ちなみに好きな偽日記のあと二つは町田康『真実真正日記』（講談社文庫）と小川洋子『原稿零枚日記』（集英社文庫）で、『小生物語』が虚々実々だとすれば、この二つは虚虚虚虚虚、ほぼホラーの味わいで、これもまたたまらなく好きだ。

（『暮しの手帖』「日記本のすすめ」第5世紀20号―二〇二二年十月　暮しの手帖社）

おでんの大根本

毎日英語の文章を読んだり訳したりしていると、ときおり発作のようにちょっと古めの日本語の文章が読みたくなる。味のしみたおでんの大根みたいに、噛むと和風だしのきいた煮汁がジュワっとあふれだす、そんな文章を。

そういう時に備えて、仕事机の横には二十冊ほどの文庫本が常時積んであって、発作のたびに一冊つかんで読みふける。どれも文章が好きで数えきれないくらい読み返した、よりすぐりの〈おでんの大根本〉だ。

昨日の発作のときは、岡本かの子「渾沌(こんとん)未分」（ちくま文庫『岡本かの子全集2』収録）だった。荒川の川辺で水泳教室を営む若い女が主人公だが、時代の趨勢(すうせい)に乗り遅れた生活の不安と、それとは無関係に勝手に輝きを放ってしまう若い肉体の魅力、そして何より水の描写がすばらしい。「下ぶくれで唇が小さく咲いて出たような天女型の美貌」とか「蒼空は培養硝子(がらす)を上から冠(かぶ)せたように張り切ったまま、温気(うんき)を籠もらせ」などなど、丹田から気合でほとばしり出させたような独特の文章美に、何度読んでも悶(もだ)えころがる。

色川武大の『怪しい来客簿』（文春文庫）にもよくお世話になる。飄々(ひょうひょう)とした語り口の軽いエッセイと見えて、読むうちにいつしか白日夢の世界に迷いこむ。その境目が見えないところが面白く、そして恐ろしい。特に好きなのは「門の前の青春」で、富士山のことを「どうしてこんな魔境のようなところに平気で人が住む気になるのだろうか」だの「あの辺の才能を無駄に吸いとっている」だの「即刻、切り崩しかき均(なら)してしまうがよろしい」だのと口をきわめて罵(ののし)っていて、読むたび腹の皮がよじれる。

そして〈おでん大根本〉タワーの主、重い発作のいちばんの特効薬は谷崎潤一郎『蓼(たで)喰う虫』(新潮文庫)だ。谷崎の本はどれも私にとって至高だが、『蓼喰う虫』は、もう愛情の失せた夫婦の静かな日常を描いてほとんど何の事件も起こらず、だからこそよけいに文章の美しさが際立っていて、読みながら脳細胞の一つひとつが美味(おい)しい和風だしを吸ってプチプチと生き返るのを実感する。

(『毎日新聞』「昨日読んだ文庫」二〇一四年九月二十八日)

すごいよ!!　ヨシオさん

家の本棚の一角に、もともとは赤の背表紙だったのが、いいかげん日に焼けて薄オレンジ色になってしまっている角川文庫のひとかたまりがある。『スローなブギにしてくれ』『ボビーに首ったけ』『マーマレードの朝』『アップルサイダーと彼女』『味噌汁は朝のブルース』『最終夜行寝台』……そう、片岡義男だ。奥付を見ると、どれもだいたい昭和五十四年、五十五年、そのあたり。そのころの私はといえば、部屋で一人で鏡を見ながら何重顎までできるか実験していて顎の筋肉が攣って死にそうになったり、深夜泥酔して原付で居眠り運転して気がつくと対向車線を走っていたり、教室が変更になったのを知らずに一か月間ちがう授業を受けたりするような阿呆バカ大学生だった。そのような阿呆でも普通に十冊二十冊とむさぼり読むほど、世は大変な片岡義男ブームだった。片岡作品といえばお洒落で爽やかでアメリカの香りのするものの代表だった。角川映画で浅野温子で南佳孝の「ウォンチュ！」だった。

それから現在までに何度か引っ越しをして、そのたびに古い本を整理してきた。背表紙の焼けた、中の紙も黄ばんだを通りこして茶ばんでいる片岡義男コレクションは、いつも真っ先に「処分する」のほうに仕分けされ、でも結局いつも、どうしても手放すことができなかった。若いころお洒落だと思って夢中になったものほど後になれば無性にこっ恥ずかしくなるもので、それといっしょに蘇るおのれの阿呆バカ過去もろとも葬り去ってしまいたいと思うのが常なのに、どういうわけか彼の本にかぎっては、それがし難いのだ。

なぜそんなことを思い出したかというと、今年になってハヤカワ文庫から、その名も〈片岡義男コレクション〉というアンソロジーのシリーズがスタートし、その第一巻、『花模様が怖い——謎と銃弾の短編』（池上冬樹編）を読んで、びっくりしたからだ。

『花模様が怖い』には全部で八つの短編が収められている。そのうち七つまでが銃と銃弾にまつわる話で、さらにそのうち六つで、男が女を、あるいは女が男を、銃で撃ち殺す。いくつかの話では、ほとんど「ぶち殺す」といっていいような冷酷な殺し方がなされる。なんだか私の知っている義男さんとちがう。もっとこう、爽やかで切ない恋の終わりとか、そういうものを書く人だったんじゃなかったっけ。初出を見ると、私が読んでいた時期よりも後に書かれたものが多いから、作風が変わったということだろうか。

そう思って、じつに久しぶりに本棚から昔の背焼け本を引っぱりだして読んでみて、二度びっくりした。私が当時、お洒落で爽やかなラブストーリーだと思って読んでいたものも、九〇年代に書かれたハードボイルドな殺人譚も、作品のスタイルは一ミリも変わっていなかったからだ。それでやっと、どんなに古くなっても彼の本が捨てられない理由がわかった。古くなんてなってなかったのだ。古くなったのは、私（や時代）が勝手に彼の本に重ねていた「お洒落」とか「爽やか」とか「ウォンチュ！」のイメージのほうであって、義男さんは終始一貫、自分のスタイルを通してきただけなのだ。

「ウォンチュ！」の呪縛から自由になった目で読みなおしてみると、片岡義男の小説はどれも異様、というかほとんど異形に近い書き方がされている。たとえ恋愛の話であっても、人物の内面は一切描かれない。そのかわりに場所や地理、位置関係、間取り、服装、道具、乗り物などは、細部にわたって正確で執念深い描写が重ねられる。そうやって目に見える要素で構成されたいくつもの座標軸の中に置かれることで、人物はくっきりとリアルな像を結ぶ。〈夜の十時半、赤信号の交差点。車も人通りも途断えた、盛り場のはずれだ。信号だけが、夜のなかに律儀に赤い。／徐行してきた500ccのオートバイが、停止線に前輪をのせ、とまった。〉これは「ミッドナイト・ママ」(『味噌汁は朝のブルース』)の出だし。〈エレベーターが三つならんでいた。あいまいな音で、チャイムが一度だけ鳴った。低くおさえたチャイムだが、余韻は長くつづいた。その余韻が消えないうちに、まんなかのエレベーターの標示灯に、下りてきたこのエレベーターは再び上にむかうという意味の明かりが灯った。そして、チャイムの余韻が消えたころ、まんなかから左右へ、ドアが開いた。／若い女性がひとりだけ、そのエレベーターを出てきた。〉こっちは「最終夜行寝台」(『最終夜行寝台』)。まず場所を決めて、定点カメラを置いたら、そこにたまたま人が映りこんだ、みたいな話の始まり方だ。場所の中で人が動くというより、動いている人を場所がじっと見ているような、不思議な感じがある。

『花模様が怖い』に収録されている「狙撃者がいる」は、そうした義男さんエッセンスが濃密に花開いた、ものすごくスリリングな傑作だ。(以下ちょっとネタバレ含みます。)一人の女がひそかに射撃の腕を磨き、銃を入手し、「通り魔になってみよう」と決意する。そういう話だ。百十ページほどの中篇のうち最初の五十ページは、彼女が繰り返す種々のイメージトレーニングの記述にひたすら費やされる。〈前方から歩いて来る人と自分との距離が縮まっていくテンポに合わせて、美貴子はブリフケースのジパーを開いた。なかに右手を入れ、想像のなかで彼女はピストルのグリップを握った。標的との距離を計りながらおなじテンポで歩いていき、ピストルの安全装置をはずし、次の瞬間、美貴子は想像上のピストルを握った右手を鞄から出した。〉〈脇腹に腕をつけて初めの二発を射つ、とさきほど自分は思ったが、鞄から手を出したその動きをそのまま延長させ、腕を正面に向けてのばして標的をとらえ、二発射ち込んだほうがいい。標的の動きを止めた次の瞬間、頭を狙って三発めを射つ。〉……そうした描写が延々とつづき、けっきょく彼女は実行に移さないのではないか、これはあくまで想像上の通り魔の物語ではないのかと読み手が高をくりはじめたころに、それは唐突に起こる。〈東京駅南口を出て、大手町、そして神田橋を経由して神保町まで歩くあいだに、美貴子は四人の男性を射った。〉たったの一行。しびれる。その後美貴子は夜な夜な街を歩いては、何十人もの人間を淡々と撃ち殺していくのだが、彼女を突き動かすのは憎しみでもなければ怒りでもない。それが何かはここでは書かないけれど、そこの部分を読んだときには、しびれすぎてあやうく失禁しそうになった。少しした。

何となくだけれど、もしもこれが男の主人公だったら、たぶん「狙撃者がいる」は成り立たなかったにちがいないと思う。初めて通り魔になったあと、美貴子は一度だけ泣く。それは悔恨の涙ではなく、昔の自分に別れを告げるための涙で、それはどこか脱皮に似ている。片岡作品の女主人公は、みんな脱皮するみたいにして泣く。美しい動物のように本能に忠実に行動している。そしてどの女性たちも呻るほどにかっこいい。

そういえば、片岡作品には私と同じ佐知子という名前の主人公も一人いる。さっきの引用の中でエレベーターから現れたのがそうだ。彼女はこの後、名古屋から東京まで車を運転しながら男と別れ、その後友人の結婚式に出るために青森まで車を運転しなければならないというのに女友達とワイン三杯とウイスキー一杯を飲んで酔っぱらい、ばったり再会した昔の男とスコッチのダブルをロックで三杯飲んでさらに酔っぱらい、その後一人でバーに行ってスコッチを一本あらかた開けてますます酔っぱらい、ついにはへべれけになって友人のゲイボーイに「馬鹿ねえ」とか叱られながら上野まで送ってもらい、夜行寝台に乗ったとたん気絶する。かっこいいのかダメなのか、判断に迷うところだ。

(『yom yom』二〇〇九年十二月　新潮社)

お座敷宇宙

筒井康隆、という文字の並びを初めて目にしたのは中学校三年の時だった。修学旅行に行くのに列車の中で何か読む本が欲しいと思い、たまたま入った書店で目立つところに平積みになっていた『日本列島七曲り』を、黒字にネオンカラーのサイケデリックな表紙に惹かれて買い、それを行きの列車の中で開いて、そこから先の修学旅行の記憶がぷっつりとない。十四歳のふわふわの脳に何かが楔(くさび)のように打ち込まれ、以後の人生の読書傾向が永遠に決定づけられた瞬間だった。……という話は今まで百回ぐらいいろんなところで言ったり書いたりしたが、人生を変えた一大事なのだから、あと百回はいろんなところで言ったり書いたりする予定だ。

好きでないものが一つもない筒井作品のなかでも、私が勝手に〝日本家屋もの〟と名づけて愛している作品群がある。たとえば「遠い座敷」では、山の上にある家と山の麓(ふもと)の家が、階段状につながった座敷の連続体で密かに連結されている。「エロチック街道」では、一見べつべつに見える背中合わせの二軒の店(呉服屋と居酒屋)が、じつは二階を共有しているらしきことが推理される。そして『夢の木坂分岐点』に出てくる、夢の中で襖(ふすま)を開けても開けても無限に続く〈お座敷宇宙〉。一つの座敷などは、襖を開けると部屋いっぱいが黒い水をたたえた生け簀(いす)になっていて、中には巨大な〈半裂(はんざき)〉(オオサンショウウオ)がうごめいている。

そんな〝日本家屋もの〟の中でも飛び抜けて好きなのが、「家」（『将軍が目醒めた時』所収、新潮文庫）だ。海面から突き出るようにしてそびえる、何階建てなのかもわからない巨大な合掌造りの家。座敷ごとにたくさんの家族が住み、家全体が一つの共同体を形作っている。最上階には下田老人（しもだおいと）という老人が住んでいるが、姿を見た者はほとんどいない。上の階の住民が下に降りてくることはあるが、下の階の住民が上の階に行くことはできない。

家の外にも謎はたくさんある。なぜ月は日によってぶよぶよのナマコのようだったり、ヒトデのように触手を延ばしたりするのか。定期的に出航して食料や材木を持ちかえってくる伝馬船は、いったいどこに行っているのか。その行き先をめぐって少年の母親がうっかり口をすべらせた〈屍体〉とは何なのか。

でもこの小説の最大の魅力は、やはり何といってもこの不思議な〈家〉そのものにある。東西南北をぐるりと取り囲む廊下。廊下に沿ってどこまでも並ぶ障子や襖。欄間（らんま）ごしに洩れてくる隣の家族の団欒（だんらん）の声。畳を上げてする夜釣り。家の最深部の、誰も足を踏み入れたことのない暗い座敷に棲むと噂される高能化した猫や精力男――。日本家屋のもつ、暗い、謎めいた、恐ろしいような、懐かしいような要素のすべてが、この家には凝縮されて詰まっている。

「家」が私をとらえるのは、それらがすべて子供の目線で描かれているからだ。読んでいると、子供のころ夏休みに行った父の田舎の家をありありと思い出す。床の間の煤（すす）けた掛け軸、欄間に彫られた動物、下駄をつっかけて一度外に出る便所、額に入った知らない人々の写真。古い家は謎に満ちていた。それは未知のルールの謎、厚く降り積もった時間の謎だった。それは恐ろしくもあり、魅惑的でもあった。

今回何度めかに読みなおしてみて、最後に茜（あかね）という少女の住む座敷に布団の筏（いかだ）で漂着する隆夫はすでに死んでいるのかもしれないと思った。

それは甘い、夢の成就のような死だ。


（『文藝別冊　筒井康隆　日本文学の大スタア』二〇一八年十月　河出書房新社）

三浦しをんさんのこと

高潔。清廉。孤高。三浦さんのイメージを言葉にしようと思うと、そういう単語が浮かびます。会えばいつも馬鹿っ話ばかりですが、奥ふかくに一本、鋼(はがね)のようなものがすっと通っている感じ。もしかしたら前世は武士だったのかもしれません。そういえば一度、最深度まで酔っぱらって、一人称が突然「拙者」になった三浦さんを見たことがあります。語尾は当然「ござる」でした。侍。たぶん鎌倉時代の。まちがいありません。

(『ダ・ヴィンチ』「三浦しをん大特集」二〇一三年二月　KADOKAWA)

ミエコさんとワタシ

未映子さんと最初に会ったのは、文芸誌『モンキービジネス』の創刊記念パーティだった。今の『MONKEY』の前身で、かれこれ十年以上前のことだ。二次会で、作家の某さんが「ほらほら、あっちで恋バナやってるよ」と私を一つのテーブルに引っぱってくれた。以前、「誰からも恋バナをされたことがない」と悩みを相談したことがあったのだ。その輪の中心にいたのが未映子さんだった。けっきょくそのテーブルでどんな恋バナが繰り広げられていたのか、まるで覚えていない（「あなた全然聞いてなかったでしょ！」と、あとで某さんに怒られた）。でも、なんだかすごくキラキラした、エネルギーの塊みたいな存在がそこにある、という印象が強く残った。

二度めは、とし子さんとお別れした時だ。『群像』の編集長だった佐藤とし子さんが亡くなって、生前暮らしていたマンションに亡骸（なきがら）が戻ってきたその夜、女性ばかり十人ほどの物書き編集者が集まって、お通夜の前にごくごく内輪のお別れをした。眠ってるみたいなとし子さんを囲んで、みんなで話しかけ、髪をなで、ぐしゃぐしゃに泣いて、マンションを出て駅に向かう途中で、「このままで帰れるか！」と言い出したのは未映子さんだった。そして入った駅前のカフェで、ほんの一杯の献杯のつもりが、泣いたり笑ったり怒ったりの大盛り上がりの女子会になった。きっとあの場のどこかにとし子さんもいて、いっしょにゲラゲラ笑っていたにちがいない。

そして三度めはつい最近、私が訳したルシア・ベルリンの短編集をめぐって対談したときだ……と書きかけて、え、待って待って、と私は思う。ほんとに、たったの、三回？　私の中には、その百倍くらいの記憶があるのに？　夜の街を手をつないでいっしょに走ったり、ドリンクバーの飲物でお腹がちゃぽちゃぽになりながらファミレスで朝までしゃべり倒したり、手の中のホタルをそっと覗きこんだり、堤防にランドセル置いて足をぶらぶらさせながら並んでアイスキャンデー食べたり、どの記憶も全部とてもリアルなのに？　それともやっぱりそれらは全部、本を通して醸（かも）された幻なんだろうか？

三度めの対談のとき、未映子さんがルシア・ベルリンについて熱っぽく語った言葉が、いつまでも私の中に残っている。〈知らない女の人が横に来て、わーっと話して、ぱっとどっかに行っちゃう感じ〉。〈詩が、向こうから飛びこんでくる〉。〈すご玉〉。〈源泉かけ流しみたいに濃い〉。

あれ。でもこれ全部、私から見た未映子さんだ。ルシアとミエコは、似た魂の持ち主なのかもしれない。ここではないどこか別の宇宙で、彼女が別の言語で書いて、私がそれを訳している、そんなことを、ときどき夢想する。

（『文藝別冊　川上未映子：ことばのたましいを追い求めて』二〇一九年十一月　河出書房新社）

「坪センパイ」と世田谷

坪内祐三さんに初めてお目にかかったのは今から十五年ほど前だが、そのときどんな話をしたのかはまるで記憶にない。とにかくちょっと怖かったことだけ覚えている。辛辣な話をするのも冗談を言うのも表情と声のトーンがいっしょで、怒っているのか上機嫌なのかさっぱりわからないからだ。

それが何度かめにお会いしたときに一変したのは、私が赤堤小学校で坪内さんの一学年後輩だとわかってからだ。坪内さんはうってかわってにこにこしながら、当時の赤堤周辺の思い出話をすごい情報量と熱気で語りだした。私が住んでいた社宅まで言い当てられたのには驚いた。私の書いたものから推理して割り出したのだそうだ。楽しそうだった。そのときから私の中で「坪内さん」は「坪センパイ」に変わった。

私たちが赤小に通っていた当時の世田谷のあのあたりは、それはもう大した田舎だった。そこらじゅうに畑があった。道路は舗装されていなかった。赤小の裏手には牧場まであって、廊下の窓を開けると牛と目があった。でも、私は年を追うごとにあれはぜんぶ幻覚だったんじゃないかと思うようになっていた。私の記憶の不確かさと、人としての信用度のなさから、当時の話をしても誰にも信じてもらえなかった。「まさか、都内に牧場なんかあるわけないでしょ」と言われれば、「ですよねー」と気弱に引き下がっていた。

けれども坪センパイは超人的な記憶力と地理感覚でもって、私のあやふやな記憶を一つひとつ裏付けてくれた。私が近所にあった店や場所のあやふやな思い出を自信なさげに口にすれば、「ああ、あそこね」と脳内の地図と即座に照合してくれて、おまけに「あの店の店主はじつはね……」などといったトリビアまで授けてくれた。

極めつけは「べぼや橋」だ。私が住んでいた社宅の近くをドブ川が流れていて、川向こうに行くにはいつもその橋を渡っていたのだが、家族の誰に聞いてもそんな橋は知らないと言う。グーグルで検索しても自分の文章しかヒットしない。それを確かに「あった」と請け負ってくれたのも坪センパイだった。

坪内さんとの世田谷談義は、私にとっては心おどる「答え合わせ」の時間だった。センパイの「ああ、あそこね」のたびに、頭の中で曇りガラスのようにぼんやりしていた記憶のピントが合い、色が戻り、地図上の確かな一点として定着した。

『玉電松原物語』（新潮社）は私にとっては、その答え合わせの文字バージョンだ。とちゅう出てくる懐かしい固有名詞に、何度も大きくうなずいた。センパイの出たマリア幼稚園には私の妹も通っていた。当時は洒落たショッピングセンターだった経堂ストア。レイクヨシカワは、私が初めて筒井康隆の本を買った書店。ＯＳＫ日本歌劇団の振付師だった赤小のＷ先生（運動会の演し物の集団円舞は、今思えば小学生に要求するレベルのものではなかった）。

驚かされるのは、小学生とは思えない坪内さんの行動半径の広さだ。たとえば当時の私にとって世界とは、赤小を起点に玉電山下駅までと経堂駅までで終わっていたが、坪内さんはその何倍もの広域を自分の庭とし、さらに玉電や自転車を駆使して三軒茶屋や下高井戸にまで版図を広げていたのだ。

坪内さんは、まるで筆を散歩させるように、連想の赴くままにつぎつぎ思いついたことを書いていく。そのゆるやかなリズムに、こちらも昭和の世田谷をいっしょに散歩しているような心持ちになる。それにしても坪内少年はつくづくヘンだ。古本屋めぐりや焚き火や花見など、趣味が小学生と思えないほど爺くさかったり。セキセイインコを五十羽も飼っていたり。肥満児で一日に牛乳を二十本も飲んだり。野球少年でプロレス小僧でマンガ少年で。ワルガキでおたく、自由で博識で社交の達人。もしも小学生当時、私が坪センパイと知り合いだったらどうだっただろうと想像せずにいられない。もっともセンパイは、「おれはもちろん君のことだって知っていたぜ」と眉をひこつかせながら言うのだけれど。

それにしても、ふと愕然とする。こんなふうに紙と文字ごしに「答え合わせ」をするしかなくなってしまったことに。私の地図は、まだまだらに曇りガラスのままだ。坪センパイ、学校の向かいにあったグライダー工場はどうなるんですか？　べぼや橋のことも、連載が続いていれば書くつもりでしたか？

最後に美しいタマムシの死骸のことなんか書いて、それきりいなくなってしまって、坪センパイは本当にひどい。


（『波』二〇二〇年十一月　新潮社）

翻訳小説食わず嫌いにとりあえずお勧めしたい何冊か

本好きの人たちと顔を合わせると、必ずといっていいほど「どうして翻訳小説って日本の本に比べて売れないんだろうねえ、面白いものがいっぱいあるのにねえ」などと若干湿っぽい話になるのですが、そのたびに頭をよぎるのは親戚のとあるおばさんの言葉です。そのおばさんが家に遊びにきたとき、何か帰りの電車の中で読む本はないかと私に訊いたのです。ミステリがいいと言うので家にあったのを何冊か出したら、「ああ、海外ものはだめだめ」と言って顔の前で手を激しくぶんぶん振りました。「だって出てくるのガイジンばっかりでしょ？ 名前が覚えられなくて」。え、マジで？ たったそれっぽっちの理由で読まないんですか？ 名前ったって、なにもピョートル・イグナーチエヴィチ・クラスノフスキーとかじゃなくて、たいがいジョンとかベンとかリンダとかですよ？ だいいち名前と謎解きと何の関係もないじゃない？

……でもまあ、おばさんの世代はたしかにカタカナが苦手なのかもしれない。うちの父だって何度直してもタイガー・ウッズを「タイガー・ウッド」と言うし、あんまりしつこく注意したら「タイガース・ウッド」になっちゃってもう元に戻らないしなあ。などと思っていた矢先に、あの女子高生二人組に出会ったのです。

あれは忘れもしない、新宿の某大型書店の文芸書コーナー。学校帰りとおぼしきその二人は、平積みになっている本をあれこれ手に取って、これは読んだとかこれはまだだとか話していました。けっこう本好きらしく、いしいしんじとか小川洋子とか角田光代あたりは普通に読んでいるようでした（書店で人の話を盗み聞きするのはよくない癖だと我ながら思います）。その二人が海外小説の棚のほうに移っていったので、ドキドキしながらこっそり後をつけました（書店で人の尾行をするのもよくない癖です）。こういう子たちがどんな翻訳小説を読むのか、すごく興味があったのです。彼女たちは棚を三秒くらい眺めて、「なんかさあ、外国の小説って読む気しなくない？」「そうそう、だって出てくるのみんなガイジンなんだもん」。そして店を出ていってしまいました。

ちょっと待った！　と走って追いかけたくなるのをぐっとこらえました。やっぱりそうなのか？　翻訳小説が日本の小説に比べて読まれないのは、やっぱり出てくる名前がカタカナだからとか、場所が外国だからとか、髪や目の色や食べるものが違うからとか、そんな理由なのか？　でも、だったら逆に希望はある。そこさえ乗り越えてしまったら、きっと面白さに気づいてもらえるはずだからです。

私が翻訳の仕事をしてきてつくづく思うのは、「ガイジンだってニッポン人だ」ということです。どんなに人種や文化や生活習慣が違っていても、同じ人間、笑ったり泣いたり切なくなったりするツボは同じです。日本の作家の書いたものが面白いと思えるのなら、絶対に外国の作家のものだって面白がれるはずなのです。そのことにあの子たちが気づいてくれたなら。

で、さっきからなぜ私がこんな柄にもないですます調の文章を書いているかといえば、これは彼女たちへの手紙だからです。あの日もし本当に追いかけていっていたら、あんな本やこんな本を勧めたのに。それができなかったので、手紙を入れた瓶を海に流すように、この文章をしたためているわけです。

あなたたちは二人ともいしいしんじがお好きなようでしたね。だったらきっとリチャード・ブローティガンの『西瓜糖の日々』（藤本和子訳／河出文庫）も気に入ると思います。すべてのものが西瓜の汁を煮つめた糖で作られ、毎日ちがう色の太陽が昇る不思議な世界「アイデス」。そこでは人々がぎらぎらした自我から解き放たれ、優しく淡々と暮らしている。だがアイデスの外れには、かつての物質文明の墓場があって、それに魅きつけられた一団が、この平和な世界に小さな軋轢（あつれき）をもたらす――。六〇年代に書かれた本ですが、この透明で不思議な世界は今なお新鮮な驚きです。そして何より文章がすばらしく美しい。

『博士の愛した数式』で「ボロ泣きした」とも言っていましたね。ボロ泣きアーンド病気ものとくれば、翻訳物にはダニエル・キイスの『アルジャーノンに花束を』（小尾芙佐訳／ハヤカワ文庫）という大定番があります。知能の遅れた心やさしい青年が、実験台として脳の機能を高める手術を受ける。手術は成功し、彼の知能は驚異的に向上しますが、それと引き換えに今まで見えなかった人間の醜さや悪意を知ってしまう。しかもその手術には思わぬ弊害が……と、そこから先は言えません。ちなみに「アルジャーノン」とは彼の親友の実験用マウスの名前です。最後にこの題名の意味がわかったとき、あなたたちは間違いなく号泣しているはず――と書いているそばから、こっちが思い出し泣きしそうになってきました。

もう一つお勧めなのがレベッカ・ブラウンの『体の贈り物』（柴田元幸訳／新潮文庫）。エイズ患者の介護をするヘルパーの女性が体験する、さまざまな患者との交流、生そして死の物語で、作者の実体験に基づいている――なんて聞くと引いちゃうでしょうか。でも、騙されたと思ってぜひ手に取ってほしい。この本が感動的なのは、そんなないくらでもお涙頂戴にできそうな話を、あくまで淡々と、いっさいの感情を排して書いているということです。『博士――』のようなほのぼのとした感じとは違うけれど、読めばきっと心が震えるはずです。

角田光代のような手練の短編小説が好みなら、ジュンパ・ラヒリの『停電の夜に』（小川高義訳／新潮文庫）を推します。ラヒリはインド系アメリカ人で、登場人物もインド人やインド系がほとんどですが、一ページ読めば何人なんてことは関係なくなってしまうくらい、この人は人間の心の襞を描くのが巧い。表題作は、とある若夫婦が毎晩やってくる停電のあいだに互いの秘密を打ち明け合う遊びを思いつく。最初はスリリングだったそのゲームは、やがて思いも寄らない夫婦間の溝を浮かび上がらせ――と、そんな話。ディテールの描写の絶妙さ、話の運びの見事さは、ちょっと憎らしくなるほどです。

意外だったのが、あなたたちが町田康の本を手に取ったことです（「何て読むの？」「がいどうのじょうけん、かなあ？」という会話が萌えでした）。ならばパンキッシュつながりで、チャールズ・ブコウスキーなどいかがでしょう。この人の書くもの、出てくる人出てくる人、無職で酒飲みで女好きのろくでなしですが、そのろくでなしっぷりに一本筋が通っていていてかっこいい。手始めに『町でいちばんの美女』（青野聰訳／新潮文庫）あたりがお勧めです。

そうそう、どちらの子だったか、川上弘美の「変てこっぽい話」が好きだと言っていましたね。変てことといえばケリー・リンクの短編集『スペシャリストの帽子』（金子ゆき子・佐田千織訳／ハヤカワ文庫）

です。たとえば冒頭の物語では男の人が妻に恋文を書いているのですが、どうやら彼はすでに死んでいるらしい。あるいは別のお話では、現実とおとぎ話が普通に地続きになっている。そんなふうにいろんなものの境界線が曖昧になって、読むとちょっと奇妙な船酔い気分になります。正直、何のことだか訳のわからない話もある。でも夢から覚めた後のような不思議な感触が強く残って、もう一度読み返したくなる。簡単に「腑に落ち」ないぶん、長く心にひっかかる。じつはそういうのこそ、一番楽しい読書体験だったりする、と私は思います。

ああ、もう紙数が尽きそうです。この手紙があなたたちに届くといいなと思います。ここに挙げたのはほんの入口、基本のキです。どれか一冊でも読んでくれたら、そして翻訳ものも悪くないじゃん、と思ってくれたらいいなと思います。それに、ここではアメリカ文学の文庫本という制約つきでしたが、面白い翻訳本はまだまだ山のようにあります。どうかあなたたちがここを入口に、いろんな国のいろんな小説を知ってくれますように。そしていつかミルハウザーや莫言（モオイエン）やゼーバルトやタブッキやベイカーやマキューアンやソローキンの面白さについてうっとりと語り合う、素敵な変態さんになりますように。

（『yom yom』二〇〇六年十二月　新潮社）

Ⅲ　日記　二〇〇〇年〜二〇〇八年

実録・気になる部分

＊注の文責は白水社編集部

二〇〇〇年

八月三十日（水）

夕方、気晴らしの必要を感じて新宿を徘徊。紀伊國屋地下の石屋で勾玉を買うなど、無意味な行為をする。化石コーナーで気になったのは〈マンモスの毛〉。ほにゃほにゃの柔らかい毛ひとちぎりに剛毛一本つきで千五百円、は高いのか安いのか。

平積みになっていた文庫本のタイトル、『好き嫌いで決めろ！』。本当にその通りだと思う。たぶんこの本にはタイトル以上のことは書いていない。

ビデオで『ハムナプトラ』。エンポリオ版『インディ・ジョーンズ』。

八月三十一日（木）

二千円札をいまだに見たことがない。

最近なぜか『ビッグ・マグナム黒岩先生』[＊1]のことをよく思う。七〇年代にどこかに連載していた、「日本でただ一人、ピストルの携帯を国から許可された高校教師」が主人公の漫画。これも夢なのか？　でも『聖マッスル』[＊2]だって夢じゃなかったしな。

九月一日（金）

夜、ブエナ・ビスタ・ソシアル・クラブ[3]を見に東京国際フォーラムへ行く。ピアノのところまでは歩くのがやっと、いったん弾きだすとマシーン、というのを虚構でなしに初めて目の当たりにする。ヨボヨボなのにツヤツヤ。八十すぎてしたたる若さ。自分はこの老人たちの百分の一も生きてないと思った。もちろん年齢の話じゃない。

九月二日（土）

両親はロシアに行った。マトリョーシカを買ってこないといいが。

某勉強会。アナイス・ニンと『不思議の国のアリス』。

村上龍『希望の国のエクソダス』。こんな中学生いねーよ、と百万人の突っ込みが入ること必至。

九月三日（日）

コーポラティブ・ハウス。へっ。

九月四日（月）

『オースティン・パワーズ・デラックス』[4]の原題は〝The Spy Who Shagged Me〟。私だったらきっと『私をチョメチョメしたスパイ』と訳すのに。残念だ。

最近の至言。「だってきみ、人生なんて大したことないぜ」バーイN先生。持つべきものは師。

九月五日（火）

前々から気になっていた変なあいづち、「なるほどですねー」。若い営業マンに多い。

今日が締切りの原稿を今日から書く。いつからそんなに偉くなった。

九月六日（水）

雨だ雨だ。原稿を送る。

午後、ほとんど二か月ぶりに、まとまった時間テレビを観る。ＷＯＷＯＷで『タイタニック』。最初は観る気なかったが、けっきょく中腰のまま最後ま

1＊『ビッグ・マグナム黒岩先生』 実在します。新田たつお著。
2＊『聖マッスル』 ふくしま政美著（宮崎惇原作）。
3＊ブエナ・ビスタ・ソシアル・クラブ ギタリストのライ・クーダーと、キューバの老ミュージシャンで結成されたバンド。ドキュメンタリー映画も作られた。
4＊『オースティン・パワーズ・デラックス』 ００７シリーズのパロディ映画『オースティン・パワーズ』のシリーズ第二作。監督ジェイ・ローチ、主演マイク・マイヤーズ。原題はもちろん『私を愛したスパイ』のもじり。

で。『親指タイタニック』[*1]を先に観たのは、どちらの作品にとっても不幸だった。

鶴がしきりと気になる。飼ってみたい気もする。でも、きっと臭いだろうなあ。部屋の中で飛ばれたりしたら難儀だし。

珍しくSさんから電話。声がエネルギッシュ。そのおすそ分けをいただく。

『マルコヴィッチの穴』[*2]、激烈に面白そう。

九月七日（木）

けさのニュースで見た、スペインのどこかの町の「マグロ祭り」。住民たちが思い思いにマグロのコスプレをして町中を練り歩く〝マグロ・パレード〟、本物のマグロをバトンがわりに抱きかかえて泳ぐ〝マグロ水泳リレー大会〟、そしてマグロを網焼きにしてがんがん振る舞う〝マグロ食べ放題〟。マグロをかかえて泳ぐのは難しそうだった。

久しぶりに相撲を見たら、私が知っている幕内力士は半分も残っていない。だが相変わらずいろいろと興味深い。たとえば幕内力士の土俵入りのとき、全員が揃うと輪になって片手を上げ、柏手を打ってから化粧まわしをちょっと持ち上げてもういちど手を上げる、あの動作には何の意味があるのだろう。妹は「よっ、元気？　俺のまわしどうよ？　じゃあね」ではないかと言うのだが、たぶんそれは違う。

九月八日（金）

見本刷り、出来。嬉しい。装丁も気に入った。でもなぜかそのあと落ち込む。自分で自分がわからない。

自由が丘に新しい眼鏡を取りに行く。かけるとまるで別人。というより宇宙人。たぶんグレイタイプ。これでしばらく知り合いを驚かせて遊べそうだ。ここは知る人ぞ知る変な眼鏡屋。店に入ると、奥の物陰からしばらく人の顔をじっと観察していて、一つだけ「これです」と出してくる。それで間違いはない。店主は完璧な眼鏡フェチで、「この人にはこの眼鏡」ではなく、「この眼鏡にはこの人」という考え方。

笙野頼子『竈変小説集・時ノアゲアシ取リ』、途中まで。

九月九日（土）

カサブランカの花びらとウェルシュ・コーギーの

耳の形が似ていることを発見。

九月十日（日）

夕方、妹来る。今度出る本に自分のことが書いてあるのを知って怯える。震えて待て。

千代大海と天童よしみ。イチローとジュリア・ロバーツ。市原悦子とウナギイヌ。

九月十一日（月）

夜、本の打ち上げで神田明神ちかくの蕎麦屋。H社のS谷さんK山さん、Hさんは風邪、雑誌『H』のO橋さん、装丁のIさん。しんじょサヨリ一夜干しイチジクの天ぷら活タコ牛舌味噌づけお新香ぎんなん茶豆。ビールビールビール千代乃山八海山コートデュローヌボージョレー黒ビールローヤル水割り。おいしゅうございました。〝三日とろろ〟を食べてみたい。

K山さんが匂いフェチであることを告白。今までに嗅いだ最高の匂いは、以前付き合っていた女性の体臭。振られたので、彼女が置いていったカーディガンを大切にしてときどき嗅いでいた。「返して」と言われたので、今度は彼女からもらった手紙を古い順に出してきて鼻をつけて嗅ぎ、匂いが消えると次のを出してきて嗅いでいた。そんなに匂いに敏感なのに、会社では生のウコンを丸かじり。

帰ってきたらO久保さんからメール、この日記が[3*]アップされていた。嬉しい嬉しい、と喜びつつ気絶。

九月十二日（火）

世間は大雨。

朝、O久保さんと電話。日記のお礼を言う。言ったつもり。すいません、ほんとはやっぱり寝ぼけてました。反応にぶくてごめんなさい。

セントルイス出身だから戦闘竜。というネーミングに関して、本人はどの程度ハッピーなんだろう。

ロイヤルホストの「ねぎ塩サーロインステーキ御

1＊『親指タイタニック』 監督スティーヴ・オーデカーク。登場人物はすべて衣装を着せた親指に目や口などの実写を合成したもの。

2＊『マルコヴィッチの穴』 スパイク・ジョーンズ監督、ジョン・マルコヴィッチ主演。俳優マルコヴィッチの頭の中に入れる不思議な穴のお話。

3＊この日記がアップされていた 白水社ウェブサイトに連載する前はO久保さんのブログに間借りしていた。

膳」は、日によって出来不出来の差が激しい。今日のは駄目。ひょっとしてB型なのか、「ねぎ塩サーロインステーキ御膳」。

九月十三日（水）

ファックスの多かった日。

タイ製の木彫りのカエル。付属の棒で背中のギザギザをなで上げると、不思議や、涼やかなるカジカの音色。またつまらんものを買ったか。

恩田陸『六番目の小夜子』。

九月十四日（木）

某新聞の取材を受ける。『ショムニ』みたいに脚立を抱えたカメラマンに写真を撮られる。

夕、A座上さんから緊急電話、KISS*1が暮れに来るらしい。解散コンサート、しかもメイクバージョン、おまけに旧メンバー。これに行かずして何に行く。というわけで、チケット確保を固く誓いあう。A座上さんとはブエナ・ビスタも一緒に行った。KISSとブエナ・ビスタの両方に行ける友人を持った私は果報者。

うっかり穴吹工務店の新しいCMを見てしまう。

九月十五日（金）

オリンピックは嫌いだが、開会式はわりと好き。

外廊下で敵*2を二体発見。殲滅。

九月十六日（土）

二子玉川のホームで、しばし落雷鑑賞。ほぼ一直線の、神の怒りみたいな見事なやつが一つ落ちて、軽い歓声があがる。

元同僚のT雄さんから本のお礼電話。N先生からも手紙をいただく。嬉しい。谷岡ヤスジ風にいえば、やでうでしや。

九月十七日（日）

全国紙に出ると、とりあえず喜ぶのは遠い親戚。従兄弟、叔母、従姉妹、伯母から電話。S社のKさんから本が届いたメール。別のKさんからは仕事の愚痴メール。

九月十八日（月）

案の定、両親はマトリョーシカを買ってきた。

このあいだから首にしこりができている。もしかして甲状腺？　聞くところによると、甲状腺がおかしくなると異常に興奮したり緊張したりするらしい。いつぞや某座談会のあと緊張のあまり寝込んだりしたのはそのせいだろうか。このところの不幸も不運も不安もぜんぶ甲状腺のせいにできるのなら、それもわるくない。

九月十九日（火）

午後、近くの医院に行く。大事な血を取られたあげくに六千九百円も取られる。なぜだ。

Sさんよりファックス。集団で訳した某本が増刷になるので、誤植を知らせてほしいとのこと。読んでみると、あるある。「彼は」が「東は」になっていたり、「幸い」が「辛い」だったり。しかしそれより問題なのは、まだ増刷になっていない下巻の巻末の、私の名前の誤植だ。

九月二十日（水）

午後、新宿プリンスにて某女性誌の取材を受ける。彼らは会社をやめて独立することを〝ステップアップ〟だと思っているようだが、自分の場合は〝ドロップアウト〟だった。

夕方からサッカー→そのあと食事→しかるのち仕事→夜の一時半からWOWOWで『女優霊』[3*]、という綿密な計画を立てていたにもかかわらず、気づいたら二時。途中から観てもじゅうぶん怖かったものの、やはり映画はオープニングが命。人形は顔が命。

インターネット古書店で注文した永井荷風の『おかめ笹』が届く。思っていたよりずっと状態がよくて、嬉しい。

九月二十一日（木）

午前、医院。エコーで見た結果、けっきょく喉の腫れは〝甲状腺に水が溜まっているだけ〟だと判明した。つまらぬ。しかも、その水を院長じきじきに注射器で抜くという。痛かったらどうしようとドキドキしながら待つ。待つ。待つ。待つ。読むものを持ってこなかったので、『ビッグコミックオリジナル』を二十年ぶりぐらいに読む。『ヒゲとボイン』[4*]をまだ

1＊KISS　ジーン・シモンズ、ポール・スタンレイ、エース・フレーリー、ピーター・クリスの四人からなるロックバンド。一九七四年に『地獄からの使者』でデビュー。
2＊敵　本書42頁「彼ら」参照。
3＊『女優霊』　中田秀夫監督、柳ユーレイ主演。
4＊『ヒゲとボイン』　小島功の漫画。

やっていることに驚く。しかも話も絵も二十年前と何ら変わらない。すごいことだ。人並みはずれた勤勉さと割り切りの良さと健康な体がなければ、ここまで続かない。ＫＩＳＳと同じだ。もはや回数すら書いていない。第三五六八〇話ぐらいだろうか。

で、けっきょく待たされたあげく、説明だけで水抜きは来週になった。どうしてくれよう。

夜は下北沢にて、毎月恒例の女ばかり十人の会。いつもながら皆よく食う。気仙沼の秋刀魚。

九月二十二日（金）

レイクエンジェル[*1]の「ク！」の人は一人だけ楽そうだ。他の二人から「あんたはいいわよね、ラクで」とか、いじめられていないかどうか心配だ。でも、あれなら誰にでも応用がきく。このあいだ、元後輩のＭさんから聞いた実際の使用例：（朝、まだ寝ていた夫の枕元で）「あなたあなた大変、皇太后がキ・ト・〝ク〟！」

作家のＮさんから手紙。本を読んでくれたとのこと。今度ボーリングしようとも。

夕方、駅前のゾンビ商店街に行くと、しまった、阿波踊り大会だ。踊りの列にさえぎられて、なかなか通りを渡れず。ゾンビたちが年に一度、このときだけはいきいきと蘇って踊る踊る。ナイト・オブ・ザ・リビングデッド[*2]。まあ、ゾンビたちにも生きる権利はある。死んでいるけど。

九月二十五日（月）

高校教師のＹ、映像作家のＫと昼食。イラクで爆撃されたり砂漠で車がエンコしたりバリでゼリー状の幽霊にのしかかられたりのＫ、西表島で吸血ヒルにたかられたりタイで手が裂けて神経をでたらめに縫い合わされたりフィアンセがビルマの山奥に行ったっきり三年間音信不通だったりのＹ、そしてベランダのチョウセンアサガオが枯れたりビデオを撮りそこなったり電車の切符をなくしたりの私。Ｋから「キラキラ」はインドネシア語であると教えられる。

書店にてＫに恩田陸『光の帝国』をすすめ、自分は大島弓子『金髪の草原』を買う。

九月二十六日（火）

夕、近所の医院で甲状腺の水を抜かれる。ふざけた黄色い水だった。「また溜まるかもしれません」

とは、いよいよふざけている。

九月二十七日（水）

ああなんだかこのところ落ち着かない。動物園のクマみたいに一日じゅうウロウロウロウロウロ。

夕方、大学の恩師P神父と六年ぶりに電話で話す。P神父はキャラが一八〇度入れ代わっている。指摘する勇気のないまま、一時間ちかく一方的にしゃべりまくられる。

夜、筑摩のホームページを見ていたら、大変だ、松浦理英子の新作が出るらしい。

九月二十八日（木）

ケーブルTVをつけたら、『宇宙忍者ゴームズ』[3＊]をやっていた。前々からの疑問なのだが、三人のうちなぜガンロックだけは裸にパンツ一枚なのだろう？　なんだか気の毒だ。

ルミネの青山ブックセンターの「吉本ばななさんの好きな本」コーナーで、辛酸なめ子の『ニガヨモギ』を立ち読みしたら、ものの五分で脳が液状化しそうになったので、あわてて閉じる。予感がして著者略歴を見たら、あんのじょう中高が自分と同じ、あの学校。

九月二十九日（金）

水害のときに積む土嚢の土、あれはどこから来てどこへ行くのだろう。

十月四日（水）

午後、紀伊國屋、伊勢丹。今日も石屋にふらふらと。〈糞石〉というものがガラスケースに飾ってあった。たしかに糞石っぽい。

町田康『実録・外道の条件』を買って、昼を食べながら半分くらい読む。

十月五日（木）

午前、眠気に勝てず。

K社のK氏から、K市のホテル「国際きのこ会館」

1＊レイクエンジェル　消費者金融のレイクがこの当時放映していたCMの登場人物。チャーリーズ・エンジェルもどきの三人の女性がそれぞれ「レ」「イ」「ク」の人文字を描く。

2＊ナイト・オブ・ザ・リビングデッド　一九六八年に公開された、ゾンビ映画の古典。ジョージ・A・ロメロ監督作品。

3＊『宇宙忍者ゴームズ』　アメリカのTVアニメ。原作はマーベル・コミックの『ファンタスティック・フォー』。

は氏の親類が経営しているとの衝撃の告白。
ルミネの青山ブックセンターで、高校生らしい二人組が、『外道の条件』を手に取って、「がいどうのじょうけん?」とか言っているので、訂正しようかと思ったけどやめた。

十月六日(金)

えっ、ローリン・ヒル[1]ってボブ・マーリィの義理の娘だったの?

十月七日(土)

ごっ、メーテル[2]とエメラルダスって、姉妹だったの?
とてもいい写真集のアイデアを思いつく。私だったら絶対に買うんだが。

十月八日(日)

新聞で〈熊手作りで大忙し　東京・台東〉という見出しを見て、「えっ、熊を手作り?」と思ったら熊手を作っているのだった。
テレビで〝後藤戦車〟の話をしているので、どんな戦車かと思ったら〝ご当選者〟だった。
ビデオで『少女革命ウテナ[3]　アドゥレセンス黙示録』。二度目。ウテナカーはハイヒールの形だったのか。
もひとつビデオで『13F[4]』。『マトリックス[5]』の、金のかかりそうな部分は全部セリフで説明しましたバージョン。

十月九日(月)

筒井康隆『魚藍観音記』。最後が期待どおり〝日本家屋もの〟で締めくくられていたので嬉しかった。

十月十日(火)

ビデオで『ケイゾク/映画[6]』。こうもしょっちゅう死んだと思っていた人が生き返ると、ほとんど『リングにかけろ[7]』だ。映画館で観ていたら、暴れたかもしれない。

十月十一日(水)

夜、女ばかり十人の会の分科会を幡ヶ谷の中華料理店「C」でやる。上海蟹の老酒漬けが目当て。S山が、高校時代バレンタインデーに好きな人に手編みの金太郎の腹掛けをプレゼントして振られた、という話を披露。しかもそれから三年後のある晩、お風呂に入っていて突然「そりゃ振られるわ」と気づいた。気づくのが遅すぎないか。本人のコメント、「でもほら、若いころの苦労は買ってでもしろっていうし」。

S山は諺（ことわざ）が好きなわりに、いつも用法が微妙におかしい。以前も誰かが『パーフェクト・ストーム』[*8]という映画の話をしていて、「船に乗っていた全員が最後には死んでしまうのに、いったい誰がこの嵐のことを語れるのか?」という疑問を呈したときも、S山は「だってほら、〝壁に耳あり障子に目あり〟って言うじゃない?」。

十月十二日（木）

夜、元同僚のTさんRさんと六本木。〝マンボウの腸〟というものを生まれて初めて食べたら、コリコリしていて美味だった。

南北線が開通して、赤羽方面の人たちが大量に白金に流れ込んでくるようになって非常に迷惑だ、というような座談会を〝シロガネーゼ〟たちがしているらしい。いいぞ南北線。

十月十三日（金）

永井荷風『おかめ笹』を読む。「はしがき」に〈小説の題名あまり懲りたるはいやなりどうでもよきは猶更いやなり。〉とあり、題名の由来が述べてあるのだけれど、要約すると「庭を眺めながらおかめ笹のことを考えていたら、ちょうど原稿を取りにきたのでそれに決めた」ということらしい。いいぞ荷風。

十月十四日（土）

めったに乗らない西武新宿線に乗る。大泉学園、地名としてはよく聞くが、大泉学園を出たという人にいまだに一人も会ったことがない。本当に存在し

1＊ローリン・ヒル　アメリカの歌手、女優。ボブ・マーリィの息子（元フットボール選手）との間に五人の子供をもうけた。

2＊メーテルとエメラルダス　共に松本零士の漫画のヒロイン。

3＊『少女革命ウテナ　アドゥレセンス黙示録』　TVアニメ『少女革命ウテナ』の劇場版。

4＊『13F』　ジョセフ・ラスナック監督。ローランド・エメリッヒの製作。

5＊『マトリックス』　ウォシャウスキー兄弟監督、キアヌ・リーブス主演。

6＊『ケイゾク／映画』　TVドラマ『ケイゾク』の映画版。堤幸彦監督、中谷美紀主演。

7＊『リングにかけろ』　車田正美著。連載開始当初は正当派のスポ根漫画だったのだが……。

8＊『パーフェクト ストーム』　ヴォルフガング・ペーターゼン監督、ジョージ・クルーニー主演。

ているのだろうか。二千円札やイッシーみたいなものだろうか。

十月十五日（日）

さいきん外を歩いていると、トイレの芳香剤めいた安っぽい匂いが漂ってきて、何だろうと思っていたら、キンモクセイが咲いているのだった。子供の頃は「なんていい香りだろう」と思って嗅いでいたのに。キンモクセイか自分の感性か、どちらかがトイレの芳香剤的になってしまったということか。

十月十六日（月）

なんだかよくわからない女性向けサイトの人たちと会う。気が合いそうなので、再会を誓って別れる。

十月十七日（火）

某女性誌。もうひとつ話が噛み合わない。

元同僚のHが喀血と聞いて驚く。でも要するに「ただの飲み過ぎ」。懲らしめに辛酸なめ子の『ニガヨモギ』を見舞いに持っていく。みな同じようなことを考えるらしく、枕元には『漬け物の魅力』だの『中央線の呪い』だの、変な本が山積みになっていた。隣のベッドのお婆さんが、夜中になると「お岩ー、お岩ー、なぜ迎えに来ない」などと大声で独り言を言うので非常に嫌だとのこと。

十月十八日（水）

準引きこもりの一日。

あまりにも寒いので、意を決して服の入れ換え作業をする。毎年冬服を出すたびに、あれ？　これしか服持ってなかったっけ？　と思う。これしか持ってないのだ。

十月二十日（金）

髪を切る。きょう唯一の約束だというのに、時間を間違える。

ひさしぶりに『アリー my Love』[*1]をみたら、アリーとリンがキスをしてる。これは面白いと思ったが、結局そっち方面には発展しないようで、つまらない。

十月二十一日（土）

O久保さんと電話で話す。O久保さんはウテナカーがハイヒールの形をしていることに劇場で観たときから気づいていたと知って、衝撃を受ける。なぜその場で教えてくれなかったと責める。

ケーブルTVをつけたら、巨人・阪神戦をやっていた。ペナントレースの再放送だろうかと思ったが、何だかユニフォームの感じが変だし、よく見たら江川が投げて若菜が打っている。八二年の試合であった。過去の〝伝統の一戦〟の中から、阪神が巨人をメタメタにやっつけた試合だけを選んで再放送するという、阪神ファン向けの番組だった。阪神に興味はないが、阪神ファンは面白い。おかげでタイムスリップした人の恐怖を一瞬なりとも味わうことができた。トマソンが見られたのも収穫だった。

十月二十二日（日）

前に思いついた写真集は、同趣向のものがとっくに出ていたことを知る。

Tとその彼Jが来て、お好み焼きを焼いてくれる。誕生日プレゼントにアニエスbのバッグ、『くっすん大黒』[2*]のチャーミィ風に言えばビヤアーグ、をあげる。

『東大で上野千鶴子にケンカを学ぶ』[3*]をやっと読む。

十月二十三日（月）

WOWOWで『ブラック・レイン』[4*]を途中から、もうこれで三度目ぐらいに観る。よくこれだけ人相の悪い日本人を的確に集めたと思う。いろいろな意味でロケハンの妙だ。改めて観ると、「ヘビの鱗とスパンコール」とか、「最後の最後で使えなくなる指」とか、細かいところで『ブレードランナー』[5*]と共通点がある。

十月二十四日（火）

午後、某週刊誌。あまりいい思い出のない場所なので緊張するが、波長が合ってけっきょく二時間くらい話しまくる。家に帰って少し寝込む。

1＊『アリー my Love』 アメリカのTVドラマ。キャリスタ・フロックハート主演。
2＊『くっすん大黒』 町田康の小説。文藝春秋刊。
3＊『東大で上野千鶴子にケンカを学ぶ』 遙洋子著。筑摩書房刊。
4＊『ブラック・レイン』 リドリー・スコット監督、マイケル・ダグラス主演。松田優作の遺作。
5＊『ブレードランナー』 リドリー・スコット監督、ハリソン・フォード主演。原作はフィリップ・K・ディック『アンドロイドは電気羊の夢を見るか?』。

十月二十五日（水）

Nさんからキュートな装丁の本が届く。

町田康が『はなまるマーケット』[1]に出ていた。どうしたんだ。

十月二十六日（木）

馬事公苑近くに〈馬の進入禁止〉という看板。

夜、同業のYさんTやんT栗ミナコ、およびワイン通のY先生と会食。出てきたワインがみなおいしく、いかんとわかっていながら飲みすぎる。ワインには「発散型」と「内向型」があり、ボージョレーは発散型ボルドーは内向型、「あなたも内向型」と言われ、はあ、と答える。T栗ミナコに、長年の疑問であるところの「名前に〝栗〟がつくのはどんな気分か」を尋ねて皆から失笑を買う。でも「けっこう楽しい」という回答を得て、ちょっと嬉しい。

十月二十七日（金）

朝から〝ホッホグルグル〟という言葉が頭の中で回りつづけて苦しい。思えば勤めていた頃、同僚Mが「むかし新宿に〝ホッホグルグル〟という看板があったのをたしかにこの目で見た」と言うのを、何それー、そんなのあるわけないじゃーん、夢だよ夢ー、と一笑に付してから、かれこれ十数年。なぜ今ごろになって出てきた〝ホッホグルグル〟。何を訴えたいのか〝ホッホグルグル〟。

十月二十八日（土）

アナイスとアリス。予習しないで行く勉強会は針の筵（むしろ）。

十月三十日（月）

がんばれヤクルトの池山。むかし飼ってた猫に似てるから。

がんばれ叶姉妹。五〇パーセントの本当より一〇〇パーセントの嘘のほうがいいから。

十月三十一日（火）

エドワード・ゴーリー『ギャシュリークラムのちびっ子たち』[*2]は素敵。こんな本、日本人が日本で出したら袋叩きに合うだろうなあ。ゴーリーさんと私は誕生日がいっしょ。ということはゴーリーさんと植木等[*3]も誕生日がいっしょ。

十一月三日（金）

今クールのドラマは『ラブコンプレックス』一

択。木村佳乃の肌が怖いくらいつるつるで目が離せない。

十一月六日（月）

夜、青山の餃子屋で女ばかり十人の会。作家のMさん、E社のS山H谷川Tちゃん、S社Kちゃんと、今回は小じんまり。誰かが白骨温泉は良かったと言い、そこから乳頭温泉もいいらしいという話になったら、S山が「乳頭温泉って、乳頭が大きくなるのか」「乳暈温泉とか乳輪温泉とかもあったりして」「知らずにうっかり入って乳暈が大きくなってしまったらどうしよう」などとまた暴走。二次会はKちゃんの誕生日カウントダウン。

十一月七日（火）

最近のトレンド犬は、圧倒的に長毛種のダックスフントであるらしい。しかし近所の人が散歩させているのを見ていて、奴らの弱点を発見した。車高が低すぎて、フンをするとお尻と地面がつながってしまい、肛門に押し戻されてしまうのだ。

夜、Nさん主催のボーリング大会。R社の人々、元同僚でイラストレーターのS、ひさびさのT甲も。生涯四度目のボーリングはスコア六七で自己新。

帰りの電車の中で、T甲から「オレ流女の生き方」を教授される。

十一月八日（水）

夕、H社Hさんと『恋の骨折り損』[4*]の試写会。たしかコメディのはずなのに、場内はクスリともしなかった。誰か早くケネス・ブラナーに引導を渡してほしい。

その後居酒屋「S」にて小打ち上げ。ブッシュ薄馬鹿説およびゴアCG合成疑惑、その他もろもろで盛り上がる。ごちそう様でした。

1＊『はなまるマーケット』 TBSが平日の朝に放映していた主婦向け番組。
2＊『ギャシュリークラムのちびっ子たち』 柴田元幸訳、河出書房新社刊。いきなり子供が死ぬ、次々に死ぬ。
3＊誕生日がいっしょ この後ゴーリーも植木等も二月二十五日生まれは間違いだったと公式に訂正された。
4＊『恋の骨折り損』 シェイクスピア原作、ケネス・ブラナー監督・主演の映画。

十一月九日（木）

コマーシャルで「はっかせっるおむつ、ムーニーマン」というのがあって、違うとわかっていても、どうしてもそれを頭の中で「はったちっになったらムーニーマン」と歌ってしまう。

ビデオで『π』[*1]を観る。頭痛映画として秀逸。

十一月十一日（土）

午後、山の上ホテルでN先生出版記念パーティ。その後六本木の中華「K」で夕食。カキの炒めたのと、茹で鳥のネギソース。

ビデオで『アメリカン・ビューティ』[*2]。なんでこれがアカデミー賞？

十一月十二日（日）

ビデオで『スリー・キングス』[*3]。途中で寝る。有色人種を大量虐殺しておいて、あとで自責の念にかられてこういう映画を作って自己正当化を図るのは悪い癖。

気を取り直して、ビデオで『ドーベルマン』[*4]。スタイリッシュ。テンポがいい。主役の俳優もかっこいい。途中で寝る。

十一月十三日（月）

さいきん必要があって旧約聖書をよく読むが、こんなでたらめな本だとは知らなかった。「ダニエル書」に出てくるネブカドネザル王なんて無茶苦茶だ。「音楽を聞いたら即座に自分の作った黄金の像の前にひれ伏して拝まなければならない」とかいうわけのわからない法律を作っておいて、守らない人がいたら怒って燃えさかる炉の中に投げ込み、その人たちが神の加護により生きて出てきたら、とたんにひれ伏して神を讃えたり。不思議な夢を見たので夢解きさせようと学者を呼びつけておきながら、「どんな夢だったかは教えない。当ててみろ。当てないと殺す」などと言い、当てられないとカンカンに怒って国じゅうの学者を殺すと言いだしたり。目に余る迷惑キャラぶり。せっかく可愛い名前で高校のときから好きだったのに、もう嫌いになった。

十一月十四日（火）

A座上さんから電話。ＫＩＳＳ日本公演は取り止めになったらしい。マイガッ。

十一月十五日（水）

アメリカの大統領選。日本にはジャンケンという便利なシステムがあるが。

十一月十六日（木）

ずっと前に録画して忘れていた『ジュリオの当惑』[5]を観る。この空気感。

十一月十七日（金）

ビデオで『オディールの夏』[6]。箱の解説に〝川端康成の『眠れる美女』をモチーフにした〟と謳っているから借りてみたが、これなら野沢直子の『はなぢ』[7]がモチーフですと言われたほうがまだ諦めがついた。

十一月十八日（土）

夕方、新宿に『チャーリーズ・エンジェル』[8]を観に行く。これよ、これ！　こういうおバカ活劇を求めていたのよ！　『オースティン・パワーズ』に『アイフル大作戦』[9]をミックスしたような、この馬鹿レトロなかんじ！　と、トーマス兄弟[10]みたいなしゃべりになる。

十一月十九日（日）

Ｔ・Ｍ・Ｒｅｖｏｌｕｔｉｏｎの『魔弾』のビデオクリップ。かなり本格的に小津のパロディをやりつつも、〝半裸・正面から風〟というお約束は律儀に果たしている。

十一月二十一日（火）

夜、ライターKさんと下北沢で会う。彼女が『ホワイトアウト』[11]がいかにつまらぬ映画だったかを力

1＊『π』　ダーレン・アロノフスキー監督、ショーン・ガレット主演。
2＊『**アメリカン・ビューティ**』　サム・メンデス監督、ケヴィン・スペイシー主演。第72回アカデミー賞で、作品、監督、脚本、主演男優、撮影の5部門を受賞。
3＊『**スリー・キングス**』　デヴィッド・O・ラッセル監督、ジョージ・クルーニー主演。湾岸戦争ネタ。
4＊『**ドーベルマン**』　ヤン・クーネン監督、ヴァンサン・カッセル主演。
5＊『**ジュリオの当惑**』　ナンニ・モレッティ監督・主演。
6＊『**オディールの夏**』　クロード・ミレール監督、ジャン＝ピエール・マリエル主演。
7＊『**はなぢ**』　野沢直子のアルバム。「おーわだばく」「マイケル富岡の夜は更けて」等収録。
8＊『**チャーリーズ・エンジェル**』　ファラ・フォーセット主演のTVシリーズではなく、キャメロン・ディアス、ドリュー・バリモア、ルーシー・リューの映画版のほう。
9＊『**アイフル大作戦**』　TBSのアクションドラマ。小川真由美、丹波哲郎などが出演。
10＊　**トーマス兄弟**　江口寿史の漫画に登場する双子のキャラクター。
11＊『**ホワイトアウト**』　若松節朗監督、織田裕二主演。

説していたら、同じカウンターに当の映画の関係者がいて慌てる。でも、「いいよいいよ、おれもそう思うもん」。

十一月二十二日（水）

夜、喀血Hの快気祝いを高円寺の沖縄料理屋にて。他にM、Hの夫Wさん。ニンニクを丸ごと揚げたものがあまりにすばらしいのでスタンディングオベーション。

十一月二十四日（金）

A座上さんと代官山で昼ごはん。黄色のニュービートルに乗せてもらう。

十一月二十五日（土）

しばらく音信がとだえていたO野さんから電話。むかし買った、わたせせいぞうの『ショウほどすてきなマンハッタン』という恥ずかしいタイトルの本が思いがけず役に立つ。話し込む。

十一月二十六日（日）

散歩がてらパーク・ハイアットに行く。コンランショップをジャスト・ルッキン。帰りにオペラシティでやっているリュック・タイマンス展に行く。子供をモチーフにした一連の作品に動揺する。特に『児童虐待』と『がちょう』は、たぶん一生忘れない。

神林長平『言壺』を途中まで。

十一月二十七日（月）

鳩が地面にベタッと座っていたので、すれすれに近くを通ってやったら、面倒くさそうに中腰になった。実に腹立たしい。

夜、おかずを作って器に盛ろうとしたら、器ごとひっくり返して皿洗い桶の中に落ち、器は割れ、おかずは水びたしになる。何もかも嫌になり、全世界を呪う。

十一月二十八日（火）

ナタリア・ギンズブルグ『ある家族の会話』、再々読ぐらい。

十一月二十九日（水）

ドロンジョ[*1]って、二十四歳だったのか。

十一月三十日（木）

観たかった映画の試写会のハガキを人からもらっていたのに、今日までだった。馬鹿ばか莫迦。筒井康隆。

谷崎潤一郎『蓼食う虫』を再読。京女の不気味さ。

十二月一日（金）

前々からジョルジョ・アルマーニが誰かに似てると思ったが、乱一世だったことに今日気がついた。彼を見るたびに感じていたあのモヤモヤを、もうこれで感じずに済む。

夜、かつての同僚で今なお現職の女ともだち数人と会う。みんな元気で若く活き活きしてマンションも購入済みだ。むかし地味めだった人も活き活きしていた。

十二月二日（土）

アリスとアナイス。

夜、ビデオで『ブルズ・アイ』[2]。面白くなくはないが、何もかも類型的。だが、ガソリンスタンドのことで昔から知りたかったことが一つわかったからいい。

十二月三日（日）

ビデオで『ワンダーランド駅で』[3]。クリスマス・スペシャル二時間ドラマみたいになってもおかしくない筋立てなのに、ちょっとしたことの積み重ねでそうはならない。

誘われて、A座上さんとコンパイ・セグンド[4]のコンサート。一曲目を聴いたときはどうなることかと思ったが、尻上がりに調子が上がって、けっきょく帳尻があった。九十三歳すごい。

夜、ビデオで『ロミオ・マスト・ダイ』[5]。

十二月四日（月）

夜、H社のS谷さんと銀座で小規模忘年会。生ガキを食べて幸せ。一五年ぶりに「P」に行ったら、さすがにバーテンの人が代がわりしていた。『汚れた英雄』[6]、『チャーリーズ・エンジェル』、怖い体験、食中毒体験、『新耳袋』、カラス vs. ハト、『アリー my

---

1＊ドロンジョ　TVアニメ『ヤッターマン』の悪役。
2＊『ブルズ・アイ』　ルイス・モーノウ監督、ジェームズ・ベルーシ主演。
3＊『ワンダーランド駅で』　ブラッド・アンダーソン監督、ホープ・デイヴィス主演。
4＊コンパイ・セグンド　キューバの歌手・ギタリスト。
5＊『ロミオ・マスト・ダイ』　アンジェイ・バートコウィアク監督、ジェット・リー主演。
6＊『汚れた英雄』　角川春樹監督、草刈正雄主演。

Love』、『バイオニック・ジェミー』[*1]、『六百万ドルの男』などなど。ごちそう様でした。

二〇〇一年

二月二日（金）

午後、髪を切る。前回と同じにしてくれと頼んだのに、まったく違う風にされたうえに全然似合っていない。

三月十一日（日）

一日じゅう、ねじり鉢巻きで確定申告。

三月十二日（月）

夜、A座上さんと電話で明日の打合せ。ピーター[*2]が来ないとわかりダメージ。こぶし振り上げの素振り百回を誓いあい、電話を切る。

三月十三日（火）

五時半、代々木駅のホームでA座上姉妹と待ち合わせて東京ドームへ。一曲目が予想通り『デトロイト・ロック・シティ』で感涙。血吐き火吹きギター燃やしギター壊し宙吊りドラムセット迫り上がり、お約束をすべてやってくれた。今回も伝わってきたのは「誠実」「勤勉」「実直」といったイメージだった。やはり解散は悲しい。今回特に良かったのは、来やがらなかったピーターの代役でドラムを叩いたエリック・シンガー。ちゃんとピーターと同じメークして、わざわざ金髪を黒く染め、しかもピーターより歌もドラムもうまい。

西麻布まで流れて焼肉。A座上さんが「プーチンと舟越桂の彫刻似てる説」を開陳。「くしゃおじさんとパンジー似てる説」で反撃するも、ネタが古すぎた。

三月十九日（月）

「白洲正子と内藤陳が似てる説」で反撃すればよかった。

三月二十日（火）

電車の広告で、〈〇にハイソフト〉の〇の中に言葉を入れて応募しろというのがあり、正解は〝旅〟なのだが、他にもっといい言葉はないかとあれこれ考え、〝か〟を入れてみたら〈かにハイソフト〉となり、カニ味のキャラメルかあ、などと想像しているうちに吐きそうになる。

三月二十一日（水）

夜、表参道で韓国ネイティブのCさんと。十八歳まで韓国にいて、それから三十二歳の今まで日本にいて、そうすると韓国語も日本語も中途半端になって、自分が何者かわからなくなったという話。

それとは別に、新丸子の駅前の暗がりで、銭湯帰りの黒人に、すれ違いざまに耳元で「ヘイ・ユー」と囁かれたという話。

三月二十二日（木）

女ばかり十人の会、代々木上原にて。

H谷川が、出張先のイタリアで加藤茶似のベルボーイのストーカーにつきまとわれた恐怖の体験を独演会。すでに何度も人に話したらしく、話芸として完成されていた。

今日のS山。私が隣に座っていたO塚さんの後頭部にすごく太い白髪を発見したので抜いてあげていたら「あー、猿のピッキングみたい」と言った。グルーミングのことであろう。

三月二十三日（金）

ここ半月ほど、渋谷西武屋上の多肉植物売場に行くことだけを心の支えに生きてきたのに、行ってみるとなくなっていた。でもベルツノガエル[3]が見られたから。

パルコブックセンターで、ずっと名前を知りたかった画家の画集を発見、購入。すごく嬉しい。だから多肉売場がなくなったって悲しくない。悲しくない。

三月二十四日（土）

朝、二度寝したら悪夢にうなされる。

トルシエ[4]が家に来て泊まる。彼は世界各国の家庭を泊まり歩いて採点している。私は緊張して料理を作るのだが、肉も魚もことごとく焦がしてしまい、トルシエは採点表に最悪の点数をつけ、「こんなに

1＊『バイオニック・ジェミー』『六百万ドルの男』　どちらもアメリカのTVシリーズで、サイボーグが主人公のアクション。
2＊ピーター　KISSのドラマー。
3＊ベルツノガエル　目の上のツノ状の隆起が特徴のカエル。南米に生息。
4＊トルシエ　フィリップ・トルシエ。元サッカー日本代表監督。

食事のまずい家は初めてだ」と公式にコメントを発表する。私は何とか彼を懐柔しようとして景色のいい場所に連れていき、肩なんか組んで友だちっぽいトークを展開する。するとトルシエもだんだん上機嫌になり、にこやかに会話がはずむが、最後に一言「でもやはり食事は最悪だった」と言われる。私は「ああこんなことだったら肉や魚にせず、日本の家庭らしく刺し身にでもしておけば良かった」と思う。いや、思ったのは起きてからだった。

三月二十五日（日）

トルシエ日本、フランスに惨敗。

四月七日（土）

昼からアリス、その後O塚さん宅にレトリバーを見に行くが、犬に雌犬と間違えられ、危機的状況におちいる。おまけに電車が経堂止まりで、タクシーで帰宅。

四月八日（日）

朝、マンションの住民総会。悪役商会[1*]の俳優が次期の理事に選出されていた。

実家に庭師仕事をしにいく。博多から出てきている従姉妹のYが途中合流。玄関に入ってくるなり号泣している。理由を訊くと、「だって桜が、桜が」。

四月九日（月）

保坂和志『残響』。こういうことをする作家に、私は弱い。

四月十二日（木）

ふと気がつくとベランダで腕を組んで立ち、次に何を植えるか構想を練っている自分に気づく。病再発の兆し。

四月十三日（金）

肉のまずそうな動物ベストテンというのを考えて一日が終わる。

マレー熊
オオアリクイ
ミツユビナマケモノ
カバ
フラミンゴ
虎
コモドオオトカゲ
トキ

カピバラ
アイアイ
順不同。

四月十四日（土）

なぜかくたびれたままアリス勉強会。夜の宴会までなだれ込むが、師匠からいろいろ謎めいたことを言われ、意味がよくわからないままにブルー。帰りに乗った電車にはゲロ。

四月十五日（日）

読まねばならない本があるとわかっているのに、それをよそ目に一日じゅう家回りの仕事。宿願のギボウシ四点セットを植えつけるが、鉢の形が悪くディスアポインテッド。夕方やっと読みはじめるも、不思議なメルモ、少しでやめぬ。町田康になっている。

四月十六日（月）

郵便局やら何やら。ご懐妊報道。中田秀夫の『カオス』を録画しようとして、最初の十八分録りそこね。無能。

四月十七日（火）

ベランダを視察していたら、人が苦労して土を全入れ替えした花壇のブロックのところを、見たこともない〝ケシ粒よりも小さな〟蛍光レッドの不気味な虫がぞろぞろと這い回っている。逆上し、ティッシュ片手にぶちゅらぶちゅらと虐殺を決行。

四月十八日（水）

朝、起きるなりティッシュを持ち、「はいはい待っててねー、いま殺してあげまちゅからねー」といそいそベランダに向かう姿はもはや鬼畜。

気分が怪しい。木の芽どきとはこういうことか。新宿に『ザ・セル』[2*]を観にいく。水曜日は〝レディス・デー〟とやらで千円。女に生まれてよかったと初めて思う。期待したビジュアルは馬の輪切り以上にすごいものはなかったものの、ジェニファー・ロペスが美だったので満足。

1＊悪役商会　悪役俳優ばかりのグループ。リーダーは八名信夫。
2＊『ザ・セル』　ターセム・シン監督のサイコスリラー。

四月十九日（木）

今日も気分が怪しい。もしかしたら赤虫の呪いかもしれぬとの判断から、虐殺は中止。吉本ばなな『体は全部知っている』を少し読む。左頬が日にやける。

四月二十日（金）

夕、H社のS谷さんと新橋、天ぷら屋。焼津の半次[*1]のことなど。気がついたら怪しい気分が去っていた。やでうでしや。

四月二十三日（月）

夜、十人の会。青山フロムファースト地下イタリアンの素敵なムードを粉砕する地獄のアーミー。赤ワイン色のシャンパンが美味。S社K姐の復帰会見。耳がぶち破れて手術、入院のいきさつ、でも大人の女なので騒がない。H谷川やS山や自分ならこうはいくまい。早めの散会。

四月二十四日（火）

古くなった伊予柑に鼻を押し当て、いつまでも犬のようにくんかくんか嗅いでいる。

四月二十六日（木）

舞台用小物を買うという重大な使命をおびて出発。のはずが、まずは原宿にてMさんの個展。本人がいたが、取材を受けているようだったので声をかけずに帰る。ソニープラザにてグレープフルーツの迫真の香りのボディソープを購入。

渋谷で目当てのものはあまり買えず、なぜか「ドンキホーテ」で米を買う。スペイン坂の香水屋で、犬のようにいろいろ嗅ぎすぎて鼻が壊れる。

四月二十七日（金）

午後、門前仲町の天井ホールに明日の仕込みの手伝いに行く。文化祭の気分で小物作成。赤ペンキの入ったペンキ缶と刷毛が、自分でもびっくりするくらいリアルに作れてしまう。みんな風邪をひいている。

帰りの電車でドアに顔をはさまれてブルー。屈辱と痛みに耐えて座っていたらみんながじろじろ見るので鏡を見たら、両目の脇から顎にかけて黒い筋がくっきりついてデビルマン状態。抗議しようと憤怒の形相で最前部の車両からいちばん後ろまで歩くが、車掌の顔を見たとたん急に萎えて降車。ダメージ。

四月二十八日（土）

アリス本番[2]。朝から門前仲町。通し稽古で、みんな急にうまくなる。本番に強いタイプらしい。私は五個ぐらいしかないセリフをあらかたとちり、出のタイミングも間違えたが、いいの。打ち上げて帰る。

帰宅したら、O野さんから「結婚しました」ハガキ、しかもキュートなやつ、が届いていて、腰の蝶番がはずれる。

五月一日（火）

ネット園芸店よりクレマチス（モンタナ・ルーベンスとスノーフレーク）と紅チガヤの苗が届く。農。

五月二日（水）

新百合で農作業。ユニクロではじめてのおかいもの。

Ｇｏｏｇｌｅにて〝小泉純一郎　マシリト[3]〟で検索すると二十一件出る。これは多いか少ないか。

五月三日（木）

Ｙ一家が来るというので早起きして雨の中を買い出しに行く。帰ってきたら「風邪だから来なくなった」と告げられ、脱力。暴れ。疲弊。

五月四日（金）

何度見ても驚いてしまうのは、田中真紀子が会わなかったアメリカのアーミテージ[4]という人。あれは人間じゃない、たぶん何かの塊だ。「鉄拳」にあんなようなキャラがいた気がする。サイボーグで、動くとウィーンと音がするやつ、なんと言ったか、気になる。

午後、大学のアーチェリー部で一緒だったM宅に行く。会うのは六年ぶり。三軒茶屋の首都高に面した十三階建てのペントハウスは夜景が絶。お手製イタリアンも絶。思えば昔から、首都高に面して建つ高いマンションに何か寂しいような憧れを感じてい

1＊ **焼津の半次**　六〇年代のTV時代劇『素浪人月影兵庫』『素浪人花山大吉』（近衛十四郎主演。松方弘樹・目黒祐樹のお父さん）の準主役の名前。品川隆二という俳優が演じていたのだが、役者絵のような見事な鼻の持ち主だった。

2＊ **アリス本番**　翻訳の師匠N先生演出・翻訳塾の生徒たち翻訳・出演で上演された『不思議の国のアリス』。筆者はたまたま遊びに行って、「白いバラを赤く塗るトランプ兵」の役を割り当てられた。

3＊ **マシリト**　正確にはDr.マシリト。鳥山明の漫画『Dr.スランプ』の悪役。

4＊ **アーミテージ**　ジョージ・W・ブッシュ政権の国務副長官。

て、一度はあの中の一室に足を踏み入れてみたいと思っていたが、それが思わぬ形でかなって嬉しい。でもお互い久しぶりで、すこし照れる。

五月五日（土）

またも新百合。新大学生のＳ（従姉妹の息子は何になるのだろう）も来。付き合いで「プロレスどんたく」を観る。名前がかわいくて蝶野が好き。

帰ってからＷＯＷＯＷで『ホーンティング』[*1]を観る。あまりのスカタンぶりに、ヤン・デ・ボンどしちゃったんでポン、とおやじギャグをかまし、くだらなさにオウンゴールとなり力なく就眠。

五月七日（月）

骨ボーンなっとう、というネーミングには何かやぶれかぶれのパワーが感じられる。エキセントリック少年ボーイ、のような。

五月八日（火）

雑誌の書評用に選んでおいた本を読む。が、一つは話があまりに悲惨すぎてギブアップ、もう一冊は文章が悲惨でこれもギブアップ。

五月九日（水）

海の底で傘をさして政治家の訓話を聞く。という夢を見て起きたら風邪を引いていた。

五月十日（木）

粘度ゼロのサラサラ鼻水がとめどなく湧きいずるので、片鼻にティッシュを詰めて暮らす。鏡で見ると、鼻からエクトプラズムが出ている昔の霊媒の写真のよう。

五月十二日（土）

勉強会を休む。無縁な本を読む。

五月十六日（水）

録画しておいた『アイズ・ワイド・シャット』[*2]を観る。肩すかし。でもニコール・キッドマンが美だったので。

五月十八日（金）

夜、一年ぶりくらいに六本木の中華「Ｋ」に行く。ふだん頼まないものを頼んだらとても美味しかったのに、それが何だったか忘れた。

五月十九日（土）

夜、下北沢でミラクルヤング[*3]のライブ。聞き取れた歌詞は〝鼻からソウメン〟と〝お台場の猿〟の二ワードのみだったが、幸せ。T栗ミナコらと居酒屋でレバ刺し。定期的にライブに行くことを誓いあい、散会。

五月二十二日（火）

珍しく短期の締切りが二つ重なって余裕なし。そのうちの小さいほうを何とか片付け、夜、青山のイタリア料理屋で会社の同期のM、Hと。私の頼んだカルパッチョが直径五センチしかなくて怒髪。ソムリエもいけ好かない。ワイン百杯でべろべろ、ののち「H」に移動してグラスホッパーやらピーチツリーフィズやら、軟派な酒を吸う。最後のほう、なぜかカウンターでカップアイスクリームを食べていた記憶がある。

五月二十三日（水）

死。

五月二十四日（木）

まだ頭痛。でも十人の会の幹事なので、夜、幡ケ谷の居酒屋。超モテ女であるKによる、モテ女の生活と意見。全員で謹聴するが、その奥義はやっぱり謎のまま。

五月二十六日（土）

勉強会。後半、ドストエフスキーの「おばあさん」を師匠が脚色したものを数名で上演。不覚にも涙。

メッツの新庄[4*]が出した本、タイトルは忘れたが、帯の「誰もわからん。僕もわからん。」は、とりあえず名コピーだと思う。

五月二十九日（火）

弾丸のような雨。雹（ひょう）が混じっているように見えたので、大急ぎでウンベラータを庇の下に避難させる。ニュース番組をやめて、これからは馬鹿番組を観ることに決める。自分の中に死んだ言葉が溜まっていきそうな気がするから。

五月三十日（水）

ACOの「星ノクズ」のビデオクリップは誰が作っているのだろう。エルンスト＋横尾忠則＋土谷尚武。

1＊『ホーンティング』　リーアム・ニーソン主演のホラー映画。
2＊『アイズ・ワイド・シャット』　スタンリー・キューブリック監督の遺作。
3＊ミラクルヤング　町田康の音楽ユニット。
4＊新庄（剛志）が出した本　『ドリーミングベイビー』、光文社刊。

五月三十一日（木）

久方ぶりに『ａｎａｎ』を買ってみれば、浦島太郎なみのアナザーワールド。だが平井堅のエッセイが意外な収穫。「腹痛をすかさず母にカミングアウト」などという言語センスが。

六月一日（金）

夕、タイ料理屋のRにK、H谷川、もう一人のK、新規参入のこれもKさんと。H谷川は庭に飾ってあるノームの置物を見ると、逆上してその家もろとも破壊したくなるとのこと。それはいったいどんなトラウマ。

六月二日（土）

某誌から電話。提出した書評原稿が水泡と帰したことを知る。

六月三日（日）

夜、テレビで『パラサイト』[*1]。『遊星からの物体X』[*2]を換骨奪胎したB級学園SFホラー。面白かった。

六月四日（月）

私は不治の病に冒されている。「靴下のかかとが甲のほうに回ってしまう」病だ。

六月五日（火）

そうだ、「プロトタイプ・ジャック」[*3]だった。

六月六日（水）

私はもう一つ不治の病に冒されている。「靴下のかかとが歩いているうちに土踏まずに溜まってしまう」病だ。

六月九日（土）

会社同期のMとH来。二時に来て、十時半までしゃべり飲み食う。このメンバーになると、必ずあるタイプの男性群がやり玉に上がるのだが、いいネーミングが思いつかない。とりあえず〝男をたらしこむ男〟と呼んでいるが。

六月十日（日）

H谷川に頼まれた本を読む。

六月十一日（月）

花壇のダンゴ虫撲滅を決意し、毒餌を購入する。それから史上最悪の敵の出現に備え、それ用の武器も購入。いずれも理由は「だって気持ち悪いし」。しかし問題は、そういう武器の表面に倒すべき敵のリアルなイラストが描かれていることだ。怖くて手で持てない。

六月十二日（火）

件（くだん）の毒餌をまく。すごい効き目。「イチコロ」という概念の、完璧なまでのビジュアル化。

園芸とは　殺すことと見つけたり

六月十三日（水）

最近やたらと流れている〝一[*4]生いっしょにいてくれや〟という歌が癇にさわる。〝尊敬しあえる相手と共に成長したい〟だ？　そういうこと言う奴にかぎって無責任で酷薄な極道なんだよ。ヤンキーの結婚式の定番ソングにでもなるがよい。

六月十四日（木）

プレステの「蚊」。誰が買うものか。誰か買わないものか。

六月十五日（金）

夜、E誌のO嬢の手引きで古川橋近くの「A」に行く。古い蔵をそのまま使ったおもしろい店。O嬢は元同僚だが、ちゃんと話をするのはこれが初めて。私が、頭の中で考え事をしている時の一人称が「おれ」であることを告白すると、O嬢も「わし」であることをカミングアウト。がっちりと握手。気づいたら二時。

六月十六日（土）

勉強会。マスカラと本を買う。

六月十七日（日）

父の日なので新百合で家族プレイ。

帰りの電車の中、一分の隙もないビジュアル系青年がやおら携帯を取り出し、「もしもし？　あ俺、いま電話の中なんだけど」と言ったので、車内じゅうの人が吉本新喜劇のようにドタドタと倒れた。

六月十八日（月）

疲れたので仕事を休んでバッテリーチャージ。

1＊『パラサイト』　ロバート・ロドリゲス監督、イライジャ・ウッド主演。

2＊『遊星からの物体X』　ジョン・カーペンター監督、カート・ラッセル主演。

3＊「プロトタイプ・ジャック」　ゲーム「鉄拳」の登場人物。五月四日の問題がここでめでたく解決。

4＊一生いっしょに……　三木道三「Lifetime Respect」の歌詞。

六月十九日（火）

今日もバッテリーチャージ。

「ヘイ彼女、お湯しない?」というフレーズ。

六月二十日（水）

家の近くに潰れたままの中華料理屋があって、そこが大変に美味しい店であったことをつい最近人から聞いた。通りがかりに覗くと、窓の内側にまだメニューが貼ってある。茄子の味噌炒め。ホイコーロー丼。おこげのあんかけ海鮮風。ピーマンと細切豚肉の炒め。チンゲン菜たまご粥。ああ、ああ、二度と食べられないとわかっているものは、どうしてこんなに美味しそうなんだろう。

六月二十二日（金）

夜、ずっと前に再会を誓った女性向けサイトの二人と会う。会わない間にそのサイトもなくなり、TさんもSさんも別のところで別の仕事をしている。ダッカルビをつつきながら、ドイツ系メキシコ人のこと（ものすごく性格が暗い）、江戸城のこと（皇居が江戸城跡であることを知らなかった私）、焼肉屋で着けさせられる紙エプロンのこと（淡い屈辱感）、北方領土返還のこと（あそこに住んでるロシア人がもれなく日本人になったらどうなるのか?やはり日本語を話すのか?「ミナサン、ろしあ語ノ授業ハ今日ガ最後デス」）等々。Tさんは今いる会社をもう辞めるらしい。

六月二十三日（土）

読書の日。

六月二十四日（日）

「起立、礼、着陸」というフレーズ。

六月三十日（土）

勉強会。自己鍛練のために、今まで避けて通ってきた演劇をすすんで観ることに決める。さっそく芝居狂M姐に入門。

七月一日（日）

ビデオで『グリーン・デスティニー』[*1]を観る。血管に竹のエキスを注入されたような快感。チャン・ツィイーは可愛い。

夜、久しぶりにO久保さんと電話で話す。いろいろ話した後で、ついでのように「あ、僕、結婚したんですよ」と言われ、また腰の蝶番が外れる。

七月三日（火）

母「××さん痔が悪いんですってよ」

私「なんでそんなこと赤の他人が知ってるの」

母「××さん秘密主義なのよね」

私「だからなんで秘密主義の人のそんなことを知ってるの」

七月四日（水）

最後の最後まで悪あがき。

七月五日（木）

今までも、これからも、男性のタンクトップ姿を認めるつもりはない。たとえそれが中田英寿であってもだ。

三谷幸喜『オケピ！』[2*]を読む。

七月六日（金）

夜。演劇強化運動の手始めに、青山円形劇場にてケラリーノ・サンドロヴィッチ[3*]『室温』を観る。この期に及んで「たま」[4*]をライブで観ることになろうとは。でも彼らがめっぽう良かった。

七月七日（土）

外は三五度ちかくあるというのに、まだムートンのスリッパをはいている。

ビデオで『マルコヴィッチの穴』を観る。完璧、無敵。全員が中腰で働く会社！　やはり映画館で観るべきだった。

七月八日（日）

あまりの暑さに「ゆふいん」を「ゆるふん」と読みまちがえる。

七月九日（月）

夜、ライターKさんと、下北沢の、二人にとっては行きつけの、しかし何度行っても名前の覚えられない店で飲む。空豆、生タコ刺し、大トロ炙り、ホワイトアスパラ塩茹で、クリームコロッケ、ニョッ

1＊『グリーン・デスティニー』　アン・リー監督、チョウ・ユンファ主演。ワイヤーアクション・カンフー時代劇。

2＊『オケピ！』　三谷幸喜脚本・作詞・演出のミュージカル。この場合はその戯曲（岸田國士戯曲賞受賞、白水社刊）を指す。

3＊ケラリーノ・サンドロヴィッチ　劇作家・演出家。劇団「ナイロン一〇〇℃」主宰。

4＊たま　知久寿焼、石川浩司、滝本晃司、柳原幼一郎から成るバンド。一九九〇年『さよなら人類』でブレイク。二〇〇三年に解散。

キ、あと何だったか、すべて美味だったが目当てのレバ刺し塩はなかった。哀しい話やら身も蓋もない話やら。ブリジット・ジョーンズ[1]の実写版のような人生。三木道三の歌の悪口を言ったところ、彼女はCDを買っていることがわかり、あやうく友情にひびが入りかけるが、二人とも電源が切れてセーフ。

七月十日（火）

午後、発作的にまた下北沢。町じゅうがキャミソール屋になったかのごとし。藁マット剣山ファンデーション団扇スリッパ洗濯ばさみ。安物買いの愉悦。

七月十一日（水）

きのう張り切った反動で、朝から大リーグのオールスター戦を観るなどしてだらける。カル・リプケン[2]が自分と同い年と知って衝撃を受ける。しかし「元祖天才バカボン」の歌を歌ってみればわかる通り、自分はバカボンのパパとも同い年なのだった。

テレビで、みうらじゅんといとうせいこうの『ザ・スライドショー6』を観る。

七月十二日（木）

夜、羽澤ガーデンで十人の会。久しぶりに来てみたら、小洒落たアジアンテイストのビアガーデンに変わっている。前に来た時は紅白の提灯がいっぱいぶらさがっていて、座った席のすぐ横のカラオケセットに蝉の幼虫がたくさんとまって羽化している最中で、そういうものを眺めながらビールを飲むのが楽しかったが。

その後、名前を忘れた英国風パブ。マッシュポテトにウイスキーをかける、ポテトフライに強烈な匂いの酢をかけるなどの不思議な肴。テーブルのガラスの内側にびっしりはさんである名刺の中に知っている人のものがあったので、「奴隷」と書き込んで戻しておく。

七月十三日（金）

佐藤哲也『ぬかるんでから』を読む。大友克洋の装丁が素晴らしい。

七月十五日（日）

新百合。妹のお古の車をもらう。

ビデオで『バトル・ロワイアル』[3]。これを悪く言う人の気が知れない。

七月十七日（火）

高校教師Yとル・シネマで『彼女を見ればわかること』[4]。今年のベストになるかもしれない。『チャーリーズ・エンジェル』といい『マルコヴィッチの穴』といい、自分の中でキャメロン・ディアス株がどんどん上がっていく今日このごろ。アリーでないキャリスタ・フロックハーストも良かった。

七月十九日（木）

いまだに口にするのに抵抗がある言葉。〝マンション〟〝パンティ〟〝Gパン〟〝恋〟。

七月二十二日（日）

今年も翻訳学校の元教え子Yに誘われて「ゲイ・レズビアン映画祭」@青山スパイラルホールに行く。今年で三年目になるが、年々人が増え、レズビアンのカップルたちは年々堂々としてくる。前売りを買わなかったので立ち見。Yが字幕を担当した『スパイシー・ポップコーン』、インド系アメリカ人の監督の作品で、すごく面白かった。ここでしかやらないのはもったいない感じ。Yとは会えなかった。

七月二十三日（月）

毎年この映画祭の日は地獄のように暑い。

〝町田康へたれ追っ掛け隊〟略して〝へ隊〟を自認する面々と、恵比寿ガーデンでトークショーに行く。その後ビヤホール。T栗ミナコの教え子に「男石」さんという人がいるそうで、でも本人は可憐な女子大生。

次回のライブはフジロックで、これには全員が尻込みする。へたれ追っ掛けの面目躍如。

七月二十四日（火）

H誌のTさんと、駅前のしゃらくさい喫茶店で。初対面の人が相手だと、どうしてこうベラベラとしゃべり過ぎてしまうのか。

野中英次『魁!! クロマティ高校』を読む。男子校時代を思い出す。

1＊ブリジット・ジョーンズ　ヘレン・フィールディング『ブリジット・ジョーンズの日記』の主人公。映画化もされた。

2＊カル・リプケン　元ボルチモア・オリオールズの内野手。二六三二試合連続出場の記録を持つ。

3＊『バトル・ロワイアル』　深作欣二監督、藤原竜也主演。

4＊『彼女を見ればわかること』　ロドリゴ・ガルシア監督。五人の女性の人生を描くオムニバス。

七月二十五日（水）

吉田戦車『学活!! つやつや担任』を読む。ちょっと煮詰まっている気がする。

七月二十六日（木）

長尾謙一郎『おしゃれ手帖』を読む。お下劣。好き。

七月二十七日（金）

この日記をHP上で公開する打ち合せと称して、H社S谷さんと麻布十番焼肉。しかしこの打ち合わせ、何度もやっているが、いつも飲み食いに気を取られて何も決まらない。

七月二十八日（土）

山本英夫『殺し屋1（イチ）』を読む。苦手な世界と絵。

七月二十九日（日）

朝、投票に行ってから、昼、中高女子校の小規模同窓会。三十人が十年も会わないと、みんないろいろだ。サーファーだった人がBBCの同時通訳者になっていたり、バンドをやっていた人がダンプの運転手になっていたり、小学生の息子がプロのハモニカ奏者だったり、気弱ではかなげだった人が北陸で肝っ玉女将になっていたり。しかしこの日の大賞は、小泉純一郎の政党を知らなかったKがかっさらう。私が入れた候補は箸にも棒にもかからなかった。

七月三十日（月）

夜、作家Nさんの肝入りで、渡米するT甲の送別会。Nさんの夫はなぜか前歯が一本欠けている。他に編集者のAさんやイラストレーターで私の元同僚のS、T甲の同級生など。旅立つことの不安と危険をイメージした凶悪な花束を渡したら、泣き笑いのような顔をされた。

七月三十一日（火）

午後、ふだん十人の会でしか会わないH谷川と、珍しく仕事の打ち合わせ。食べながら話して、気がついたら三時間ちかく経っている。仕事の話はそのうち三十分ぐらいで、あとはH谷川が子供のころトカゲの尻尾ばかり瓶に入れて収集していた話など。『ちゅらさん』[*1]の話をするのを忘れたが、それを始めていたら夜までかかっただろう。

八月一日（水）

元教え子Iが面白かったと言っていた「S」という劇団のチケットを取ったが、Iは「無茶苦茶つまらなかった」と言ったのを私が「面白かった」と勝手に間違って記憶したのであって、Iに「マジすか?」と呆れられる。追い打ちをかけるように、別の元教え子Eからも〝Sのチケット取っちゃったんですか? 先生、やってもーたね〟というハガキ。自分の「結婚しました」ハガキの余白に書くぐらいだから、きっと余程のことなのだろう。

小野塚カホリ『花粉航海』。香水と煙草の香りのする年上のおねいさんの世界。

八月二日(木)

古屋兎丸『Marie の奏でる音楽』。変態ではないほうの兎丸。

八月三日(金)

イトウセイコ『ダウン系3』。2から間があいてしまった。もう五年早く読みたかった。

八月四日(土)

WOWOWで『フラットライナーズ』[2*]。臨死体験の話。でも西洋的な教訓臭がプンプンで楽しめなかった。

八月五日(日)

下北沢の駅のホームに立つたびに気になる看板、〈波平レディス・クリニック〉。たぶんそう読むんじゃないとわかっていても、頭の中に「波平、はじめての乳ガン検診」とか「波平、妊娠騒動」などの偽サザエさんタイトルがつぎつぎ浮かんでしまい、苦しい。

八月六日(月)

あす大学時代の友人Rが九州から出てくるので、ケイト・ブッシュの『Never for Ever』を聴くなどして気合を入れる。

八月七日(火)

夜、Rと渋谷。Rも前日『Never for Ever』を聴いていたことが判明。彼女とは昔からこういうことが多い。誕生日も一日違いだし、Rの息子と私は誕生日がいっしょ。

1* **『ちゅらさん』** NHKの連続テレビ小説。沖縄を舞台とし、主演は国仲涼子。タイトルは沖縄の言葉で「美しい」の意。
2* **『フラットライナーズ』** ジョエル・シューマッカー監督、キーファー・サザーランド主演。

最近、店で〝はずす〟ことが多い。前に行っておいしいと思ったところに人を連れてまた行くと、なぜか全然おいしく感じない。この日の韓国料理屋もそうだった。

八月八日（水）

「フジ子ヘミング」[*1]という単語を放置しておいたら、いつの間にか「ヘミ子フジング」になってしまい、もう元に戻らない。

八月九日（木）

町田康『土間の四十八滝』。

八月十日（金）

「一姫二太郎三なすび」というフレーズ。

八月十一日（土）

夜、S社のKちゃんと待ち合わせて、A座上さん宅で花火見物。他に数名、去年とだいたい同じ顔ぶれ。飼いはじめたばかりの黒パグを見せてもらう。今日もまた編集者Nさん絶好調。アメリカのディズニーワールドに行き、石ころ一つにいたるまで作り込まれた人工世界を見るにつけ、日本の〝見立ての文化〟（レストランの壁にソンブレロ一つ飾って〝サンタフェ風〟とする）を思った、という話。

花火そのものは、今年は風向きが悪く煙で半分隠れてしまっていた。

八月十二日（日）

午後、元同僚MとH来。ベランダで鉄板焼きをしたら楽しかった。二人が買ってきてくれた石井の肉の威力絶大。その後室内に移動し、いつもの飲んだくれ。

八月十三日（月）

夕方、原宿の「オリエンタルバザー」に金魚鉢を取りにいく。

八月十四日（火）

ビデオで『コヨーテ・アグリー』[*2]。もっと毒のある映画かと思ったら、ど直球さわやか青春映画。一杯くわされた。

夜、ニュージーランドに留学中のTが緊急帰国。二、三日泊めることにする。

八月十五日（水）

ビデオで『リトル・ダンサー』[*3]。十二歳の主役の男の子の色香にくらくらする。標本にしたくなるようなきれいな骨格。今年のベストか？
　フィットニアと鉢を買う。

八月十六日（木）

　ビデオで『初恋のきた道』[4]。ライターKさんいわく〝チャン・ツィイーのプロモーションビデオ〟。でも、そこがいいの。

八月十七日（金）

　一つくらい夏らしいことをしようと思い立ち、葛西臨海水族館に行く。マグロの顔は一つひとつかなり違う。中に一匹、顎のしゃくれたすごい凶相のやつがいて、「ハマコー」と名付けて贔屓にする。マグロの群れの中になぜか一匹混じっているウミガメも気になった。
　時間がなくて熱帯植物園に寄れなかったのが心残り。

八月十八日（土）

　午後から十人の会の面々が来る。S山、Kさん、Mさんとベイベー、Kちゃん、Jちゃん、遅れてH谷川（二日酔い）、K姐。唯一の得意料理であるところの牛タン塩釜蒸しを作成。H谷川が鍋持参でパエリアを作る。うまくできたとわかるや急に強気になり、酔っぱらってゴーヤーマン人形をひけらかすなどする。夜、家の前の道に出て花火見物。S山は「もしも三億円当たったら全部打ち上げ花火に使いたい」。

八月十九日（日）

　誰ともなく、「今日で夏が終わったね」と言う。
　夕、上町でメダカ五匹を購入。二匹を金魚鉢に、三匹を外の鉢に入れる。

八月二十日（月）

　ビデオで『僕たちのアナ・バナナ』[5]。これといって感想なし。

1＊**フジ子ヘミング**　「フジコ・ヘミング」はピアニスト。
2＊**『コヨーテ・アグリー』**　デヴィッド・マクナリー監督、パイパー・ペラーボ主演。
3＊**『リトル・ダンサー』**　スティーヴン・ダルドリー監督、ジェイミー・ベル主演。
4＊**『初恋のきた道』**　チャン・イーモウ監督、チャン・ツィイー主演。
5＊**『僕たちのアナ・バナナ』**　エドワード・ノートン監督・主演。

八月二十一日（火）

外のメダカ、謎の全滅。白いモヤモヤが出ていて気持ちが悪い。

八月二十二日（水）

煩悶。

八月二十三日（木）

引き続き煩悶。

金魚鉢のメダカも一匹死に、とうとう残り一匹となる。私の何がいけなかったのか。餌も正しくやったし水も替えたのに、なぜそう当てつけがましくバタバタと死ぬ。そっちがそう出るならこっちにも考えがある。残りの一匹にはもういっさい愛情をかけず、「なんだ、まだ生きてたのか」くらいの冷淡な気持ちで接し、名前も最悪な名をつけ、薄幸のメダカとして育てることを決意。ビチビチとやたらはねまわるので、醜名（しこな）を「ビチの介」と定める。

八月二十四日（金）

煩悶も時間切れとなり、観念して提出。

ビチの介、ビチビチと元気。

八月二十五日（土）

遠いところまでボンゴレスパゲティを食べにいく。

筒井康隆『驚愕の曠野』再々読。

夜、ビデオで『写真家の女たち』[1*]。ここまで非の打ち所のないスカタン映画は久しぶり。こんなものを金を出して借りた自分を呪う。

八月二十六日（日）

一族郎党来、総勢九名で飲み食い暴れ。

八月二十七日（月）

白血球が主人公の映画！

八月二十八日（火）

夜、江戸川橋でH社S谷さんK山さんと生肉を食らう会。私はなぜか飲む前から酔っており、改札で待ち合わせたあたりですでに記憶が飛んでいる。当然、はやばやと轟沈。飛び飛びの記憶の中で、ヤンキーの定義について力説していたりする自分。女王様にでもなったつもりか。

八月二十九日（水）

昨日の結果。K山さんは寝過ごして磯子、S谷さんは腹くだし、そして私は自己嫌悪。

夕、発作的に下北沢に行く。買ったもの、ふざけた袋、グレープフルーツ匂いのバスジェル、「水」というお香。買わなかったもの、夏木マリのCD、トレヴァー・ブラウンの画集、ラバライト、「絹」というお香。

『においカミングアウト』[2*]を立ち読みしたら、自分が以前カミングアウトしたものも載っていた。でも文章を微妙に変えられていて、なんだか傷ついたので買うのをやめる。

八月三十一日（金）

夜、ライターKさんと本多劇場にて件の劇団S。三時間後、土下座してKさんに詫びる自分がいた。つまらなさについての覚悟はできていたものの、こうまで長いとは。肉体と精神の拷問。当然の流れとしていつもの店で酔っぱらい。帰りのタクシーの中で、運転手が「歌舞伎町で大きな火事があったらしい」と言うのを聞きながら気絶。

九月一日（土）

夕、池袋西武に行き、書評用の本を漁る。散財。「Y」でカレーを食べる。

九月二日（日）

喜国雅彦『傷だらけの天使たち』正・続。

九月三日（月）

永遠の少年（笑）。

終わらない夏休み（笑）（笑）。

九月四日（火）

夜、演劇の師匠M姐と下北沢スズナリにてケラ・マップの『暗い冒険』（北プロ）。面白かったが、こうなると南プロも観たくなる。

九月五日（水）

首相の息子がビールのCMでデビュー。という画面で私の目を釘付けにしたのはしかし、彼の隣にひっそり立っていたかつての同僚A課長（もう今は課長じゃないだろう）だ。残業しながら「あああ俺

1＊『写真家の女たち』　オードリー・ウェルズ監督、サラ・ポーリー主演。
2＊『においカミングアウト』　林雄司編、光進社刊。ネットに投稿された「恥ずかしくて人には言えないけれど好きなにおい」を集めて書籍化したもの。

は3Mだ、モースト・ミゼラブル・マネージャーだ」と喚いていたA課長。今もまだ手当てのつかない残業をしているのだろうか。

夜、十人の会。作家Mさん幹事で谷中「T」。ニラ玉とろろ豆腐さんま刺身タコ柔らか煮かにサラダ青柳かつを刺身親子丼うなぎおこわあんかけ、すべて超美味で昏倒。その後谷中のいい店めぐりをして、珍しく大人の晩。「T」というバーでMさんが『越冬つばめ』、S山が『北の蛍』を歌う。

この会で毎回かならず絶賛される男性が一人いる。ペタジーニ[*1]だ。

九月六日（木）

午後、一人で『セツアンの善人』。睡魔と尻との闘い。出演者のほとんどをカタコト日本語の外国人にやらせる、という演出に何か意味はあるのだろうか。

夜、赤坂のタイ料理屋「R」。同じ会社にいた頃は互いによく知らなかったのに今は仕事&飲み仲間、というおもしろさ。

九月七日（金）

朝、メルマガの占いで「きょうは何となくツイてない一日。足の小指を角にぶつけるなどするでしょう」と言われ、終日嫌な気分で過ごす。

九月八日（土）

夜、Kさんと円形劇場にて『欲望という名の電車』。ブランチ役の篠井英介がすごくうまかったのだけれど、「男性でもこんなにできるんだ」というところに気が行ってしまい、ブランチの狂気のグラデーションがあまり味わえなかったおのれの未熟さを反省。

九月九日（日）

今週はいくら何でもやりすぎだった。或阿呆の一週。終日虚脱。

九月十日（月）

窓を開けたらすぐ目の前に巨大な竜巻があり、あっと思った瞬間に家と体の中を吹き抜けていった。深みのないのっぺりした乳灰色が、サメの目のように無邪気で恐ろしかった。台風前の豪雨のなか窓を開けて昼寝をしたせいだろうが、センサラウンド方式のリアルな夢。

三浦俊彦『エクリチュール元年』の、読みそびれていた最後の一篇を読む。

九月十一日（火）

前回の台風は評判倒れだったが、今回の台風はよく職務を全うしたようだ。

夕、雨がちょうど上がった中を、土谷尚武[*2]展『キャー！』を観にいく。天才です。どこまでもついて行きます。画集を買う。

その後H社S谷さんと飲食。真面目な話をしていても、けっきょく行き着くところは体毛のこと。渋谷の古バー「G」で、こちらのツボを直撃するような懐かしい曲が次々かかり、イくまいと必死にこらえる。私たちがなかなか気をやらぬのに業を煮やしたか、店側『ホテル・カリフォルニア』[*3]『ノー・ウーマン、ノー・クライ』[*4]などの反則技を矢継ぎ早に繰り出し、そうなるとこちらもむきになって、いよいよ歯をくいしばって耐える。昔こんなようなマンガがおじさんの夕刊紙に載っていた。アザラシとかペンギンとかくノ一とかが出てくる。

ほろ酔い気分で帰宅したら、海の向こうで火の手。

九月十二日（水）

一日中やたら眠く、やたら喉がかわき、うつらうつら寝たり起きたり水を飲んだり、合間にテレビをつけるといつも同じ映像が流れていて、時間が止まってしまったようだ。

九月十三日（木）

持ち歩いている化粧ポーチの中に、封の開いた「シマヤだしの素」の小袋が入っている、という悪夢。

九月十四日（金）

Sさんよりエドワード・ゴーリーの『不幸な子供』をいただく。子供がどんどん不幸になって最後に野垂れ死ぬ、という話なのに、なぜこんなにも爆笑してしまうのか。

1＊ペタジーニ　ヤクルトスワローズ、読売ジャイアンツ等に所属した野球選手。愛妻家として知られ、夫人のオルガさんは二十五歳年上。
2＊土谷尚武　イラストレイター。岸本佐知子著『気になる部分』のカバーイラストを描いた人。
3＊『ホテル・カリフォルニア』　イーグルスの曲。
4＊『ノー・ウーマン、ノー・クライ』　ボブ・マーリィの曲。

九月十五日（土）

不治の病は尽きない。「必ずボタンのぶらぶらした服を買ってしまい、取れたそのボタンを放置したあげくに失くしてしまう」病もその一つだ。

九月十六日（日）

無限の正義（笑）。

向田邦子『隣りの女』。巧すぎて怖い。

九月十七日（月）

夢。私はイタリア人の若い男で、大金持ちのマフィアの父親に強度のファザー・コンプレックスをいだいている。父に好かれようと白い毛皮の上着を着てみせるが、父は「最悪だ」と言い捨てて私以外の兄弟を連れて食事に行ってしまう。私は父が大事にしていた中国の壺を川に投げ入れ、泣きながら母親にすべてを打ち明ける。情婦あがりで婀娜（あだ）っぽい、本当には血がつながっていないかもしれない母親は、それでも「マンマ！　マンマ！」と号泣する私を困ったように慰めてくれる。

貞本義行『新世紀エヴァンゲリオン6』。乗り掛かった船。

九月十八日（火）

夜、敵（小）と遭遇、白兵戦の末、殲滅。決死の残骸処理。

九月十九日（水）

朝、またしても敵（小）発見、迫撃砲で応戦するも痛恨の弾切れ、目標喪失。すぐに武器補充に走る。

夜、銀座で先輩Yさんの快気祝いパーティ。ギョーカイの偉い人ばかりで緊張する。久しぶりにS社Tさんと会うが、彼の名刺に「奴隷」と書いたことは言わない。

反社会的なことがしたくなり、アイクリームを踵（かかと）に塗って眠る。

九月二十日（木）

武蔵丸のばか――！

九月二十一日（金）

午後、お隣りのHさん来。いろいろな本の話、とりわけゴーリーの『不幸な子供』で盛り上がる。残雪の本をお貸しする。

阿佐ヶ谷スパイダースの[*]『日本の女』を予約する。

九月二十二日（土）

書評用に選んでおいた本を読む。ひとつは高尚すぎて三ページともたず、もうひとつは文章にイライラさせられ、三つ目のフランスの小説がやっと当たり。ただ、ひとつひどく気になることに、中に出てくる日本料理屋の名前が「オシリ」というのだ。何度目をこすって見ても「オシリ」。せっかくよくできた料理小説なのに！

九月二十三日（日）

夕、発作的に新宿に行く。溜まっていたブラウジング欲を一気に晴らす。紀伊國屋の石屋に寄らない。安田弘之『紺野さんと遊ぼう』[2*]。おお、こいつはお薦めですよ、S谷さん！

九月二十四日（月）

この三連休の最大の目標は金魚鉢の水を替えることだったが、それもままならぬまま日が暮れる。

九月二十五日（火）

夢。友人（ということになっているが見知らぬ人）が「自分はガンだ」と告白すると、それを聞いていた自分の髪がごっそり抜ける。

九月二十六日（水）

また季節の変わり目で気分が怪しい。このあいだから「甘いものを煮る」という考えに取りつかれていて、栗やサツマイモのことで頭がいっぱいになり、ついに夜中にイチジクのジャム作りを決行。作り方も知らないのに。

この俺が、ジャムを。

九月二十七日（木）

午後、急に頭の中でランナウェイズ[3*]の『チェリー・ボム』が鳴り出し、それとともに①ランナウェイズのボーカルの子は『奥様は魔女』にタバサ役で出ていたという噂があったこと、②『チェリー・ボム』が最初『処女爆弾』と訳されていたこと、③中学の

1＊阿佐ヶ谷スパイダース　長塚圭史主宰の演劇プロデュースユニット。

2＊『紺野さんと遊ぼう』　ヌードの出てこないエロ漫画。太田出版刊。

3＊ランナウェイズ　七〇年代後半に活躍した女性だけのロックバンド。ボーカルのシェリーは下着にコルセットとガーターベルトというファッションだった。

ころ軟式テニス部で私とペアを組んでいたTちゃんが「ガールズ」というバンドを結成して下着姿で歌っていたこと、などを次々と思い出して仕事が手につかなくなったので、渋谷に逃げて土谷尚武『キャー！リミックス』を観る。また画集を買ってしまう。

九月二十八日（金）

朝、覚める直前に「ば山」という山の夢。高さ五メートルほどで円筒形、茶色い毛で覆われていて正面に扉がついている。それが「ば山」。

夕方、きれいな夕焼けの中をコウモリが乱舞するのを眺める。平和な一日。

九月二十九日（土）

勉強会。ブレヒト、『卒塔婆小町』、テネシー・ウィリアムズ。私はどうやら師にはめられたらしい。

九月三十日（日）

これでまた浅黒い人たちをいっぱい殺せるねカウボーイ。

十月一日（月）

苦吟。十人の会、無念のリタイア。

十月二日（火）

午後、棚の上の物を取ろうとしたら、敵（大）が降ってくる。これがテロでなくして何であろう。走って別室に迫撃砲を取りに行き素早くヒット、敵、完全に沈黙。とはいえこちらも精神的被害甚大、午後じゅう寝込む。惨劇とはこのように雲一つないうららかな日に起こるものだと知れ。

夕方、武器補強の必要性を痛感、近所のホームセンターに赴いて予備の迫撃砲および地雷二種を購入。憎むべきはテロ。

十月三日（水）

昨日のトラウマ癒えぬまま苦吟提出。もう棚のものなんか取らない。終日虚脱。

十月四日（木）

いつまでもこうしてはおれぬので仕事復帰。このロスをどうしてくれよう。

十月五日（金）

仁王立ちでベランダを眺めながら、球根植えのイメージトレーニングをする。

面倒なので汲み置きでない水を入れたら、ビチの介、急にビチビチしなくなる。死ぬの？

十月六日（土）

夕、ガーデンシクラメンを植える。

ビチの介は底の方でじっとして動かない。餌も食べない。

夜、ＷＯＷＯＷで『五条霊戦記』[1＊]。浅野の無駄づかい。

十月七日（日）

新百合で入魂の農作業、球根を二百個近く植える。しかし肝心のチューリップを深く埋めすぎてしまい、先行き不透明。

十月八日（月）

午後、Ｍ姐、元教え子Ｉ、Ｅと吉祥寺で落語。トリは春風亭昇太だったが、私には講談の神田北陽という人が面白かった。

夜、ＷＯＷＯＷで『ザ・ビーチ』[2＊]。なんだか杜撰な感じ。それに何なのだ、このラストの強引な爽やかさは。

十月九日（火）

ビチの介、底のほうで斜めになって体も白っぽく、全身で〝死にかけ〟を表現しているので、死に水のつもりで水を替えてやったところ、ふたたびビチビチしだす。そんなに水道水が嫌だったのか。

蚊を生け捕りにした場合の作法。

①まず熱い息をかけて弱らせる。

②羽をちぎって逃げられなくする。

③足もちぎって頭と胴体だけにし、それを腕に載せて「ほーれほれ、好きなだけ吸っていいぞ」と言う。

④殺す。

十月十日（水）

一日じゅうきれいな雨。蛙との合成人間である自分にとっては命の糧（かて）。

十月十一日（木）

某情報番組で〝甘え上手と甘え下手〟というテーマをやっていた。実験と称して、七歳くらいの女児二人に、家から遠いところにあるスーパーに、子供

1＊『**五条霊戦記**』　石井聰亙監督、浅野忠信主演。

2＊『**ザ・ビーチ**』　ダニー・ボイル監督、レオナルド・ディカプリオ主演。

にはとても持ち切れない大きさの買い物を命ずる。〝甘え上手〟のほうの子供（名前は忘れた。こまっしゃくれた女児）は、さっさと道を人に訊き、売り場の場所も訊き、店員に荷物を持たせ、帰りはちゃっかり見知らぬ親切な大人に家まで荷物を運んでもらう。対して〝甘え下手〟の「萌香」は、道に迷っても誰にも訊くことができず、べそをかきながら四十分もかかってスーパーに到着、売場でまた迷い、すべての荷物をひきずりひきずり、半泣きで〝甘え上手〟の三倍以上もかかって家に着いた。がんばれ萌香！　甘え上手なんかになるな！　萌香の人生のほうが百倍味わい深いぞ！　落ちつけ自分！

十月十二日（金）

私は不治の病に冒されている。「電車で席に座っていると、向こうのほうから空き缶がコロコロ転がってきて、それがどんなに遠くから転がってきた缶であっても、必ず自分の足に当たって止まる」病だ。

十月十三日（土）

下北沢「I」で支那そば。ラピスラズリ。

十月十四日（日）

ビデオで『スナッチ』[*1]。ああ楽しい。

念願のヒヤシンスを鉢に植える。ビチの介、完全復活。

十月十五日（月）

夜、ビデオで『カウボーイビバップ1』[*2]。

昼、ふと見たらビチの介、腹を上にして底のほうに沈んでほぼ死んでいるので、ダメもとで水を替えたら生き返る。舐められているのかもしれない。

十月十六日（火）

秋晴れ。自分なんかより「液体ムヒ」のほうがよっぽど価値があると思う。

十月十七日（水）

夜、A社Sさん、Nさんと下北の沖縄料理屋にて。気に食わない古書店の店主をいかに完全犯罪に見せかけて殺すかについて。「フェロモン研究会」の結成。〝研究〟などしているようでは一生ダメだということ。夢の話。等々、盛り上がる。Nさんが沖縄で作ったというシーサーの面を見せられるが、あまりに迫真の出来で後ずさりする。

十月十八日（木）

「どちらも凹凸つけがたい」というフレーズ。

「皮なし芳二」というフレーズ。

十月十九日（金）

夜、一人で世田谷パブリック・シアターに行き、「遊◎機械／全自動シアター」の『ラ・ヴィータ』を観る。遅まきながら、「高泉淳子[3*]ってすごいすね」。

十月二十日（土）

午前中、百年ぶりに伊勢丹に行き、靴を購入。他にもいろいろと欲しいものがあったが、般若心経を唱え、太腿に包丁を突き立てて耐える。

十月二十一日（日）

ビデオで『風花[4*]』。蛙で始まり蛙で終わる、というだけでも充分幸せだというのに。絶対に今年のベスト。もう年内いっぱいは映画観ない。

十月二十二日（月）

ダニエル・スティール[5*]の性別を知らなかったのは私だけですか。

十月二十三日（火）

新百合のＨＭＶで元ちとせのＣＤを買う。

三家族入り乱れ飲み食い。

十月二十四日（水）

アサガオを引っこ抜き、球根を植える。農の血がたぎる。

ＷＯＷＯＷで『フォー・ウェディング[6*]』。

1＊『スナッチ』　ガイ・リッチー監督、ベネチオ・デル・トロ、ブラッド・ピット主演。
2＊『カウボーイビバップ1』　渡辺信一郎監督のＴＶアニメ。劇場版もあり。
3＊高泉淳子　女優、劇作家、演出家。
4＊『風花』　相米慎二監督、小泉今日子、浅野忠信主演。
5＊ダニエル・スティール　アメリカの作家。女性。
6＊『フォー・ウェディング』　マイク・ニューウェル監督、ヒュー・グラント主演。

二〇〇二年

四月一日（月）

理由もないのに一睡もできず。

H社S谷さんにあてた「いやー、きのうは酔っぱらっちまったーい！　ビバ！　濁り酒！」みたいな内容のアホ馬鹿メールを間違って同業大先輩Oさんに送ってしまい、即死。馬鹿のふりをして「春風の悪戯でしょうか？」的なフォローのメールを入れ、傷を深める。Oさんからは「エイプリルフールかと思いました」という優しい返礼門院。

苦吟の締切りは明日だというのに、隣家から工事の爆音。

四月二日（火）

腑抜け二日目。苦吟を放置プレイ。そんなことをしても何の解決にもならない。

日経新聞の、松浦寿輝の猫喪失の記（怪我をして動けず寝ていたら、枕元に「栄養をつけろ」とばかりにネズミを置いてくれた、云々）を読んで泣く。

最高気温二五度の日。

四月三日（水）

朝、ひさびさの富士が白い。

苦吟、最後の最後まで悪あがき。

夜、正座してオカルト番組を視聴。オゴポゴが出てきた段階でもう駄目な番組だとわかる、この無駄な鑑識眼。でも岡山の一家失踪事件をサイコメトラーが透視する、というコーナーは面白かった。

四月四日（木）

今朝も白富士。

スイセン、ムスカリ、パンジー、ビオラ、ギボウシ。わはははは。

四月五日（金）

夕方から月島にて練習。もう自分は死ぬ。

元教え子I、このあいだ柿の種を食べていたら、一つ異常に大きな柿の種を発見して、思わず横に煙草の箱を置いて写真に撮ったという話。ギネスに申請できるのではないかと言ったら、悲しそうな顔をされる。食べたのか？

四月六日（土）

本番の日。六時起き、家に帰ったのは深夜十二時。生涯で三番目ぐらいに疲れた日。いや七番目くらいかもしれない。帰りの電車、「あ、駅に着いた」と思った瞬間に気絶し、目が覚めたら次の駅だった。

四月七日（日）

終日虚脱。一旦起きるものの、三時から八時半までまた気絶。

今日やったことといえば、お風呂に入ったことと、ビチの介の水（腐）を換えたことぐらい。

四月八日（月）

頭痛、肩凝り、樋口一葉で話にならず。仕事を始めたのは夕方の五時。サロンパス。

初アゲハ、初コウモリ、初蚊。蚊？

四月九日（火）

小指に怪我をしたのでバンドエイドを貼っているが、気がつくと少し湿ったそれを鼻の下にもっていき、くんくんと嗅いでいる。こういう仕草をやめないかぎり、永遠に大人の女とは認定されない。

裂帛のギボウシ苗注文。

四月十日（水）

午後、N先生、T栗ミナコ、R子ちゃんとパルコ劇場にて美輪明宏『葵上／卒塔婆小町』を観る。セリフを全部覚えてるって何てすごいんだろう。

夜、すべての料理が焦げる。

四月十一日（木）

某デパートから来たダイレクトメール、めくると中が桜餅の匂いで、捨てたいのに捨てられない。

痛恨のクレマチス〈フロリダバイカラー〉品切れ。

四日十二日（金）

清らかな育児雑誌に『クチュクチュバーン』[1*]の評を書く。という天邪鬼に罰が当たり、朝の四時まで呻吟。

フラフラのまま病院。空腹でさらにフラフラになり、下北沢「I」でラーメン。昇天。

いつもの店で激しく選定したのち、安パンツ二枚購入。これをやるのは、たいてい疲れが溜まってい

1＊『クチュクチュバーン』 吉村萬壱著、文藝春秋刊。

るとき。

四月十三日（土）

小さい小さい小さい原爆が欲しい。[1] キノコ雲の直径約三センチの。

ニュージーランドから帰ってきたT、来。しゃぶしゃぶ肉は少し硬かった。

阪神ファンである元同僚Mに「祝・マジック128点灯」メール。

四月十四日（日）

小指の怪我をしたところを何度も何度もぶつけて痛い。ＩＱが低い。

アマゾンから届いた本が興味深いので、Ｔは野放し。そばを食べたいと言うので駅前の「Ｍ」で鴨せいろ。Ｔを見送り、五時から七時まで気絶。

夜、元教え子Ｙのレジュメ拝見。

四月十五日（月）

どこもかしこも緑色で嬉しい。うっかり真冬に生まれて悔しいので、死ぬ時くらいはこの季節でお願いします。

Ｓ社Ｔさんと五年ぶりぐらいに話す。

四月十六日（火）

強風。

キッチンはアイランド型、エントランスにはシンボルツリーを植えるのが夢です。けっ。

四月十七日（水）

ひきつづき強風。窓の外の木の揺れを見ていたら船酔いになる。

日本対コスタリカ戦。０‐１で勝っていたのに、テレビをつけた瞬間に同点にされる。さすが自分。

四月十八日（木）

ポカポカ陽気に調子にのって薄着をしたら、あっと言う間にくしゃみ百連発。

四月十九日（金）

熱っぽい。喉痛い。頭痛肩凝り。断腸のミラヤン・[2]ライブ放棄。生まれて初めてチケットをドブに捨てる。

四月二十日（土）

三九度。

何も食べられない。

四月二十一日（日）
もろもろ日延べの申し出。
四月二十二日（月）
やっと体が垂直になる。
粥をすすりながらジェフ・ベック[3*]のかっこよさについて考える。
四月二十三日（火）
仕事再開。何もかも逼迫。
四月二十五日（木）
半分ゲル状のまま秘密のタイ料理屋Ｒに。
Ｓ山の最近の三大興味は大神源太、鈴木宗男、韓国不審船。「大神源太」のところでがっちりと握手。
私がひさびさに「穴吹工務店」のＣＭの変態性について熱弁をふるうと、Ｓ山の同僚女性が「カルキング」のＣＭの異様さについて指摘。がっちりと抱擁。
四月二十六日（金）
うちの冷蔵庫に入っている「うるおい卵」。嫌なネーミングだ。
四月二十九日（月）
石原慎太郎とジリノフスキー[4*]と、一体どれほどの違いがあるというのか。
四月三十日（火）
Ｋ社Ｓさんと新宿で会い、原稿を渡す。五年がかり。
今日で閉館の映画館でヤクザ映画を観るというＳさんと別れた帰り、紀伊國屋前の交差点にアラーキー。ショッキングピンクのＴシャツ。後で聞いたらＳさんもヤクザ映画館で遭遇したらしい。
七月二日（火）
母来、ビチの介が大きくなったと言って驚く。ア

1＊小さい小さい小さい原爆　本文とは関係ないが、山上たつひこの漫画で、クジラを品種改良で小さく小さくし、生きたまま醤油をかけ箸で数匹つまんで食べるという話があった。クジラのおどり食い。
2＊ミラヤン　ミラクルヤング（前出）の略。
3＊ジェフ・ベック　ギタリスト。一九四四〜二〇二三年。何歳になっても演奏は衰えず、髪型・体型・ファッションは変わらず、顔の皺だけが増えていった。
4＊ジリノフスキー　ウラジーミル・ジリノフスキー。ロシアの政治家。過激な右翼的言動で知られる。

ロワナ化計画は着々と成果をあげているようだ。だがまだ道のりは遠い。もっと上を目指すのだビチの介。夜空にひときわ明るく輝く星、あれがアロワナの以下略

七月三日（水）

K社Sさんにメールで送った献本リストを後で見直したら、「代田」が「抱いた」になっていた。そんな住所はない。あわてて訂正のメールを出したが、そのメールを後で見直してみたら、自分の名前が「幸男」になっていた。プチ鬱。

七月五日（金）

夕、池袋ジュンク堂にてNさんと公開対談。このところ、ライブで痛い目にあいつづけてきたので緊張するかと思ったが、Nさんの熊さんマジックで逆にぐにゃぐにゃにリラックスしすぎ、愚かしいことを言い散らす。千円も払って見にきてくれたみなさん、ごめんなさい。私は楽しかったです。

二次会に懐かしのWさん来。急に大人っぽくなっていて一瞬わからなかった。もうすぐアメリカに留学するという。会はその後四次会ぐらいまで続いたらしいが、私は胸の赤ランプ点灯でお先に失礼する。

七月六日（土）

新百合に赴き、スカパーの『トルシエTV』を録画する。何とでも言うがいい。

七月七日（日）

アマゾンで目星をつけてものすごく楽しみにしていた本が届くが、読んでみると内容が病気だ。私はだいたいいつもこのパターン。

七月八日（月）

夕、ストレスがたまるといつもパンツを買いに行く下北沢の例の店で、元教え子Yとばったり会う。照れてパンツが買えなかった。

帰りの電車の中で、女子高生らしき三人組の一人が、昔お父さんの運転する車で高速を走っていてドアから外に転げ落ちた、という話をしていた。「なんか頭、いまもへこんだままでさあ」「それってマズくない？」「えー、そっかなー」

七月九日（火）

歩道を歩いていたら、後ろからチリチリしつこく鳴らす自転車。ムカついたのでどかなかったら、横

に並んできて「どけよ、こっちは鳴らしてんだからよ」と裏返った罵声を浴びせかけられる。小洒落た自転車に乗った、日焼けの汚い男だ。ふふふ。ふ。どうやら儂を怒らせたようだな。腰に帯びたるこの斬鉄剣、貴様のごときウジ虫に使うは業腹なれど以下略

七月十一日（木）

今の自分の不幸は、すべて猫が飼えないことにある。ああ猫が飼いたい。それが駄目なら猫に飼われたい。

七月十二日（金）

完全引きこもり。

「自虐テロ」というフレーズ。

七月十三日（土）

夕、谷中の、L社Iさんが引っ越したあとの空き部屋で謎のバーベキューパーティ。外壁がびっしり蔦で覆われ、窓からも侵入している秘境アパート。元同僚Sが子連れで来ていた他は、知らない人ばかり。たまたま隣にいて話をした姉妹から、去年六本木のオープンカフェでフィリップに「隣に座っていいか？」と訊かれたのに、誰だか知らずに断ったという話を聞く。ああもったいない。というかサッカー日本代表の監督の顔をなぜ知らぬ。というかナンパをするな。

その後、銀座の居酒屋にて、N先生の暑気払いの会。

家に帰って鏡を見たら、ズボンの尻のあたりに直径二センチほどの白丸。匂いをかいだら歯磨きだ。なぜ。

七月十四日（日）

クスリをビールで流し込み、「ケミカルな人生に幸あれ」と言っていた、昨日のS。

そうこうする間にもウンベラータ、どんどん葉を落とし、ついにチャンピオン葉「小錦」まで落とす。悲嘆。動機を厳しく問いただすも、ウンベラータ、黙秘を貫く。

七月十五日（月）

強風。

人に勧められて着たことがすぐにわかってしまうマオカラーは、見ていてつらい。

七月十六日（火）

夜、M姐とその同僚姐と共に、紀伊國屋ホールでナイロン一〇〇℃『フローズン・ビーチ』を観る。今まで観た芝居のベスト三に入るであろう。

M姐、一人二役に最後まで気がつかなかった私に驚愕する。その私は、新宿駅を長年利用しながら紀伊國屋が地下道とつながっていることを今の今まで知らなかったM姐に驚愕する。

七月十七日（水）

一時は丸裸となったウンベラータ、いつの間にか前より葉が生い茂り、背も高くなっている。どうやら鉢が一回り大きくなったので、巨木化への野望が芽生えたらしい。それで旧葉っぱをリストラして新体制に移行したようだ。さすがはウンベラータさん。疑ったりしてごめんなさい。でも天井はもうすぐそこだ。

七月十八日（木）

夕、十人の会K姐、S山と渋谷で『少林サッカー』[*1]。予定調和的おバカ。予告編で見た『オースティン・パワーズ　ゴールドメンバー』[*2]、タイトルからしてすでに期待度大。

その後ネパール料理屋に移動、S社Kさんも加わって爆裂。S山の〝お腹、急降下〟シリーズ、エピソード1〜7ぐらいまでを聞く。

七月十九日（金）

一行で書く『新耳袋』[*3]シリーズ、その一。

「満員電車の中で、そこだけぽっかり空いている席」。

七月二十日（土）

夜、新百合の食客となる。むろん目当ては『トルシエTV』。

母が珍しく昔話。私が幼稚園の頃、オリンピックの閉会式の絵を描くのに観客一人ひとりの顔を全部描こうとしたために時間切れとなり、憐れに思った先生が提出を待ってくれたという話。初耳だが、要するに何ひとつ変わっていないということ。

七月二十一日（日）

ウンベラータの一番大きな新葉が、いつの間にか前のチャンピオン、故「小錦」をはるかに凌ぐ大きさになっている。もはやこの大きさは小錦の顔の比ではないので「アンドレ」と命名する。アンドレ・ザ・ウンベラータ。二番目に大きい葉が二代目「小錦」を襲名する。

七月二十二日（月）

もう完全に〈リピュア〉中毒。

「人生が三六〇度変わりました」というフレーズ。

七月二十三日（火）

私の夏の汗はスイカ系。みなさんはいかがですか。

七月二十四日（水）

今さら人に言えないこと。気温三四度なのに、まだ秋冬用ファンデーションを使っている。

七月二十五日（木）

きれいな雨。この世のすべての蛙の至福。

夜、ラーメン屋で、皿うどんを食べながら三島由紀夫を読みながらナイターを見たら、皿うどんの味はわからず、三島由紀夫は頭に入らず、逆転サヨナラの劇的瞬間は見逃し、何ひとついいことがない。

七月二十六日（金）

午後、仕事部屋の外に回って壁を見たら、小さい黒いヤスデが、タイルの目地に沿ってびっしり貼りついている。家に取って返して迫撃砲B、俗名〈ムカデキンチョール〉を装備、一大ジェノサイドの幕開け。気分はもうスサノオ。迫撃砲B一本まるまる使いきり、まだ植え込みからワラワラ出てくるので、ふたたび取って返して迫撃砲Aすなわち〈ゴキジェット・プロ〉にて応戦、それすらも無念の弾切れ、最後は履いていた靴を脱いで壁をバンバン叩く。途中から完全にトランス状態となり、いわばキリング・ハイ、いったいどれほどの時間が経過したのか、気がつくと、傍らには空になって転がったスプレー二本、周囲は黒じゅうたんのごとき死骸の山。今日という日は、民族の一大悲劇としてヤスデ史上に刻まれたかもしれない。そして私という人間も。

1＊『少林サッカー』 チャウ・シンチー（周星馳）監督・主演。

2＊『オースティン・パワーズ　ゴールドメンバー』『オースティン・パワーズ』シリーズ（前述）の第三作。原題はAustin Powers in Goldmember（陰茎の意）で「007　ゴールドフィンガー」のパロディ。

3＊『新耳袋』 木原浩勝・中山市朗による実話怪談集。メディアファクトリー刊、のち角川文庫。

七月二十七日（土）

元同僚Tさん、脚本家Yさんと新宿で鱧、鮎。Tさんが屋久島に行って恐ろしくハードな沢登りをやって死にそうになり、子供の笑い声の幻聴を聞いた話。私は昨日のヤスデ大殺戮の話。

帰りの電車の中で、前に立っていた人のジーンズの股間に、ずっと蛾が止まっていた。

七月二十八日（日）

ビチの介ターボの水を換えるのに、汲み置き時間の短い水を使ったらとたんに元気を失い、底の方に沈んで全身で「弱り」を表現するので、仕方なく「六甲のおいしい水」に替えてやったら、とたんにビチビチする。また騙されたのか。今度やったらナンプラーを垂らす。

七月二十九日（月）

〈スヴェンスク・テン〉のクッションカバーに一目惚れ。

夜、Yちゃんより電話。スカパーについていろいろ質問してくるので問い詰めると、目当てはプロレスであることを自白する。セックス・マシンガンズ[*1]を入口に、ヘヴィメタルからジュニアヘビー級の獣神サンダー・ライガー[*2]に深くはまり、それ以前にはまっていたガクトのデビュー当時のレアなビデオなどをヤフオクで売った金でプロレス関係の資料を大人買い、という転落の人生を告白。私も高校時代KISSのファンとしてQUEENファンに迫害され、大学時代はサザンオールスターズが好きで世良公則&ツイスト好きの人々から石もて追われ、そして今はフィリップに現を抜かして周囲から孤立、という自分の裏街道人生を語って慰める。慰まったかどうかは不明。

七月三十日（火）

朝も昼も眠くてたまらない。そして夜は眠れない。昼寝をしたら、某きらいなサッカー選手と結婚していてすでに三歳の子供までいるという悪夢を見、全身汗まみれで目を覚ます。

夕方、電車の中から見た夕焼けが異常に美しい。ピナツボ火山が噴火した年も、灰の影響で毎日こんな夕焼けが見られた。

夜、赤坂で同業先輩Yさん、T栗ミナコ、演劇関係Tやんと会食。Tやん、私が七年前に『ストンプ』を〝酢こんぶ〟と聞き間違えた事件をまた蒸し返す。Yさんは豪放磊落な性格なのに、枝付きレーズンの分配に関して異常に厳密という本性をあらわす。

七月三十一日（水）

夜、太鼓のような音が地の底から響いてくるのでベランダに出てみたら、遠くで花火をやっていた。普通のに混じってハート形、ハンバーガー形、正方形、渦巻き、矢印、スマイルマーク、ハテナ形（ただし下の点なし）などの創作花火多数。すごい技術だと思う。思うが、あまりきれいではない。寿司職人がコンクールで作る、キュウリやニンジンを彫って作る鳳凰みたいな感じ。

体が勝手に請求するので、今日から夜型。

八月二日（金）

朝、病院。何度も言うようだが、貧血の検査と称して牛乳瓶一本分ぐらい血を取るのは間違っている。一瞬目の前が真っ暗になる。このようにして、持てる者はますます富み、持たざる者はますます失うであろう。天とはそのようなものである。聞く耳のある者は聞くがよい（マタイによる福音書・十六章十一節）。嘘なので参照しないように。

昼、中華料理店「K」のQさんにもらったハガキで某バーゲンに行き、駅を出たら一天にわかにかき曇り、天罰のごとき雷雨。ふだん引きこもりの人間がたまに外に出るとこうなる。タクシーに乗っていたらすぐ近くに落雷し、目の前の信号が一斉に消えた。

八月三日（土）

追い詰められているというのに、わざわざ中勘助[3*]をひっぱり出してきて読む阿呆、それが私。プールナは師匠の仕事の手つだいや雑役の暇には、その木

1＊セックス・マシンガンズ　日本のヘヴィメタルバンド。

2＊獣神サンダー・ライガー　新日本プロレスのレスラー。マスクマン。

3＊中勘助　本は『菩提樹の蔭』。インドの彫刻師が死んだ恋人の像を彫り、影像に恋人の魂が宿ることを日夜神に祈る。願いはついに神に届き、ある夜影像が踊りはじめる。喜んだ彫刻師は唇に紅をさしてやろうとするが、影像は踊りをやめず、くるくる、くるくると回りつづけ、紅は顔を一周してしまう。日本のこけしの起源はここにあるという。嘘なので参照しないように。

蔭へきてむくむくと蟠った根っこに腰をかけ、今はない両親のうえを思いふけるのが習いであったけれどもああもうほんとにそんな場合ではないというのに。

八月五日（月）

ニヒルで知られるS社Wさんより「結婚しました。ついでに父親になります」ハガキが来て腰の蝶番が砕ける。

八月六日（火）

夕、同業Aさんと恵比寿で念願の『ワー！　マイキー』[*1]を観る。それが面白かったので、勢いで『COLOR　OF　LIFE』も観る。天才です。どこまでもついていきます。

八月八日（木）

夜、H谷川と阿佐ヶ谷スパイダース『ポルノ』を観る。面白かったが、なぜ『ポルノ』だったのかはわからずじまい。

目まい、胃痛、肩こり。

八月九日（金）

夕、L社Iさんと下北沢で茶飲み話。『エロイカより愛をこめて』[*2]について不必要に熱く語ってしまう。

八月十日（土）

夜、ついに恐れていた最凶最悪の敵、あらゆる敵を越える敵の中の敵が鉢の陰より出現。弾切れとなるまで迫撃砲乱射の末、殲滅。裏返ったその腹がオレンジ色。あああああ。残骸処理する能（あた）はず。

八月十二日（月）

アルジャジーラをスカパーでウォッチするのが、今もっともコアなトルシエ者のつとめ。

八月十三日（火）

ひと夏で3kg減。どうりで目まいがするはずだ。夜、MMさんと電話。

八月十四日（水）

きょうの学習。「ほくろ」の語源は「母くそ」で、母の胎内で糞がついたのがほくろであると考えられていたため。

八月十六日（金）

肝だめしに賞味期限二週間過ぎのパウンドケーキを食べる。美味。

八月十七日（土）

夜、毎年恒例の花火の会。なぜか実家の人々も乱入。

S山、来る途中の駅で「モロ出し男」に遭遇したことを熱く報告。

美肌のK姐がファンデを塗っていないことが判明、全員パニックに陥る。

八月十八日（日）

台風。すばらしい豪雨。ベランダを見ながら、蛙の舞いをばひとしきり。

八月十九日（月）

日中、完全に電源が切れる。

深更にわかにスイッチONとなり、仕事。翻訳中のレズビアンの女王様の独白の参考にするために『ファッキンブルーフィルム』[3*]を読み出したら止まらなくなる。

八月二十日（火）

昼、もうすぐフランスに留学する大学時代の友人Mと会う。いかに向こうの人々がアバウトで手続きが大変だったかについて、等々。同年代なのにマルニのワンピースを着る、その気合をリスペクト。どさくさにまぎれて川口能活とのツーショット写真を見せびらかされる。彼女は私がつねづね尊敬する〝はまりパワー〟の人の一人。何かにはまるのは生命力の証。昔、あの人の追っかけだったことは二人だけの秘密。

八月二十一日（水）

昼寝をしたら、ウンベラータさんが根元からぽっきり折れるという悪夢を見る。

八月二十二日（木）

この間まであんなに暑かったのに、今は寒い。日本の気候がラテン系になっている。これもワールドカップの影響か。

1＊『ワー！　マイキー』　すべてマネキンによるアメリカ人家族のドラマ『オー！　マイキー』（テレビ東京）の劇場版。本書68頁参照。

2＊『エロイカより愛をこめて』　青池保子の名作少女マンガ。

3＊『ファッキンブルーフィルム』　藤森直子著。SMの女王様によるノンフィクション。ヒヨコ舎刊。

八月二十四日（土）

パソコンが死ぬ。自分も死ぬ。
深夜、一瞬だけ息を吹き返した隙に大切なものをフロッピーに保存、直後にこと切れる。まるで『レ*1ナードの朝』。

八月二十五日（日）

たとえ日本中の人々が忘れたとしても私は忘れまい、ジーコが「ほのぼのレイク」のCMに出ていたことを。

八月二十六日（月）

アザラシのタマちゃんを見に多摩川に見物客が殺到のニュース。アザラシの肉は、ビタミンBが豊富でおいしいらしい。

八月二十七日（火）

夜、謎のタイ料理屋Rで元同僚S、O、T、RとL社Iの、女ばかりで会談。制服フェチのSは御殿場まで自衛隊の演習を見てきた帰りで興奮状態。見せてもらった自衛隊のパンフレットに掲載されていた広告、「弾道間ミサイルのご用命なら○○洋行」。コスプレ会の相談。Rは寅さん、OはオバQ、Sは叶姉妹のどちらか、という案。各自が号泣ネタを告白しあう。Sはプレステ「ぼくのなつやすみ」で、どう号泣かを説明しているうちに号泣する。私は筒井康隆の「夢の検閲官」で、あらすじを説明しようとして号泣する。

八月二十八日（水）

夜、元同僚M女H女と、冷や汁の会。店の場所がわからずケータイもなく公衆電話もなく、三十分以上遅刻、土下座。でも冷や汁は美味。そのあと渋谷の古バー「G」に移動、チャカ・カーン、カナディアン・クラブ、イーグルス、ドゥービー・ブラザーズ、フリートウッドマック、クアーズ、アジムス、ダイアナ・ロス、スティング、10cc、バカルディゴールドソーダ割り、シェリル・リン、ブラントンのロック。
苔玉の誓い、グラファで昼ビールの誓い、ベランダ鉄板焼きの誓い、アジムスLPダビングの誓い。

八月二十九日（木）

ああ小池栄子が好きだとも。釈由美子も好きだとも。

八月三十日（金）

父から電話。この日記もいよいよ親バレ。しかし、そんなことで手加減する自分ではない。

夜、O久保さんに電話。今年の夏の成績は二勝九敗とのこと。でも二勝の内訳は軽井沢とリゾートホテルと濃い内容なので、相撲に勝って勝負に負けたとも言える。

O久保さんのお勧めは、『ブラックタイガー』[2*]というタイのB級映画。

八月三十一日（土）

この夏の星取り表。

花火　◯

冷し中華　×

スイカ　◯

プール　×

海　×

かき氷　×

蚊　◯

扇風機　×

お腹の上にタオルケットをかけて昼寝　×

諸事切羽詰まって地獄のヘル。ミラヤン・ライブ、痛恨のチケット放擲。

九月二日（月）

某チーム仕事、どう見ても自分がぶっちぎりのビリ。死んでお詫びします。

地獄のヘル。

九月三日（火）

ヘル続行中。酔拳（すいけん）ならば進むかと思い、酒を飲みながらやってみたら、単に酔っぱらっただけだった。

九月五日（木）

「人気ロック歌手のジョン・ボンジョビさん」というフレーズ。

1*『レナードの朝』　ペニー・マーシャル監督、ロバート・デ・ニーロ主演。三十年間も半昏睡状態の患者に新薬を投与、彼は奇跡的に目ざめるが……というお話。

2*ブラックタイガー　正確には『怪盗ブラック・タイガー』。ウィシット・サーサナティヤン監督、チャッチャイ・ガムーサン主演。ウォン・カーウァイの推薦文によると「必見！トムヤムウェスタン」だそうである。

九月六日（金）

夕、T来。豪雨。スカパー録画不可。ダメージ。

『北の国から』を観ない。

九月八日（日）

朝一で髪を切る。せっかく原宿に行ったのに、ルイ・ヴィトンの路面店がどこにあるのかも知らずに帰る。そのかわり大規模なゲイパレードに遭遇。

夜、WOWOWで録画しておいた『焼け石に水』[*1]。最後の五分が録れていない。死。

九月十一日（水）

夕、久しぶりにシブヤ西武に行ったらエロス全開となり、いがらしみきおの漫画のごとく「ふごー」「せねねねね」などと叫びながら各ショップを襲撃、「エトロ」のムートン「JOSEPH」のパンツ「アスペジ」のシャツ「クロエ」の下着「セオリー」のセーター等々総額八十万円ほどを買わない。八十万円の節約。嬉しくない。

九月十二日（木）

夜、ライターKさんと下北のいつもの店。酒と泪と女と女。Kさんの知り合いの某舞台俳優に二の腕を触られる。二の腕フェチらしい。

九月十三日（金）

酒くさいぞ私は。

九月十六日（月）

ビチの介の水が腐っている。耐えよ、この試練を乗りこえてこそ立派なアロワナに以下略

九月十七日（火）

膝の上に紅茶の入ったカップを載せていることを忘れてブラウン運動の真似をしたら、紅茶がこぼれて熱かった。

九月十八日（水）

もうまったくそんな場合ではないのに、〈おフランス強化キャンペーン〉[*2]の一環と称してマンディアルグ『すべては消えゆく』、「口を開けて、舌を出して、菊座をお舐め。その恰好なら、いちばんお得意の演目でしょうけどああもうほんとにそんな場合じゃないというのに。

九月二十二日（日）

私だけなのか、貴ノ花ではなく武蔵丸を応援しているのは。

九月二十三日（月）

駅前に行ったら、交番の前でピーポ君とウルトラセブンとピンク色のウサギが風船を配っている。近くで見たピーポ君は汚れていて巨大、凶暴なオーラを漂わせていたので、大きく迂回して通りすぎる。

九月二十四日（火）

夕、コウモリの乱舞。

九月二十五日（水）

苦吟提出。

ビチの介、ターボ再搭載。

九月二十六日（木）

H社Hさんと打合せ。話し合ったのはルリマツリの繁茂ぶりと「モーニング娘。」のこと。

九月二十八日（土）

〈おフランス強化キャンペーン〉第二弾として、ビデオで『ピアニスト』[3*]。征露丸を奥歯で嚙みつぶしたかのごとき後味。

九月二十九日（日）

気を取り直して〈おフランス強化キャンペーン〉第三弾、『私の夜はあなたの昼より美しい』[4*]。半分で挫折。壁に箱を投げつける。強化計画の先行きに一抹の不安。

九月三十日（月）

吉野の「カエル祭」にいつか行くのが夢。神輿（みこし）の上に大きなカエル、中に人。

十月三日（木）

激しく苦吟。

十月四日（金）

叱られる。

1＊『焼け石に水』　フランソワ・オゾン監督、ベルナール・ジロドー主演。

2＊〈おフランス強化キャンペーン〉　青山ブックセンターのフェア「岸本佐知子さんが選んだ本」のポップによると、「ある日ふと『自分にはフランスが足りない！』と気づいて以来〝おフランス強化キャンペーン〟を実施中です。しかし悲しいかな門外漢、何を読めばいいのか皆目見当がつかないので、表紙と翻訳者名だけが頼りです」とある。このフェアは二〇〇三年九月だから、けっこう続いているらしい。

3＊『ピアニスト』　ミヒャエル・ハネケ監督、イザベル・ユペール主演。

4＊『私の夜はあなたの昼より美しい』　アンジェイ・ズラウスキー監督、ソフィー・マルソー主演。

十月五日（土）

近所に「愛ですハイム」というマンションがあることをチラシで知る。オーナーはブローティガンかぶれ、に一〇〇〇マヨネーズ。

十月六日（日）

男性誌で『少女革命ウテナ』を讃美するという蛮行にバチが当たり、たっぷりと呻吟。

十月七日（月）

外箱に〝エロチック・サスペンス〟と銘打ってあるビデオは二度と観ないとあれほど誓ったのに、へザー・グレアムの可愛さにつられて『キリング・ミー・ソフトリー』[*1]。自分の馬鹿ばか莫迦。ジョゼフ・ファインズが途中から大学時代の情けない先輩にどんどん似てくる。

十月八日（火）

新宿伊勢丹死の彷徨。結婚祝いの皿と靴と靴とロクシタンと無印。帰宅即気絶。

十月九日（水）

昔の切り抜きの中に、「中国には宴会の席の順番を決める〝席順士〟という職業がある」という記事。5へぇ。

夜、ベランダのダチュラ開花。エロスな匂いがあたりにたちこめる。

十月十日（木）

家の洗濯機の「しっかり分け洗い」というコースがどういうものか、買って四年も経つのにいまだにわからない。

十月十一日（金）

テルミン[*2]を演奏していると見せかけて、実は口で音を出しているという夢。

十月十四日（月）

〈おフランス強化月間〉第四弾、『ポーラX』[*3]。なんとか引き分け。

夜、七時と十時の方向で大きな花火。きれいなうえに真円。でも寒い。

十月十五日（火）

雷雨。苦吟。ビリティスの唄。

部屋の中をうろつくヤモリ。

十月十六日（水）

夕、渋谷パルコ劇場でN先生と二本立ての芝居。

前半は睡魔との闘い。後のほうに出ていたのは、二の腕フェチのあの俳優ではないか。

おフランス、ジャン・フィリップ・トゥーサン『浴室』。

十月十七日（木）

ビデオで『マルホランド・ドライブ』[4*]。問答無用で今年のベスト。デビッド・リンチ何も考えていない疑惑ますます強まる。

ヤモリ。

十月十八日（金）

夜、H社のS谷さんK山さんと月島。煮込み屋に猫がいて幸せ。中田英寿の帰国ファッションの是非。にほひフェチK山さんが夜中に玄関で妻の靴をそっと嗅ぐ話。

十月十九日（土）

「桜だもーん」というフレーズ。

十月二十日（日）

O野さん風邪につき、唐組の芝居は急遽取りやめ。

十月二十一日（月）

ああ素晴らしき哉Ｇｏｏｇｌｅのイメージ検索。

もうこれなしの生活には戻れない。

十月二十二日（火）

ビチの介、きのう一日餌をやり忘れたところ、頭を底につけ尾を上げ、全身で「死」を表現。餌をやっても食べない。抗議行動なのか。

十月二十四日（木）

もうもうこんなにも切羽詰まっているのに『高丘親王航海記』[5*]再読。陽のあたった掘割の石の上に、一匹のとかげが背中を金色に光らせて、オブジェのようにじっと動かずにいるのを親王は見た。また、ガラスのように透明な蝶がゆっくりと羽ばたいて、水面すれすれに飛んでゆくのを見た。五色の鸚鵡が

1＊『**キリング・ミー・ソフトリー**』　チェン・カイコー監督のハリウッド映画。

2＊**テルミン**　世界初の電子楽器。楽器には直接触れず、空中で手を動かすことによって演奏する。横山ホットブラザーズが「お〜ま〜え〜は〜あ〜ほ〜か〜」と歌いながらノコギリを叩いて弾く音に似ている。

3＊『**ポーラX**』　レオス・カラックス監督。ギョーム・ドパルデュー主演。

4＊『**マルホランド・ドライブ**』　ナオミ・ワッツ主演。

5＊『**高丘親王航海記**』　澁澤龍彥の小説。文藝春秋刊。

手のとどきそうな低い枝にとまって、人間そっくりの声でわめくのを見た。すべて日本では見たこともないような珍奇なものばかりだったので、親王の好奇心はそれだけでも大いに満足させられた。「やっ。ゴケハラミ[1]」おれはとびあがった。「その草がどうしてこの辺に。そいつはママルダシア以西にしか分布していなかったはずだが」ああもうわてほんまにほんまに。

十月二十五日（金）

豪徳寺在住のC商會のお二人と、二十五年ぶりの赤堤散策。八百屋、教会は元のまま、「べぼや橋」とアンコ工場はなくなっていた。赤堤小にも行く。小学校裏の「四谷軒牧場」はスーパーになっていた。赤堤小では、写生といえばこの牧場で、牛の臭さに辟易したものだったが。

十月二十八日（月）

〈おフランス強化キャンペーン〉もう第何弾かわからない、ビデオで『バンカー・パレス・ホテル[2]』。測定不能のスカタンぶり。このようなものを自分に貸した「ＴＳＵＴＡＹＡ」に火をつけることを決意。

十月二十九日（火）

朝、靴をはいたら「ぐにゅっ」という感触があり、中で芋虫様のものがつぶれている。

その直後、車で左側を激しくこする。

わずか五分の間に一日分の不幸を凝縮。

十月三十日（水）

朝、今度は右前バンパーをぶち割る。

昼、苦吟。夜、梅酒。

十月三十一日（木）

現在のところ〇勝一分け十六敗ぐらいの大惨敗で存続が危ぶまれる〈おフランス強化キャンペーン〉を歯をくいしばって強行、ビデオで『アメリ[3]』。あしみじみと今年のベスト。この一作で五勝ぶんぐらいの価値がある。あると言ってくれ。

十一月一日（金）

夜、所用ありて実家に行き、母から奇妙な食品を大量にもらう。「オリーブの砂糖漬け」、「洋梨ジンジャー・ジャム」、筒に入っているのを押し出して糸で切る式の羊羹、「塩爺」という名前の塩。

十一月二日（土）

永遠の呪いあれ、多摩川に住んでいるからタマちゃん、というそのネーミングセンスに。

十一月三日（日）

夜、シネマライズで『まぼろし』[4*]。シャーロット・ランプリングが美。

『ゾラのすべて』という本を『ゾラのすべて』と誤読する人あり。

十一月六日（水）

痛恨の燃えないゴミ出し忘れ。一週間をゴミと共に暮らす運命（さだめ）。

十一月八日（金）

夜、下北沢で女ばかり十人の会。S山がジョン・デンバー[5*]の弾き語りの真似をしてみせるのだが（〝さんしゃーい、おん・ま・しょるだー、めいくすみ・はぴー〟）、それが少しもジョン・デンバーに似ておらずむしろ長崎の「平和の像」に似ていたため、全員即死。

十一月十一日（月）

夜、六本木中華「K」で飯。砂肝ピリカラ腸詰め海老の子真菰筍カキ豆鼓炒めカキのお粥仙草ゼリー。

十一月十二日（火）

鈴木宗男の秘書の名前を二日がかりで思い出す。ムルアカ。

十一月十三日（水）

昼、赤坂見附で「第二回しゃべり場ランチ」開催。コスプレ会の提案。全員の硬直。なぜだ。楽しい提案をしたつもりなのに。Sが最強うがい薬「アストリン・ゴゾール」を布教。

十一月十五日（金）

使っているワープロが「栗と栗鼠（りす）」などという変換をするので、調教と称していろいろな言葉を覚え

1＊ゴケハラミ　野暮を承知で解説いたしますと、後半が筒井康隆「ポルノ惑星のサルモネラ人間」にすりかわっております。ゴケハラミというのは胞子が女性の体に入ると妊娠してしまうという植物。

2＊『バンカー・パレス・ホテル』　エンキ・ビラル監督、ジャン＝ルイ・トランティニャン主演。

3＊『アメリ』　ジャン＝ピエール・ジュネ監督、オドレイ・トトゥ主演。

4＊『まぼろし』　フランソワ・オゾン監督。

5＊ジョン・デンバー　アメリカのカントリー歌手。歌っているのは「太陽を背に受けて」。

させる。

十一月十六日（土）

最寄り駅にてH社Hさんと打ち合わせ。魂の脱け殻。

十一月十七日（日）

夕、突然妹来。車で通りかかってトイレを借りに来たのだった。

十一月十八日（月）

あとがきで呻吟。

コスプレの会が深刻化。メンバーから次々と「何に扮すればいいのかわからず煩悶しています」「ベルリンで自分を見つめなおしてきます」「北の海を見にいってきます」「ぎゃあああ」などの切羽詰まったメールが届く。Sいわく原因は「ふだんはぐったりして覇気のない岸本さんが、この件になると異様に目を輝かせて積極的になるのが怖いから」。

十一月十九日（火）

ゲラ襲来。明日の芝居、あさっての映画すべて放擲。

ひさしぶりに『マイキー』を観る。マイキーのパパは大学時代「ふんどし部」だった。「ふんふんどしどし、ふんどしどし」という部歌が耳にこびりついて取れなくなる。

十一月二十二日（金）

昼、E誌Oさん、S誌Yさんとランチ。Yさんが前いた会社で、一日中席に座って何もせずただげっぷをしているだけのおじさんが年間三千万円も給料をもらっていた話。

A座上さんより電話。うしろでK君が号泣している。ウルトラマンなんとかが死んだらしい。

十一月二十三日（土）

S社Sさん宅で炭火焼きとワインの会。A紙SさんライターUさん作家Hさん。ラムその他すべて美味。遅れて元奴隷T氏、粉まみれでやってきて自作生パスタ。押入れのふとんの間からワインが出てきたり、気がついたらみんなで三十年前の『JOTOMO』[*1]や『少女コミック』に読みふけっていたり、『僕は泣いちっち』[*2]を聴いていたり、元ちとせのデビュー前の映像を観ていたり。深夜、所持金千円の元奴隷に家まで送らせストリートに放り出す鬼畜の所業。

十一月二十四日（日）

某サイトによる今週の魚座の運勢。「全ての良いことには終わりがあります……悪いことも同様です。でも、悪いことが起こっているように見えても、その実は良いことが終わりを告げているだけに過ぎないかもしれません！　良いことが終わろうとしている時は、それを無理に阻止しないに限ります。そうしたら良いことが悪いことにすり替わる恐れはありません。」

で、結局どうなのだ。

十一月二十五日（月）

H社にて校了。解放感から、お約束の新宿伊勢丹死の彷徨。コート買いたしと思へどもコート見つからずかわりにスカートお取り置き。駄目なセレンディピティ。[3*]

十一月二十六日（火）

性懲りもなく夕方から伊勢丹、コート問題に決着をつける。

二日連続伊勢丹に行けば目の下にクマができると知れ。

十一月二十七日（水）

夜、謎のタイ料理屋Rにて十人の会分科会。S社にいる変な人々の話、「初体験の相手が山羊」「中国で人を殺した疑惑」「五十歳で孫もいるのに超ミニスカ」「会社のトイレでシンナー」「『だいたいやなあ』と人に指を突きつけて説教をする、その指の形からついた仇名が〝フレミング〟」等々。

十一月二十八日（木）

帰りの電車が事故で遅れ、ムンク混み。

「癒し系」の反対語は何か、このあいだからずっと考えている。たぶんそれが自分だから。

十一月二十九日（金）

K社SさんH社SさんKさん夢の競演による早稲田「S」にての飲み会。その後新宿に移動。ハード

1＊『JOTOMO』　今はなき小学館の少女向け雑誌『女学生の友』。一九七五年に改称した。
2＊『僕は泣いちっち』　一九六〇年に流行した守屋浩の歌。
3＊セレンディピティ　「予期せぬ掘り出し物」の意。

ディスク破壊につき記憶なし。

十一月三十日（土）

勉強会の後、「へたれ追っかけ隊」の面々とともにリキッドルームにてミラヤン・ライヴ。床がゆわんゆわん揺れて恐怖。堪能。

十二月一日（日）

私だけか？『キル・ビル』[1*]を楽しめなかったのは。ああしかし、これは一年後に書くべきこと。

十二月二日（月）

苦吟提出。

勝手に「今日から年内いっぱい好きなことをして暮らす」宣言。

でもさしあたって好きなことがない。

十二月三日（火）

おフランス・キャンペーン第35弾ぐらい、ビデオで『ブルジョワジーの秘かな愉しみ』[2*]。モンティ・パイソンを面白くなくした感じ？　という私の感想は、たぶんぜったい間違っている。

十二月四日（水）

夜、T栗ミナコ、元教え子I、M姐とパルコ劇場にて志の輔落語、その後イタリア料理屋。T栗ミナコは「フンギ！」のポーズでフンギのピザを注文。

T栗家で流行中なのは頭頂の匂いを嗅がせあうこと。そこから〈バンドエイドの蒸れた匂い〉〈ピアスの穴のモロモロの匂い〉〈鼻の匂い〉等々をめぐって和やかに談笑。

十二月五日（木）

終日廃人。

十二月六日（金）

某百貨店から呼び捨てにされる。何かのプレイかと思ってわくわくしていたら、その後すぐに「先程お送りしたメールマガジンにてお客様のお宛名の〝様〟が抜けておりました」というお詫びメール。

夜、S社Kさんから電話、「なんで家にいるのよ」と呆れられる。O塚さん宅に遊びに行く日は八日ではなく今日だった。本気で脳ドックを勧められる。

十二月七日（土）

ライターKさん、Nさんと三人で下北沢の沖縄料理屋。Nさんはニューヨーク在住のはずなのに高円寺や島倉千代子の話しかしないので、実は日本に潜伏している疑惑発生。春雨・怪童・菊の露・どなん・まさはる・時雨・午前五時。

十二月八日（日）

おフランス、勝率を上げるためだけに『死刑台のエレベーター』[3]。

ジャンヌ・モローと美空ひばり。

十二月十四日（土）

自宅にてS、Tさん、Rちゃん、Aさんとコスプレ相談会と称してただの飲み会。記憶を頼りに河童、オバQ、アトム、薔薇等々を描いて見せあい、笑いこけるなどする。

十二月十六日（月）

苦吟。

Aという本をおちょくり倒してやろうと思ったら翻訳者が昔おなじ会社にいた人であることが判明。Aをやめてその続編Bをおちょくり倒すことにしたら翻訳者が大学時代のアーチェリー部の同級生であることが判明。進退きわまりAもBもおちょくり倒す。

十二月二十日（金）

ものすごく少ない予算でプレゼントを買おうとすれば心根の卑しさ自ずとあらわれ心眼曇り必ずやつまらぬものを買ってしまうと知れ。

十二月二十一日（土）

そしてもう一度出かけていって別のものを買うはめになると知れ。

十二月三十日（月）

十人の会有志にて幡ヶ谷中華「C」で納会。上海満漢全席ツアーの誘い。

H谷川、結婚の告白に一同パニック。うすうす勘づいていたのは私だけ。さすが「気がつかない星人」同士は違うね、と褒められる。

1＊『**キル・ビル**』 クエンティン・タランティーノ監督、ユマ・サーマン主演。
2＊『**ブルジョワジーの秘かな愉しみ**』 ルイス・ブニュエル監督、フェルナンド・レイ主演。何度食事をしようとしてもありつけない人たちの話。
3＊『**死刑台のエレベーター**』 ルイ・マル監督、ジャンヌ・モロー主演。音楽はマイルス・デイヴィス。

十二月三十一日（火）

昼、掃除の手伝いと称して実家に赴き、毎年恒例・せち盗みの儀。

夜、自宅の掃除。中居正広のソロを聴かない。

深夜、近所の寺のような神社のような所に行きて初詣。引いたおみくじは、言うまでもなく凶。

二〇〇三年

一月一日（水）

どんよりと曇り。晴れた正月は嫌いだからこれで良し。

おフランス強化計画第37か45か51ぐらい弾、ミシェル・ウエルベック『素粒子』。萌えのないエヴァンゲリオンみたいな話？　という私の感想は、たぶんぜんぜん的はずれ。

一月二日（木）

某映画配給会社から届いた今年のラインナップ。

「サソリが水圧の変化で超巨大化！　全員圧死！『マリン・スコーピオン』」

「えびパンチ炸裂！　えびのスポ根感動サクセスストーリー！『えびボクサー』[*1]」

「十万匹のハチが人類に復讐を開始する！『スティンガーズ（仮）』」

「超巨大ムカデが人類に復讐を開始する！『毒ムカデ（仮）』」

「超巨大スズメバチが人類に復讐を開始する！『キラー・ビー（仮）』」

「超巨大アメーバが人類に復讐を開始する！『スライム・パラサイト（仮）』」

「ある日、案山子が農民に復讐を開始する！『案山子男（仮）』」

「ある日、みどりのおばさんが小学生に復讐を開始する！『みどりのおばさん（仮）』」

最後の一つは嘘です。

一月三日（金）

朝、ビチの介、さりげなく死。享年一歳半ぐらい。

ハゴロモジャスミンの根元に埋葬。

三十秒ほど喪に服す。

歯痛。

一月四日（土）

夕、一人留守番の父来、すき焼き。来る途中のコンビニで店員に「シラタキって何すか？」と言われたといって憂国。

夜、ビデオでおフランス、『ジュテーム・モワ・ノン・プリュ』[2*]。ジェーン・バーキンが激カワで勝ち点3。歯痛。

一月五日（日）

夜、正座してDVD『六月の勝利の歌を忘れない』[3*]（上）を視聴。面白すぎて下巻を観るのが怖い。これをおフランスに入れるのは反則か否か、現在協議中。

一月六日（月）

「今年は暖冬」という長期予報だけを心の支えにここまできたのに「ごめん、違ってたわ」とあっさり言われた、この怒りをどこにぶつければいいのか。

昨夜のDVDの反動で虚脱。

一月七日（火）

夕、C商會の展覧会、その後打ち上げ。

回文家のマサルサマことFさんの持論は「日本人のおよそ八〇％は『ジュラシック・パーク』を『ジュラシック・パーク』と言っている」。

Hさんに、イルハン萌え仲間のみなさんを紹介される。

一月八日（水）

夕、歯医者。

医師に最新訳書を問われて『ヴァギナ・モノローグ』[4*]と言えなかった自分はまだまだ。

青山見物、カッシーナで眼福。コルビュジエの椅子を買わない。

1＊『えびボクサー』 マーク・ロック監督。「もう、海には帰れない！ある日、一匹のえびがチャンピオンに挑戦状を叩きつけた！ 人間対カンガルーのボクシングがあるのなら、人間対えびもありじゃないか！」……あとの作品も、まあそんな路線です。アルバトロス配給。

2＊『ジュテーム・モワ・ノン・プリュ』 セルジュ・ゲンズブール監督。

3＊『六月の勝利の歌を忘れない』 岩井俊二監督、トルシエ・ジャパンに密着したドキュメンタリー。

4＊『ヴァギナ・モノローグ』 イヴ・エンスラー著。白水社刊。二百人以上の女性が自らの女性器について語ったインタビューをもとにした作品。

一月九日（木）
苦吟。脳がオーバーヒート。風呂でワイン。ワイン風呂。
山口椿[1]『雨月物語』。

一月十日（金）
苦吟、一滴も進まず。
深夜ロイホでクリームあんみつ。

一月十一日（土）
録画してあった『水曜日に抱かれる女[2]』という映画、屁のようなタイトルで実際中身も屁、でも女優と衣装が美なので永久保存決定。

一月十二日（日）
夜、S社Eさんから電話。名乗る前に「ぐへへへへ」と邪悪な声で笑うので、すぐに誰だかわかる。

一月十三日（月）
苦吟、尻に火。
ベランダ近くの木の枝にミカンなどを刺しておいたら鳥がたくさん来る。最初は面白かったが、だんだん鳥のパシリになったような気がして嫌気がさす。

一月十四日（火）
尻の火、鎮火どころか延焼。

一月十五日（水）
毎週『ビューティー・コロシアム[3]』を正座して観ていることは誰にも内緒。

一月十六日（木）
苦吟提出。尻の炭化。
前々から行きたかった乃木坂の某ブックカフェに行ったら今日だけ臨時休業。悔しまぎれに歩いてABC、シャンハイ・カフェ、散財。

一月十七日（金）
昨日は散財などしている場合ではなく歯医者の予約日だったのに完全忘れ。土下座。
神経を抜かれる。

一月十八日（土）
ピンク色のジャガーの夢。
ビデオで『ピストルオペラ[4]』。睡魔。着物にブーツはいいと思った。
夜、青山の古ラーメン店「K」に行ったら店内の雰囲気が殺伐としている。

一月十九日（日）

地面を一歩も踏まない。

ヒップホップなメールが届く。普通に返信。

一月二十日（月）

血を取られる。

イプサにて目の下のくまを取るクリーム。頼んだぞ。

一月二十二日（水）

午後、H社K山さんS谷さんと国技館で相撲。K山さん目当ての安美錦は負け、私の目当て黒海は勝ち。客席にボブ・サップがいて人だかり、近くで見るとけっこうマットな仕上がり。それから十軒ぐらいはしご、人数もなぜか倍に増殖。最後のカラオケ店でK山さん、「次の曲で絶対脱ぐ、たとえ教育勅語でも脱ぐ」と宣言しながら、けっきょくシャツの裾を外に出しただけ。

一月二十三日（木）

死。

一月二十四日（金）

歯医者。痛くなりそうでならないぎりぎりプレイ。

これがほんとの神経戦。

ハンズで念願の消しゴム「まとまるくん」[5]をまとめ買い。

一月二十五日（土）

新百合で巨漢の従弟ときりたんぽ。

父にボブ・サップを説明しようとして、できない。

一月二十七日（月）

H社HさんS谷さんと打合せ後飲み、二軒目で轟沈。

一月二十八日（火）

自動運転で帰ったらしく記憶がない。

もう酒はやめる。人間もやめる。

フグのお誘いメール。生きててよかった。


1＊山口椿『雨月物語』 枕絵つき官能妖異譚。小学館刊。

2＊『水曜日に抱かれる女』 ニコラス・カザン監督。原題はDREAM LOVER。もとから屁だった。

3＊『ビューティー・コロシアム』 フジテレビの番組。メイク・ファッション・美容整形による変身もの。

4＊『ピストルオペラ』 鈴木清順監督、江角マキコ主演。

5＊まとまるくん 消しくずの散らばらない消しゴム。ヒノデワシ（株）製品。

一月二十九日（水）

煩悶。

Hさんより、イルハンが結婚しちゃった悲しいメール。

A座上さんより、ブッシュ許さん怒りのメール。

一月三十日（木）

夜、謎のタイ料理屋RにてS社E氏・Kちゃん・Kさん・Tさん。

自称白系ロシア人のE氏、母校「アムール川商業高校」の自作校歌を熱唱、サビは〝おおアム商アム商、われらがアム商〟。

作家の某さんがチューリップの中を覗きこんだら浦島太郎がいた話。

全員で元奴隷T氏宅を襲撃。T氏、寝室に飾ってあった特大のバムセ[1]を見つけられ、なぜか激しく動揺。

一月三十一日（金）

夕、梅ヶ丘でフグ。黙々と食べる。

版画家Kさんが、子供のころ梅ヶ丘の公園でツキノワグマとすれちがった話。

二〇〇四年

一月四日（日）

昼、「ロバートホール」で〝北八[2]（ぺきぱち）先生〟を観て笑う。

一月五日（月）

夜、BSで『やかまし村の春夏秋冬[3]』を観て泣く。

一月七日（水）

夕、本多劇場にてラーメンズ。「新宿西口リモコン館」というフレーズ。

その後入ったドトールで伝説[4]の「ホッパンおじさん」を目撃したので、今年は絶対に吉。

一月九日（金）

テレビをつけたら『最終絶叫計画[5]』をやっていたのでしばらく観る。『スクリーム2』だったことに気づくまで十分近くかかる。

一月十日（土）

夜、吉祥寺にてN先生講座、その後打ち上げ。釈由美子が妖精を見たことがあるという話をしたら、「自分も見たことがある」という人が続出。Yさんは「幼稚園のころ耳かきをしていたら耳の中から小さなクリスマスツリーが出てきて、『これはぜったい妖精のツリーだ！』と思っていたら、妖精もあとから出てきた」。

一月十一日（日）

長尾謙一郎『おしゃれ手帖』2、3。血中お下劣濃度が危険値まで上昇。

中高の同級Kより電話、自分がいかに某病院裏バン医師として君臨し皆に恐れられ患者のヤクザや企業のトップや政界のドンをことごとく味方につけて世界征服への道を着実に歩みつつあるかについて。でも「十年後には引退してお嫁さんになるのが夢」。

一月十三日（火）

足の爪を切っていたら突然何年も前に観た『インデペンデンス・デイ』[6*]への怒りがふつふつとこみ上げ、宇宙人のパソコンにハッキング仕掛けて全滅だと？　宇宙人マイクロソフト使ってんのか？　と毒づいても一人　放哉

一月十四日（水）

深夜、テレビで『マリみて』[7*]視聴。自分はたぶん永遠に「ロサ・キネンシス・アン・ブゥトン」と空（そら）で言えるようにならない。

一月十五日（木）

家の留守番電話に最初から最後まで宇宙からのメッセージが入っている。表示は「95月95日　相手先　表示できません」。

1＊バムセ　映画『ロッタちゃん　はじめてのおつかい』で世界制覇を果たしたブタのぬいぐるみ。しかし「バムセ」とは元々、スウェーデンの有名な漫画に出てくるクマらしい。

2＊北八（ぺきぱち）先生　劇団ひとりのコント。

3＊『やかまし村の春夏秋冬』　ラッセ・ハルストレム監督、リンダ・ベリーストレム主演。リンドグレーン原作。

4＊伝説の「ホッパンおじさん」　下北沢周辺に頻繁に出没する、ぴったりした黒のホットパンツをはいて美脚を見せつける中年男性。小田急線利用者の間では有名。

5＊『最終絶叫計画』　キーネン・アイヴォリー・ウェイアンズ監督。『スクリーム』等をパロったホラー・コメディ。

6＊『インデペンデンス・デイ』　ローランド・エメリッヒ監督、ウィル・スミス主演。

7＊『マリみて』　TVアニメ『マリア様がみてる』の略。原作は今野緒雪。

一月十六日（金）

机に向かっていたらうたた寝し、「O久保さんとラーメン屋のカウンターに座っているうちにうたた寝し、ハッと気づいたら胸によだれが垂れている」という夢を見て、目が覚めたら胸によだれが垂れている。これすらも予知夢。

一月十八日（日）

言葉は知っているのに実体を知らないもの、「あすなろ」「まほろば」「たまゆら」「がらがらぽん」。

ビデオで『ルパン対クローン人間』[*1]、もうこれで十七回目ぐらい。

一月十九日（月）

自分ではどうにもならないいろいろの事あり、プチ鬱。三十分で一人ええじゃないか状態になる。

一月二十日（火）

・目玉焼きの黄身の皮を少しだけ破って醤油を一滴垂らしてほじって食べる
・カステラにバターを塗る
・ついつい指の匂いを嗅いでしまう
以上のことを止めないかぎり、永遠に大人の女とは呼ばれない。

一月二十一日（水）

「毛根は死なず、ただ消え去るのみ」というフレーズ。

二度寝して、「フトンのように大きいピザを引きずって友人の誕生パーティに行く」という極彩色の夢。

一月二十二日（木）

誰がどこが何が暖冬か。

一月二十三日（金）

実際に人が言っているのを聞いたことがない言葉、「〜かい？」「まあ、……だわ！」「（人さし指でおでこをつついて）こいつう！」

一月二十四日（土）

本気で地獄のヘルが目前に迫っているというのに『ハチミツとクローバー』[*2]と『ゴールデンラッキー』[*3]と『さくらん』[*4]を平行読み。

一月二十五日（日）

「R45指定」というフレーズ。
「敬虔な悪魔崇拝者」というフレーズ。

一月二十六日（月）

梅酒のおつまみにカステラを食べれば吐きそうになると知れ。

一月二十九日（木）

「手乗り部長」というフレーズ。

一月三十日（金）

夜、作務衣許すまじ、略してサムユルの会。彼女連れのNさんは歩きながら小声で「……恋……」とつぶやくなど春。小学校先輩Tさんの主張、「子供のころ肥満児だった奴は大人になってもその過去は消せない、なぜなら巨乳だけは元に戻らないからで、それが証拠に自分もそうである」。

一月三十一日（土）

人間失格の日。だらけて何もせず、よだれ垂らしてビール。皿洗わずテレビ。読む本はマンガ。

二月一日（日）

昨日のしわ寄せで苦吟。何十年生きていても学習しない自分の馬鹿ばか莫迦。

二月二日（月）

苦吟。なのに頭が勝手に国木田独歩↓くにきだどっぽ↓にくぽっきだど↓きどだぽっくに↓……とアナグラムを延々こしらえて止まらない。

二月三日（火）

夕、駅近の古書店にてサド『ジェローム神父』、荷風『夢の女』、『イメージ辞典』。

二月四日（水）

去年のうちに依頼されて余裕をぶちかましていた某仕事、急に尻火となりてヘルなのに『ジェローム神父』、それから枝を玉門に突っこんでやったり、枝で乳房をひっかいてやったりした末に、最後には、若い男の死体を切り裂いて、そこから心臓を抜き取り、この心臓で娘の顔を汚してやったりしている場合ではなく締切りは明日。

1＊『ルパン対クローン人間』　正確には『ルパン三世　ルパンVS複製人間』。劇場版ルパン三世の第一作。
2＊『ハチミツとクローバー』　羽海野チカ著、集英社刊。
3＊『ゴールデンラッキー』　榎本俊二著、太田出版刊。
4＊『さくらん』　安野モヨコ著、講談社刊。

二月五日（木）

「君、死に給え」というフレーズ。

「また廓（くるわ）」という誤変換。

二月八日（日）

新百合。父が「どーも君」を実在の動物だと信じていた件。妹の会社では上司の誘いを断れずに飲み屋に連行されることを「ドナドナ」と言う件。等々。

二月九日（月）

腰にサロンパス、肩に直貼(じかばり)。

二月十日（火）

夢の中で老人Mが素敵な俳句を詠んでくれたのに、起きたらもう忘れてしまっている。

二月十二日（木）

朝、きついお灸をすえられる。

午後、S社Sさんと新宿中村屋カレー。仕事の話なのについつい猫の話になってしまう。仕事の話に戻すが、ついついまた猫の話になってしまう。

二月十三日（金）

新宿駅のホームに立っていたら、八十歳ぐらいの老人二人組が「いいや、まだキッスもしてないいし手も握ってねえんだけどさ」と言いながら前を通りすぎる。

二月十四日（土）

外廊下に使用済み使い捨てカイロが落ちており、「やあね、誰かしら?」と眉をひそめて通りすぎるが、あとで考えたらむろん自分だ。

二月十八日（水）

「地雷を踏んだらこんにちは」というフレーズ。

愛用の英英辞書には〝England〟の項目がない。

二月十九日（木）

大学の四年間を振り返って確実に言えること、「睡眠学習に効果は認められない」。

二月二十日（金）

オイルヒーターの上に置いておいた紅茶入りマグカップの殴打および転落、内容物の書籍および書類への飛散、雑巾による清掃、濡れた書籍および書類の移動および乾燥、偶然発掘された重要書類の熟読、精神的ダメージによる放心、回復にともなう突然の空腹とそれに続く遅めの昼食、やさぐれの音楽鑑賞、に計三時間を費やし日が暮れる。

二月二十一日（土）

「トリュフチョコ」を生まれてこのかたずっと「トリュフ入りチョコ」だと思っていた人に真実を告げない。

二月二十二日（日）

久しぶりにテレビ視聴。あれご覧よS社のEさんがウクレレを弾いているよ、と思ったら「ぴろき」という人だった。

二月二十三日（月）

駅前ミッション、駐車場に車→文具店で本を入れる封筒→サイズわからず本を取りに駐車場→文具店で封筒→郵便局で宛て名書いて本入れて投函→銀行で金をおろす→ブロンズ色に輝くジャージ上下の文豪とすれちがう→郵便局で金振り込む、を三十分以内に済ますことは無理だった。

二月二十四日（火）

午、A座上さんと六本木で昼食。A座上さんによる「松嶋菜々子とジャミラは似ている」説、等々。

別れて表参道、歩くうちに激しい睡魔に襲われ歩きながら眠りそうになったので直近のオープンカフェに緊急避難、テーブルに両肘をつき鼻の前で手を組む碇ゲンドウのポーズで爆睡。

帰宅後朝まで十二時間ぶっ続けで眠る。

（「白水社ウェブサイト」二〇〇〇年八月〜二〇〇四年二月）

翻訳グルグル日記

二〇〇四年十一月一日（月）

U誌向けバドニッツ[1*]の短篇。母親に心臓をあげる息子の話。

久しぶりにT甲より電話。「ケツの穴が小さい」という言い方があるが、じゃあ「ケツの穴が大きいですね」というのはほめ言葉になるのか。云々。

生まれてからずっとプリンの「カラメル」と「カスタード」を逆に覚えていた人に真実を告知。

十一月二日（火）

「風速48ヘクトパスカル」というフレーズ。

M社Kさんよりメール「このあいだ教えていただいた〈グレゴール〉といううがい薬、どこを探してもありません」、それはたぶん〈グレゴール〉ではなく〈ゴゾール〉だから。

十一月三日（水）

バドニッツの続き。ゲラ来。次のバドニッツ。なかなかリディア[2*]に戻れない。

十一月四日（木）

新百合に赴きて怒濤の球根百個一気植え。農の爆裂。

明け方、知人の編集者（でも知らない人）が「愛山愛郎」という偽名を使って自分の作った本をあちこちで絶賛しまくる、という夢。

バドニッツ続き。世界中で老婆が突然赤ん坊を産み出す話。

H誌二〇〇四年度ベスト3の原稿。

深夜のコンビニで「オレは酸っぱいメロンが好きなの！」というフレーズを聞く。

十一月五日（金）

『ノリーのおわらない物語』重版決定の連絡。やでうでしや。

昔、午前中に電話に出ると「あ、寝てました？」と必ず見破られるので朝型に変えたが、やっぱり「あ、寝てました？」と言われる。

別のH誌に読書に関するアンケート。ゲラ三つ。

H社Hさんよりハッパ。へいこらする。

十一月六日（土）

大昔に頼まれていたのに放置プレイになっていた某原稿。締切りはあさってだというのに一時間に一行しか進まず。苦吟。

十一月七日（日）

気合を入れるためにＤＶＤで『少女革命ウテナ』最終回を正座して視聴。

ベランダのダチュラ今ごろ開花。何か月遅れだと思っているのだ、と問う資格は私にはない。

十一月八日（月）

苦吟から逃避して中原昌也『ボクのブンブン分泌業』を読み、ますます書くのが嫌になる。

三日以内に髪を切らなければ自分は死ぬ。

ゲラ二短篇一送る。

書店で舞城王太郎の新刊を見つけて買う。

十一月九日（火）

苦吟提出。虚脱。

「こんな議論をしても無毛ですよ」というフレーズ。

1＊バドニッツ　ジュディ・バドニッツ。アメリカの作家。『空中スキップ』（マガジンハウス）他。

2＊リディア　リディア・デイヴィス。

リディアに立ち向かう燃料補給のため舞城と『デスノート』と『ボクのブンブン分泌業』を等分に読む。補給で終わる。

十一月十日（水）

午前リディア、午後リディア。

夜、原宿の素敵なフレンチで「女ばかり十人の会」。久しぶりの娑婆で電車の乗り方が下手になり、山手線反対方向に乗り遅刻。前菜盛り合わせズワイ蟹スープ仕立て口直しジュース小鴨ローストヘーゼルナッツ風味洋梨スフレクレームブリュレスパークリングワイン白ワイン赤ワイン。

E社S山の通勤路にものすごく臭い老犬を飼っている家があり、朝晩必ずその臭いを嗅がずには済まされない話。作家Mさんの艶っぽい話。等々。早めの散会。

十一月十一日（木）

フランス留学を終えて帰ってきているはずなのに連絡がつかない某友人の名前をグーグル検索してみたら、麻雀牌型携帯ストラップ当選者、ハンスト参加者、トールペイント講師、官能小説に出てくる美人執刀医、小学生ゴルファー、〈海洋深層水風呂の素〉当選者、へぎそば当選者、箱庭療法の本の翻訳者、全国高校インターハイなぎなた部門優勝者、等々。地味にくじ運が良くスポーツ好きな名前だということがわかったが、本人はいない。

町田康へたれ追っかけ隊・略して〈へ隊〉隊長のT栗ミナコよりラーメンズ公演の誘い。二つ返事。

リディア。

十一月十二日（金）

一日じゅうリディア。二百年くらい前の旅行記を模した短篇。

齋藤秀三郎の『熟語本位英和中辞典』、petticoat は「袴」、pelican は「塘鵞（がらんてう）」、putrid fever は「窒扶斯」。良き。

十一月十三日（土）

何もかも放り出して出奔、原宿で髪を切る。

ショルダーバッグをいくつも斜めがけにして快晴にビニール傘を握りしめたおじさんが原宿交差点で辻演説、アメリカのイラク攻撃は今すぐやめさせるべきである、なんとなればアメリカは悪の組織グルグルの手先だからである、日本もその毒牙にかかりつつある、日本は技術が進歩しすぎたために古来よりの弁天娘・稲荷娘・金比羅娘・毘沙門天娘の力を活用できなくなってしまった、だから百歳以上のお婆さんでまだ生きている人がいたら連れてきて、その人たちの知恵を借りて手作業に戻せるところは戻し、技術化できるところはどんどん技術化し、稲荷娘・弁天娘・毘沙門天娘の信号が青になったので後は知らない。

十一月十四日（日）

卵の「からざ」に感じる微妙なイヤ感を1とする単位〈カラザ〉。美容院で髪を洗ったあと耳の穴をふいたそのタオルで髪をふかれるのは0・8カラザ。車を運転中に『デトロイト・ロックシティ』に合わせて首を振るのは危険と知れ。

リディア。

十一月十五日（月）

朝からリディア。

夜、湯島の某鳥鍋屋にて、腹黒い女子が集まって腹黒い暴言を吐きあう「黒い女子の会」。内容はとてもではないがここには書けない。

十一月十六日（火）

午前、死。午後リディア。

夜、「レベッカ・ブラウン×小川洋子×柴田元幸」を聴きにドゥマゴ。イメージをかき立てられる話多数。柴田さんはますますもって高エネルギー体。作家NさんB社OさんHさんKさんS社T氏などなどと再会。昨夜の黒女子数名とも再会。

C商會の二人と下北沢に流れて、深夜までしゃべり倒す。

十一月十七日（水）

午前、死。午後リディア。ゲラ戻し一。

朝からずっと頭の中で「スーパーマリオ」の音楽が鳴っていて、しかも地下の火のところで必ず死ぬので何度もリプレイされ、苦しい。

夜リディア。

十一月十八日（木）

昨日からの「スーパーマリオ」に加え今度は「ムキムキマン体操」の音楽まで鳴りはじめ、ますます困窮。死ぬ前の走馬灯現象なのか。

午前リディア。午後読書。夜リディア。

十一月十九日（金）

午前リディア。午後放心。夜リディア。

最近聞かなくなったフレーズ、「あたしの体が目当てなのね」。

深夜、居間に敵（小）一体出現。殲滅。軽微の精神ダメージ。

十一月二十日（土）

いろいろ読書。パリス・ヒルトンの頭の中を言語化した小説。というのがあったら読んでみたい。

高校時代深夜にやっていた五分番組『じょんがら天気予報』が一時期だけ『あいや天気予報』に変わった、という記憶に絶対的自信があるのだが誰もそんなもの知らないと言う。

十一月二十一日（日）

昼、「気がつかない星人」同胞のE社H谷川とパルコ劇場にて『ピローマン』。林檎にカミソリを仕込んで父親を殺す少女の話、緑色のブタの話、囚人が檻（おり）の中に入れられて互いに相手の罪状だけが見えている話、塔の上から紙飛行機を飛ばす老人の話、『ハメルンの笛吹き』の前日譚、劇中に出てくる物語が全部すごくそそる。

十一月二十二日（月）

リディア他。

「箱庭うどん」というフレーズ。

私だけか？「ギター侍」が嫌いなのは。

十一月二十三日（火）

午後リディア。

ネットであれこれ調べ物をするうちに、2ちゃんねるの「奴隷・人身売買スレッド」というところに出る。

フィリップ、神戸の監督に就任の噂。

十一月二十四日（水）

午前リディア、午後リディア。

途中何度か激しい睡魔に襲われ、そのたびに机に肘をつき鼻の前で両手を組む碇ゲンドウのポーズで爆睡。

十一月二十五日（木）

午前リディア。午後緊迫。

痛恨の『黒革の手帖』観忘れ。

苦吟。

十一月二十六日（金）

苦吟。脳がショート。疲れて夕方風呂、早寝。微妙な間違いシリーズ、『バベットへの晩餐会』『蛇にピアスを』「ジュリア・ロバート」。

十一月二十七日（土）

ささやかだけど、どうでもいいことシリーズ。近所のスーパーでよく買う「骨付きハム」、どこにも骨なんて付いてない。

十一月二十八日（日）

だらだらと苦吟。リディアを放置。

「国会図書館夜間閲覧室」というフレーズ。

「萌えつき症候群」というフレーズ。

十一月二十九日（月）

『マッチ売りの少女』の教訓は「売り物に手を出した者には死を」。

リンダ・ロンシュタットかロンダ・リンシュタットか。ドリュー・バリモアかバリュー・ドリモアか。

フィリップは一転してマルセイユの監督に就任。おめでとうフィリップ。祝砲がわりに近所の小学校の横断歩道を赤で渡り、学童らにトルシエ魂を見せつける。

十一月三十日（火）

O野さんよりひさびさに電話。『百年の誤読』を愛子さまに持ってもらって大ベストセラー、の野望。「オレがサーヤと結婚したら、皇居の森ん中に大きいログハウスみたいの建ててもらってそこに住むね。でもってお壕（ほり）で釣りしたり地下にものすごいオーディオルーム作って大音量で聴いたり皇室専用の秘密の地下鉄に乗って都内のあちこちに出没すんの」。

ろくな噂を聞かぬ年末ゴジラ映画に行くかどうか。

リディア。

（『ユリイカ』二〇〇五年一月　青土社）

カブトムシ日記

二〇〇七年八月某日

K社にてもろもろ打ち合せ。ののちM女、S氏、T女と飲む。M女がデブ専をカミングアウト、今の彼もデブで、理由は「触りごこちっすよ」。M女がS氏に「兄を感じ」たためその場で兄妹の契り、私の萌えおよびT女のジェラシー。

八月某日

汗をかいて拭いてまた汗をかいて拭いて一日が終わる。『東京飄然』[*1]。『ムーたち』[*2]。

八月某日

心機一転、手はじめに気合を入れるために淹れたコーヒーはなぜか魚の匂い。

江戸川乱歩『孤島の鬼』のあらすじを読むも、ヒロイン「初代」の名をずっと「しょだい」と読んでしまって意味不明。

八月某日

夕方になると自分からカブトムシの匂いがする件。

八月某日

作家KさんYさんA紙SさんYさんと女子飲み

@渋谷スペイン料理店。男はけっきょくのところ誰が一番セクシーなのか、南伸坊かみうらじゅんかそれともピエール瀧かなどと議論しているところにYさんが「でも、わたし最近すごい人見つけたの！」と宣言するので一同身を乗り出したら「オダギリジョー」というので全員が椅子から落ちる。
　Kさんに最後のタクシーのドアの閉まりぎわに「岸本さんって藤木直人に似てるよね。いや、いい意味で」と言われて途方に暮れる。

八月某日

　あれはネイルアートではない、「爪の魔改造」だ。

八月某日

　夕、母来、いま灯台守が出てくる小説を翻訳している話をすると、親戚に灯台守がいることを教えられる、しかも二人。だからどうしていつもそういう重要なネタを今の今まで黙っているのか。

八月某日

　臨月近い妊婦の腹に油性マジックでサインするという一生に一度あるかないかの好機に恵まれるも、「祈・安産」と書くつもりが間違えて「祝・安産」と書く。犬の絵をおまけにつける。
　公園で輪になってしゃがみ、大の大人十数人で線香花火に興ず。このようにぱっと散る人生も良し。

八月某日

　ゲラ提出はそれ自体が一つの決戦であり、着る服履く靴はおろか乗る電車さえも勝負の一環なのであって、吟味に吟味を重ね選びぬいた車両のさらに選び抜いたドアから足を踏み入れればそこにゲロ。

九月某日

　どこもかしこもキンモクセイの匂い。
　夜、駅前の猫のいるバーで猫に膝にのってもらってご満悦。『君は永遠にそいつらより若い』[3*]。

1＊ **『東京飄然』** 町田康著、中央公論新社。何事にも囚われず漂うように生きようと決意した著者が、極小のことに囚われまくりつつ都市をさまよう爆笑プチ旅エッセイ。

2＊ **『ムーたち』** 榎本俊二著、講談社。『ゴールデンラッキー』の作者による、小学生思考と哲学との紙一重の境界線を綱渡りするかのごとき、おそるべきギャグ漫画。

3 **『君は永遠にそいつらより若い』** 津村記久子著、筑摩書房。自称「女の童貞」と、彼女を取り巻く情けなくも馬鹿馬鹿しい青春群像劇、だがその底には痛みと再生をめぐる真摯なテーマが流れている。

九月某日

新婚夫婦に「そばちょこ」をプレゼントしたら場の空気が凍りつく。ほぼ全員が「そば入りのチョコ」「チョコ味のそば」「そば状のチョコ」のどれかだと思っていたことがわかり憂国。

九月某日

夜、K社Tさん、Mさんと生肉食@新宿御苑「A」。生ハラミ三皿リピートして至福。

Mさんの付き合う男性の条件は「逆上がりができる人」。Tさんのひそかな偏愛対象は「二つ対になっていて、でも微妙にちがうもの」。狛犬、『赤毛のアン』ゴグとマゴグ、等々。

九月某日

美人女優が茶色いトイプードルを抱いてにっこりしている写真のキャプションを「私とウンコのハッピーライフ」と読み間違えたうえに、犬もウンコと見間違える。自分は疲れている。

九月某日

雨のち曇りのち雨のち曇りのち雨。洗濯物の濡れ。

今日が締切りの訳者あとがきが一滴も書けていないのに「ドン・ガバチョの〝抱かれたい男〟指数」についてぼんやりと考えている。

九月某日

うちの網戸がスルメ臭い理由を誰か教えてください。

九月某日

そうめんの茹で汁を捨てたあとのアルミ鍋を洗わずに放置すること再三、ついにジンベイザメ様の斑点を生ず。夏の終わり。

九月某日

夕、駅前でバスに乗ろうとしたらバス停に長蛇の列、十数分待っても来ないのでしびれを切らして向こうのタクシー乗場を見たら折よく一台の空車、列を抜けて走っていったら目の前でのんびりした老婆二人組に先を越され、振り返ってバス停を見ればちょうどバスが来たところ、今さら最後尾に並び直すのも業腹なので近くの別のバス停まで歩いていって別ルートのバスに並ぶ、ドアが開いているのに列の誰も乗り込もうとしないので別の行き先の人たちなのかと思って乗ろうとしたら後ろから「並んでるんだよ！」の声、謝って降りて最後尾に並んでいると前のほうの人たちが「乗らないと行っちゃうわよ」と言うのでまた謝って乗る。生まれてすみません。みんな死ね。

九月某日

夜、映画館に行きて『オーシャンズ13』。売店で〈使徒箸置き　4個セット〉を買う。

九月某日

夜、C商會H美さん版画家Kさんと連れ立って渋谷で『キサラギ』、の前に和食屋で腹ごしらえ、お造り盛り合わせ揚げじゃこのサラダ穴子白焼き長芋スティック揚げいちぼ塩焼き鯛すまし汁土鍋ごはんビールビール梅酒ウーロン茶、映画に三分遅刻。最後の×××登場シーンについて議論しつつ帰宅。

九月某日

『エロイカぬりえ』[1]もらう。少佐のカーキ色の下着に鼻から出血。『レモネードBOOKS　3』[2]。

九月某日

深夜、自分にとっての唯一の乙女行為であるところのイチジクジャム作りを今年もまた。イチジク五パックを一時間煮て四瓶。気絶眠。

九月某日

「ビタ一文やらぬ」の「ビタ」には何か体に良さそうなものが入っている気がする。たぶんオレンジ味の。

十月某日

「板わさ」という言葉に感じるかすかな釈然としなさは、構成要素が「板」と「わさび」だけでどこにも「かまぼこ」がなく、食べ物の感じがしないせい。

十月某日

夜中にアマゾンの「おすすめの本」を鬼カスタマイズ、すべて持っている内田百閒ちくま文庫シリー

1＊**『エロイカぬりえ』** 青池保子著、マガジンハウス。『エロイカより愛をこめて』や懐かしの『イブの息子たち』などの登場人物満載の大人の塗り絵。著者のお手本つきだが、塗るには超絶技巧を要する。

2＊**『レモネードBOOKS　3』** 山名沢湖著、竹書房。超がつく本好きの岩田君と普通の女の子森沢さんの恋愛譚、完結編。各章のタイトルが本の題名になっており、ちなみに第25話は「気になる部分」。

ズ全24巻や谷崎や鏡花やBL漫画を一つひとつ消すなどして睫鞘炎寸前、しかしその甲斐あって中原昌也『KKKベストセラー』が一位に来たので満足眠。

十月某日

「乾燥ドリアン」というものをもらうが、怖くて開封できない。

ラーメン店にて『羽衣ミシン』[1*]を読みながら嗚咽しながら醤油ラーメンをすする。

十月某日

夕、髪を切りに表参道。担当の柴犬似H君はホラー映画を観ない、理由は「だってホラー映画って怖いじゃないっすか」。

十月某日

ネットで変な服を見つけて注文したら本当に変な服だった。

十月某日

今日の『水戸黄門』のタイトルは「黄門爆殺計画」。腰に電流。サロンパスくさいぞ私は。

（『yom yom』二〇〇七年十二月　新潮社）

1＊『羽衣ミシン』 小玉ユキ著、小学館。白鳥の命を助けた大学生のもとに見知らぬ女の子が訪ねてきて、二人の不思議な同居生活が始まる。白鳥の化身「美羽さん」の動物っぽい可愛さが爆裂。

おおむね読書日記

二〇〇八年二月某日

駅前の書店で目が合って買った中村光『聖☆おにいさん』。天界のイエスとブッダが気休めに地上でしばしバカンス、それがなぜか立川のアパートでの共同生活。家賃の支払いに四苦八苦したり、チラシで安売り品をチェックしたり、こっそりネットで高額商品買ってもめたり、の普通すぎる生活の合間にちりばめられた聖人ネタのギャグが激しくツボ。個人的にいちばん好きだったのは、「名前がいちばん日本人に似てるから」という理由でマルコにアパートの保証人を頼むところ。信者でもないのにキリスト教系の学校に通ったことの利点を初めて実感する。

二月某日

このあいだ雑誌で対談したときに山崎まどかさんが面白いと言っていたアリソン・スミスの短編 The Specialist をネットで読む。ヴァギナが痛くて切なくて、何十人もの医者に匙を投げられた少女。やがてそのヴァギナの中にブリザード吹き荒れる大雪原が広がっていることが判明し、探検隊がつぎつぎ送り込まれるが、ついに中で遭難する人まで現れて……。うひゃひゃひゃ面白い。まだメモワールが一冊あるきりの新人だけれど、作品集が出たらきっと読む。

二月某日

臨死体験すれすれの切羽詰まりをどうにかクリア。脳が焼き切れて仕事にならないので、今日いちにちを未読の山を崩す日と定め、まずはシャーリー・ジャクスン『ずっとお城で暮らしてる』、すごく面白いのに途中で気絶。気をとりなおしてヴァレリー・ラルボー『幼なごころ』、ものすごく自分好みなのに途中で気絶。気をとりなおして恩田陸『いのちのパレード』、これは気絶せず最後まで。言葉のイメージがそのまま物質化してしまう（たとえば〝やぶからぼう〟〝けんせつにゅうさつ〟など）三人きょうだいの話、数年に一度巨大なかたつむりが徘徊（はいかい）する街の話など、好みの作多数。明らかに日本が舞台とわかる物語であっても、どことなく無国籍の香りがする不思議。

二月某日

物好きな人々数名で組織される「スットコドッコイな映画をみんなで鑑賞する会」がひさびさに招集され、新宿某館にてリリアーナ・カヴァーニ監督『フランチェスコ』。主演のミッキー・ロークが丸々太っているうえに腕にタトゥーありでこれっぽっちも聖フランチェスコに見えない、蘇民祭（そみんさい）なみに男の裸体満載（しかもノーカット）等々、良きスットコ物件。二次会に向かう途中に皆で寄った紀伊國屋にて、装幀家Aさんにすすめられて鬼頭莫宏（きとうもひろ）『ぼくらの』①を買う。エヴァを低温にして萌えを抜いた感じ？と思いながら読むうちに、『ザ・ムーン』（ジョージ秋山）へのオマージュと知れる。子供のころリアルタイムで読んだ『ザ・ムーン』のラスト（たしか吹雪のように死の灰が降るなか子供たちが結婚式を挙げ、巨大ロボットの目から涙が流れる）がいまだに心に焼きついていて、週に一度は思い出す身としては、これは全巻読まねばならぬ。

ちなみに二次会で行った「Cカフェ」は、キリスト教モチーフに何だかよくわからないゴス趣味をごたまぜにした、まことに『フランチェスコ』を観た後にふさわしい、これまた素敵なスットコ物件だった。

二月某日

家の本棚をぼんやり眺めていたら、何となく奥泉光『滝』と目が合ったので、再読。文章のリズムと緊張感に震える。「最初の誓約(うけい)は凶とでて、少年たちは尾根を下った。」表題作の出だしのこの一行に、その後展開される物語の絶望と緊迫がすべてこめられている。

二月某日

突発的に開催された某飲み会で、書店員Hさんより*Reclaiming Our Ancient Wisdom*というタイトルの美しい英語の小冊子もらう。野中モモさんのネットストアで買ったとのこと。「助産婦と本草家のための薬草を用いた堕胎の方法と実践」といった意味の副題がついていて、薬草の図版といっしょに服用法が事細かに書いてある。たとえば〈アン女王のレース〉という名前の草は「無防備な性交渉の直後より、茶匙一杯の種を日に二度、七日間嚙(か)む」とか。しかし序文のところに「薬草による堕胎の成功率は二〇％～八〇％」とか書いてあって、いろいろ興味深い。飲み会はその後妙な盛り上がりを見せ、最後には全員がテーブルに突っ伏して沈没。午前五時。

（『小説新潮』「私の〇〇日記」二〇〇八年四月　新潮社）

あとがき

古くは二〇〇〇年からつい最近のものまで、あちこちに書いた文章で、単行本に収録されていないものの中から選び、一冊の本にまとめたのが本書だ。ジャンル別に、エッセイ、本にまつわるもの、日記、の三つの章に分けた。

私の職業は翻訳者だ。ずっと翻訳をやってきたし、できれば翻訳だけやって生きていたいと思う。翻訳はいい。翻訳は楽しい。英語がわからなかったりして苦しいが、その苦しさすらも楽しい。それにひきかえ自分で文章を書くのは苦しい。つらい。なんといっても書くことを一から考えなければならない。この空っぽの頭で。書評はもっとつらい。本を読んだあとに言うべきことなんて、「面白かった！　みんなも読むといいよ！」ぐらいしか思いつかない。それを何百字にもわたって書かなければならないなんて、苦行以外のなにものでもない。

だから極力翻訳の仕事だけをやってきたつもりだったのに、振り返ってみたら予想外にいろんなところでいろんなことを書いていた。書評などは、ここに収めたものはほんの氷山の一角だ。私はマゾヒストなのだろうか。

本書を形にするにあたっては、たくさんの方にお世話になった。

まず、この本を作ろうと言ってくださった白水社の渋谷茂さん。渋谷さんはもっとも付き合いの古い編集者の一人で、最初のエッセイ集『気になる部分』を作っていただいていらい二十数年ぶりにご一緒することができて、しみじみと嬉しい。そしてゲラを丁寧にチェックしてくださった白水社の栗本麻央さん。再録を快諾してくださり、ときに不明だった掲載年月日を調査してくださった各媒体の担当者のみなさん。ウェブ日記「実録・気になる部分」の最初のほうをご自身のブログに居候させてくださった大久保譲さん。私にいちばん最初に翻訳以外の文章を依頼してくださった大橋由香子さん。そしてすばらしい装幀をしてくださったクラフト・エヴィング商會の吉田篤弘さん、吉田浩美さん。みなさんに、この場を借りてお礼を申し上げます。

最後にいくつか補足を。

「わたしのいえ」は、メキシコの写真家ユーニス・アドルノ Eunice Adorno が、メキシコ北部で古風な集団生活を営むキリスト教の一教派の女性たちを題材にした *Flower Women* という写真集をインスピレーション源として書かれた。

「あいや天気予報」は、けっきょく編集部に一件の情報も寄せられず、担当者に「この掲示板コーナーも長くやってるけど、ゼロっていうのは初めてですよ」と言われた。

「オカルト」の、ロシアのお爺さんが撮影した謎の棒の動画は、その後当時の録画を持っているという方からSNS経由で連絡をいただき、データを頂戴した。今度こそなくさないようにパソコンにしっかり保存して、夜中にときどき観かえしている。

たぶん絶対偶然だと思うが、片岡義男さんは、あのすぐ後に「佐知子」という女性が出てくる短編を書かれた（「アイス・キャンディに西瓜そしてココア」、『木曜日を左に曲がる』収録、左右社）。今度の佐知子は文句なしにかっこいい。

表紙の絵は二十世紀のブラジルの女性画家Tarsila do Amaralの『眠り』と題された作品で、数年前にＭＯＭＡで開かれた展覧会の映像を見て以来、ずっと頭から離れなかった。この連なった白い形は何なのか、「人」だという説もあるようだが、もしかしたら骨かもしれない。

「ハイク生成装置」で私がメールを送ったアラスカの島の文学団体からは、まだ返事が来ない。今も待っている。

二〇二四年　三月

岸本佐知子

＊本書に収録された作品は、初出時の文章に加筆修正し、一部タイトルを変えています。

著者略歴

岸本佐知子（きしもと さちこ）
上智大学文学部英文学科卒。翻訳家。訳書にL・ベルリン『掃除婦のための手引き書』『すべての月、すべての年』、L・デイヴィス『ほとんど記憶のない女』『分解する』『話の終わり』『サミュエル・ジョンソンが怒っている』、A・スミス『五月 その他の短篇』、M・ジュライ『いちばんここに似合う人』、G・ソーンダーズ『十二月の十日』『短くて恐ろしいフィルの時代』、J・ウィンターソン『灯台守の話』、S・ミルハウザー『エドウィン・マルハウス』、N・ベイカー『中二階』、T・ジョーンズ『拳闘士の休息』、S・タン『内なる町から来た話』『セミ』など。編訳書に『変愛小説集』『居心地の悪い部屋』など。著書に『気になる部分』『ねにもつタイプ』（講談社エッセイ賞）『ひみつのしつもん』『死ぬまでに行きたい海』などがある。

わからない

二〇二四年六月五日 第一刷発行
二〇二四年八月三〇日 第四刷発行

著者© 岸本佐知子
発行者 岩堀雅己
印刷所 株式会社三陽社
発行所 株式会社白水社

東京都千代田区神田小川町三の二四
電話 営業部〇三（三二九一）七八一一
編集部〇三（三二九一）七八二一
振替 〇〇一九〇-五-三三二二八
郵便番号 一〇一-〇〇五二
www.hakusuisha.co.jp
乱丁・落丁本は、送料小社負担にてお取り替えいたします。

誠製本株式会社

ISBN978-4-560-09286-6

Printed in Japan

▷本書のスキャン、デジタル化等の無断複製は著作権法上での例外を除き禁じられています。本書を代行業者等の第三者に依頼してスキャンやデジタル化することはたとえ個人や家庭内での利用であっても著作権法上認められていません。

白水uブックス

岸本佐知子の翻訳書

岸本佐知子

気になる部分

眠れぬ夜の「ひとり尻取り」、満員電車のキテレツさんたち、屈辱の幼稚園時代――ヘンでせつない日常を強烈なユーモアで綴る、名翻訳家の衝撃のエッセイ集。

ニコルソン・ベイカー

ノリーのおわらない物語

可愛くて、お話を作るのが大好きなアメリカの少女がイギリスの小学校に転校して大活躍！　自分の娘をモデルに描く子どもの世界。

ニコルソン・ベイカー

中二階

中二階のオフィスへエスカレーターで戻る途中のサラリーマンがめぐらす超ミクロ的考察。愉快ですご～く細かい小説。

リディア・デイヴィス

ほとんど記憶のない女

わずか数行の超短篇から私小説・旅行記まで、「アメリカ小説界の静かな巨人」による知的で奇妙な五一の傑作短篇集。

リディア・デイヴィス

話の終わり

語り手の〈私〉は、かつての恋愛の一部始終を再現しようと試みる。デイヴィスの、代表作との呼び声高い長篇。

リディア・デイヴィス

分解する

リディア・デイヴィスのデビュー短篇集。長さもスタイルも雰囲気も多様、つねに意識的で批評的な全三四篇。

リディア・デイヴィス

サミュエル・ジョンソンが怒っている

『分解する』『ほとんど記憶のない女』につづく、三作目の短篇集。鋭敏な知性と感覚によって彫琢された珠玉の五六編。

ジャネット・ウィンターソン

灯台守の話

孤児となった少女シルバーは、不思議な盲目の灯台守ピューにひきとられる。やがてシルバーは真実の愛を求めて独り旅立つ――

ジャネット・ウィンターソン

オレンジだけが果物じゃない

狂信的なキリスト教徒の母から特殊な英才教育を受けて育ったジャネット。奇想とアイロニーに満ちた半自伝的小説。